99% 엄마가
모른다!

일류 두뇌

내 아이 미래를 바꾸는
브레인 쉬프트

99% 엄마가 모른다! 일류두뇌

초판인쇄	2020년 9월 07일
초판발행	2020년 9월 11일
지은이	강은영
발행인	조현수
펴낸곳	도서출판 프로방스
마케팅	최관호
IT 마케팅	조용재
SNS 마케팅	백소영
편집	권 표
디자인 디렉터	오종국 Design CREO
ADD	경기도 고양시 일산동구 백석2동 1301-2
	넥스빌오피스텔 704호
전화	031-925-5366~7
팩스	031-925-5368
이메일	provence70@naver.com
등록번호	제2016-000126호
등록	2016년 06월 23일
ISBN	979-11-6480-072-8 03810

정가 16,000원

99% 엄마가
모른다!

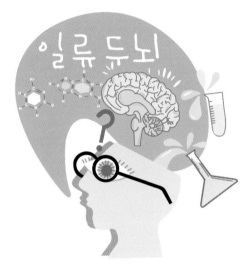

일류 듀뇌

내 아이 미래를 바꾸는
브레인 쉬프트

강은영 지음

프로방스

"아이의 미래가 두려운 당신에게"

"엄마! 저 다섯 표나 받았어요!"

　　　어느 날 3학년 학급 회장 선거를 마치고 하교한 둘째 아이가 해맑은 표정으로 말했다. 조산에 의한 뇌출혈로 뇌성마비 장애 판정을 받은 아이는, 또래보다 한참 부족한 신체와 인지학습 능력을 가지고 있다. 그럼에도 불구하고 아이는 당당히 초등학교 첫 학급임원 선거에 출마한 것이다.

"저는 몸이 불편하고 공부도 잘 못하지만 항상 웃으며 친절한 회장이 되겠습니다!"

며칠 동안 고민하여 만든 공약을 자신 있게 발표했지만, 다섯 표만 받아 낙선하고 말았단다. 하지만 남들이 보기엔 부족할 수 있는 아이가 스스로 출마한 것은 엄청난 용기와 자신감이 필요했을 게다.

담임선생님과 우리 부부, 할머니, 친척들은 많은 격려와 칭찬을 아끼지 않았다. 정정당당한 대결을 위해 본인은 다른 사람을 찍었다며 반전 웃음을 선사한 아이. 이어진 두 번의 실패에도 아랑곳하지 않고 될 때까지 해보겠다면서 새 학기가 시작될 때마다 학급 임원에 도전하고 있다.

둘째 아이를 본 사람들은 나에게 "아이를 잘 키우는 비결이 있느냐?"고 종종 질문한다. 그 답을 하자면, 첫돌 무렵 아이의 뇌 일부가 손상되었음을 알게 된 후 지금까지 십 여 년 동안 내가 놓치지 않았던 한 가지가 있다. 그것은 바로 뇌가 가진 무한한 잠재력과 가능성에 대한 믿음이었다. 15년 전, 처음 뇌교육을 접하고 강사 활동을 하면서 국제뇌교육종합대학원 뇌교육학과에서 공부를 하던 중 둘째가 태어났다. 어릴 때부터 똑똑하고 다재다능했던 첫째 아들과 달리 둘째를 키우는 것은 나에게 일종의 도전이었다. 하지만 나는 이미 뇌교육에 대한 믿음을 가지고 있었다. 어려운 학습 대신 아이의 흥미와 재능을 키우기 위한 교육을 받게 하고, 일상에서 할 수 있는 브레인 트레이닝 방법을 적용해 나갔다. 물론 엄마 아빠와 형의 넘치는 사랑은 기본이었다.

그 결과, 둘째 아이는 학급에서 발표를 가장 많이 하는 학생 중의 한 명으로 자랐다. 게다가 인사성과 예의가 바르며 무엇이든 스스로 해보려는 의지가 강하다. 인지학습 부분에서도 놀라운 발전을 보이고 있으며, 남을 배려하는 따뜻한 마음을 가진 아이로 잘 성장하고 있다. 무엇보다 자신이 친구들보다 많은 부분에서 부족하다는 걸 알면서도 매사에 자신감이 넘친다. 나는 이 가치 있는 자산들이 분명 아이의 인생에서 든든한 밑거름과 경쟁력이 될 것임을 확신한다. 또한 훗날 사회의 일원으로서 제 몫을 충분히 발휘할 것임을 믿는다.

이렇게 십년의 세월을 보내는 동안, 나는 뇌활용과 개발에 관한 트레이닝을 하고 학위를 받았을 때보다 뇌교육에 대하여 훨씬 강한 필요성과 확신감이 생겼다.

우리 아이처럼 뇌가 손상되어도 뇌를 잘 쓰는 것이 가능한데 하물며 일반적인 아이들이라면? 하지만 작금의 대한민국 아이들의 현실은 결코 녹록치 않다. 유치원이나 초등학생 때부터 빡빡한 학원 스케줄과 방대한 학습량으로 인해 밤늦게까지 공부에 시달리고 있는 실정이다. 한참 뛰어놀아야 할 시기에 오로지 공부에만 치중된 스케줄에 따라 움직이는 수동적인 아이가 급변하는 4차 산업혁명시대에서 얼마만큼의 경쟁력을 가질 수 있을까? 이 책은 그 물음에서부터 출발한다. 어떻게 하면 21세기에 걸맞은 역량을 갖춘 미래형 인재가 될 수 있을까? 인공지능에 대체되지 않는 나를 만드는 방법을 쓴 책이 베스트셀러가 되는 이 시대에, 과연 우리는 어떻게 아이들을 교육해야 할 것인가?

나는 그 해답이 누구나 가지고 있는 뇌 속에 있다고 본다. 선진국에서는 이미 21세기 인류 미래자산을 뇌로 인식하여, 과학적 · 의학적 측면에서 활발한 연구 개발에 박차를 가하고 있다. 우리나라는 뇌과학 분야에서는 선진국에 비해 늦었지만, 40여년의 역사를 가진 뇌교육 덕분에 뇌 활용 분야에서는 선두에 나서고 있다. 뇌를 개발하고 활용하는 교육의 철학 · 원리 · 방법론 차원의 학문화가 체계화되었으며, 체험적이고 실제적인 훈련 프로그램, 글로벌 네트워크 등에서 가장 앞선 나라로 평가 받고 있다. 하지만 아직 대다수의 부모들에게는 뇌교육이 생소할 지도 모른다. 그래서 나는 이 책을 통해 뇌를 이해하고 활용하는 것은 어려운 일이 아니며 누구나 할 수 있다는 것을 알리고 싶다.

현재의 초, 중등학생이 사회에 나갈 즈음에는 약 65%의 직업을 기계나 인공지능이 대체한다고 한다. 그렇다면 미래교육의 핵심은 인공지능이 진입할 수 없는 인간 고유의 능력을 키우는데 두어야 할 것이다. 이 책에서는 오직 인간만이 가지는 이 능력들을 '창조력 · 상상력 · 통찰력 · 공감능력'으로 설정하고, 이 역량들을 어떻게 키울 수 있는지 다양한 사례와 방법을 통해 제시하고자 한다. 아울러 21세기 핵심 역량인 인간고유의 능력을 두루 갖춘 미래형 인재를 '일류두뇌'라 칭하며, 일류두뇌가 되기 위한 홈트레이닝 방법을 '브레인 쉬프트'로 명명하였다. 뇌를 단순히 생물학적 기관이 아니라 개발하고 활용하여야 할 대상으로 본다는 일종의 방향전환[shift]인 셈이다.

일류두뇌는 뇌를 잘 활용함으로써 자신의 가치를 발견하고 가치를 실현하는 뇌의 주인을 의미한다. 또 인공지능과 경쟁하거나 대체되는 개념이 아니라, 그것을 이해하여 활용하고 인간과 지구를 위한 인공지능을 개발하는 보다 높은 차원의 의식을 가진 미래형 인재를 의미한다. 초, 중학생을 둔 부모들에게 이 책을 권한다. 뇌를 가지고 있는 아이라면 누구나 일류두뇌가 될 수 있기 때문이다. 많은 비용이 필요하진 않다. 집에서도 아이와 함께 쉽게 할 수 있는 홈트레이닝 법이기 때문에 오직 시간과 끈기만 필요할 뿐이다.

이 책에 선별된 것들은 국제뇌교육종합대학원 이승헌 총장님에 의해 개발된 뇌교육 프로그램을 기반으로 하고 있다. 5단계 홈트레이닝 방법과 필요에 따라 적용할 수 있는 상황별 브레인 쉬프트 방법 그리고 성공적인 브레인 쉬프트를 위한 TIP까지 필자의 실제 경험과 강의, 상담 사례 등을 바탕으로 부모와 아이가 집에서 함께 할 수 있는 쉽고 효과적인 프로그램들로 구성했다.

처음 뇌교육을 접했을 때부터 '어릴 때 뇌교육을 체험했더라면, 공부든 취업이든 보다 쉽고 행복하게 해내지 않았을까?' 라고 생각해왔다. 이제는 내가 뇌교육을 통해 체험한 변화와 성장을 보다 많은 사람들이 겪을 수 있기를 바란다. 그리고 한 명의 부모만이라도 더 이상 공부만을 강요하지 않고 아이가 가진 뇌의 무한한 잠재성을 깨워 일류두뇌로 키워주기를 간절히 바란다. 내 아이가 성인이 된 미래 시대를 상상한다면, 더 이상 입시제도와 사회 현실을 탓하며 소위 '학원 쇼핑'을 다닐 때가 아니란 것을 알 수 있을 것이다. 지금 당장 아이가 받고 있는 모든 사교육들을 그만 두라는 것이 아니다. 그저 이 책을 읽고 얻은 깨달음이 실천으로 이어지고, 제시된 방법을 꾸준히 따라 하다보면 어느새 삶에 변화가 찾아 올 것이다. 부모와 아이의 관계가 좋아지고, 아이의 성격도 변할 것이며, 스스로 공부나 진로 탐색, 자기 개발 등을 해 나가게 될 것이다. 뇌의 주인이 되면 외부로부터 들어오는 정보에 휩쓸리거나 흔들리지 않고 매사에 주체적으로 즐겁게 임할 수가 있기 때문이다. 그렇게 브레인 쉬프트를 통해 미래 경쟁력을 갖춘 아이들이 행복하고 창조적인 인생의 주인공으로 살아간다면, '21세기 두뇌강국 코리아'에 일조하겠다는 사명감을 가진 저자로서 무척 기쁠 것이다.

2020년 8월

지은이 강은영

목차 | Contents

제 3 장
뇌 안에 답이 있다!

제 4 장
브레인 쉬프트를 위한 5단계 홈트레이닝

누구나
미래형 인재가
될 수 있다?

사람은 쉽게 바뀌지 않는다. 나이가 들수록 변화는 더 힘들어지므로
어릴 때의 환경과 습관이 매우 중요하다.

20세기 부모와 21세기 아이들

"어떻게 하면 아이를 잘 키울 수 있을까?"

아마도 모든 부모들의 고민이자 공통된 화두일 것이다. 부모라면 누구나 내 아이가 건강하고 행복하며 성공적인 인생을 살아가길 바란다. 아이가 갓 태어났을 때는 그저 잘 자고 잘 먹고 잘 싸는 것이 부모에게 큰 기쁨이다. 그러다 아이가 점점 자라나 유치원을 거쳐 학교에 들어가면 부모의 욕심도 함께 자라난다. 우선 공부 잘 하기부터 바란다. 더불어 그림도 잘 그리고, 발표도 잘하며, 친구관계까지 무난하기를 바라게 된다. 나 역시 그런 과정을 거쳤다. 하지만 모든 것이 나의 욕심이며 뜻대로 되지 않는다는 것을 깨닫는 데는 그리 오랜 시간이 걸리지 않았다. 두 아들을 키우면서 부모교육에 점점 관심을 가지게 되었고, 많은 공부와 연구 끝에 지금은 많은 부모님들을 대상으로 강의도 하고 있지만, 역시 세상에서 가장 어려운 역할 중에 하나가 바로 '부모'가 아닐까 생각한다.

전형적인 20세기 교육을 받고 자란 나는 학창시절에 재능이나 진로에 대해 진지하게 고민해 본 적이 거의 없었다. 선생님이나 부모님을 비롯한 어느 누구도 내가 무엇을 좋아하는지, 어떤 사람이 되고 싶은지 묻지 않았다. 그저 공부만 열심히 하라고 했다. 그래서 공부를 잘해 좋은 대학에만 가면 그때부터 성공적인 인생이 펼쳐질 것으로 막연히 기대하고 있었던 것 같다. 어릴 때부터 근성이 있었기에 공부를 열심히 했다. 그 결과 시골 학생이 들어가기 힘든 서울소재의 모 대학에 입학했다. 하지만 전공은 나의 적성이나 재능과 전혀 무관했다. 당연히 공부는 재미가 없고 지겨워서 1~2년간은 공부를 내팽개치고 놀러 다니기 바빴다. 다행히 3학년이 되자 정신을 차릴 수 있었다. 학점을 올리기 위해 노력했고, 졸업 후 괜찮은 회사에 취직도 했다. 하지만 인문계라서 전공을 살리기 쉽지 않았기에 전공과 무관한 취업을 했다. 그래서인지 회사 생활 역시 힘들기만 했다.

공부든 취업이든 자신이 잘하고 원하는 분야에 진출해야 한다. 그래야만 행복하게 할 수 있게 된다. 돌이켜 생각해보면, 나는 그러하지 못했다. 학창 시절에 잘못 끼워진 첫 단추를 바로 잡아 세우는 것은 대학 졸업 후 십년의 세월이 더 흐르고 나서야 가능했다.

지금의 초, 중학생을 키우고 있는 부모들 또한 대부분 나와 같은 교육을 받고 자랐을 것이다. 입시를 위한 주입식 교육과 암기 위주의 공부에 많은 시간을 허비했을 것이며, 성적표와 등수로 나의 가치가 매겨지는 어찌 보면 잔인한 방식으로 십대 시절을 보냈을 것이다. 그렇다면 요즘의 십대들은 어떠할까? 중학교 1학년 때 진로를 탐색하며 체험할 수 있는 자유학년제가 도입되어 있다. 학교에서는 지능 검사[IQ test]대신 다중지능검사를 하며, 재능과 흥미적성과 진로에 관한 각종 검사와 상담까지 하고 있다. 시대가 변한 만큼 학교 교육도 변화하고 있다는 것을 피부로 느낀다. 하지만 고등학교에 가면 이야기가 조금 달라진다. 중학교 때는 진로 탐색을 하며 여유를 느낄 새가 있었지만, 입시 전쟁이 코앞에 닥친 고등학생들은 공부에만 매달릴 수밖에 없다. 이러한 우리나라의 현실을 보고 2007년에 방한한 미국의 미래학자이자 세계적인 베스트셀러 작가인 앨빈 토플러[Alvin Toffler]는 이렇게 말했다.

"한국에서 가장 이해하기 힘든 것은 교육이 정반대로 가고 있다는 것이다. 한국 학생들은 하루 15시간을 학교와 학원에서 자신들이 살아갈 미래에 필요하지 않을 지식을 배우기 위해, 그리고 존재하지도 않는 직업을 위해 아까운 시간을 허비하고 있다. 아침 일찍 시작해 밤늦게 끝나는 지금 한국의 교육제도는 산업화 시대의 인력을 만들

1) 재외동포신문 '4차 산업혁명
시대와 미네르바 스쿨 (하)'
2018.2.13. 엄인호 경제학자

어내기 위한 것이었다."[1]

　　입시위주의 주입식 교육이 미래 사회에서 우리나라의 경쟁력을
떨어트릴 것이라는 그의 조언을 우리는 잊지 말아야 한다. 또 다른
전문가의 말을 들어보자. OECD(경제협력개발기구) 미래교육혁신모델
인 'OECD Learning Framework 2030'에서는 불확실한 미래사회
에서 20세기 교육의 틀은 더 이상 학생들이 미래에 직면할 문제에
대한 해답을 제시해주는 것이 불가능하다며, 학습자의 능동적 참여
와 자기 주도성[student agency]의 의미를 제시했다. 이 프로젝트의
방향에 맞춰 2019년에 한국 교육을 진단하고 발전 방향을 모색하기
위해 '한-OECD 국제 교육 컨퍼런스'가 열렸다. 당시 기조연설에서
안드레아스 슐라이허 OECD 교육국장은 대학 입시 제도로 인해 한
국의 학생들은 불안감이 높고 삶의 만족도가 낮다고 평가했다.

　　"한국 학생들은 국제 비교에서 학업 성취 수준은 매우 높지만, 불
행히도 이러한 성공은 학생들이 일상적으로 경험하는 큰 불안감과
함께 나타난다. 예를 들어, 한국 학생의 75%가 학교에서 낮은 성적
을 받을까봐 걱정하고 있으며, 70%는 시험이 어려울 것이라고 걱정
한다. 이러한 불안과 걱정으로 고통 받는 학생들의 비율은 비슷하게
높은 학업 성취 수준을 가진 네덜란드나 에스토니아 학생들의 비율

보다 훨씬 높다."

또 그는 한국 학생들에게 만연해 있는 불안감이 자기 주도성을 저해한다고 하면서 "한국 학생들의 경우 동기부여가 시험 등 외부에서 나오는 경향이 있는데, 중요한 것은 내적 동기다. 학교를 졸업하면 외부 동기나 압박이 없어진다. 즉, 평생 학습자는 자신의 의지와 선택으로 학습을 하게 돼 있다."[2]라며 입시 위주인 한국 교육의 문제점을 짚었다.

2) 에듀인뉴스 'OECD 교육국장, 대입체제가 학생부담 가중…학생 성취동기 높여야' 2019.10.23. 지성배 기자

나는 OECD 교육국장의 이 연설을 접하고 놀라지 않을 수 없었다. 30여 년 전에 겪었던 불합리한 것들을 지금의 학생들이 아직도 겪고 있다니! 고등학교 졸업 후에 외부 동기가 사라져 공부를 놓아버리고 방황의 시간을 보냈던 내 사례가 4차 산업혁명시대에도 현재 진행형이라는 사실은 우리 교육의 참담한 현실을 여실히 보여준다. 그나마 중학교 교육과정은 많이 변화해서 다행이라고 생각했는데, 얼마 전 중 2 아들이 시험공부 하는 것을 보고 꽤나 큰 충격을 받았다. 시험공부 방식이 30여 년 전이나 지금이나 다를 바가 없었으며, 여전히 같은 형태의 영어, 수학 교재로 공부하고 있었던 것이다. 게다가 학습 난이도도 훨씬 더 높아졌다. 우리나라 교육의 불합리성이 어제 오늘의 문제가 아니며, 무엇보다도 우리 스스로 그 문제점을 잘 알고

있음에도 불구하고, 여전히 20세기의 교육 방식을 고수 아니 집착하고 있는 이유는 무엇일까?

전 세계적으로 21세기 교육의 흐름이 변하고 있다. 세계 곳곳에서 20세기식 교육의 틀이 깨지는 교육혁명이 일어나고 있으며, 4차 산업혁명시대를 대비한 인재를 키우느라 혈안이 되어 있다. 공부를 잘하는 것이 뛰어난 재능임에는 분명하지만, 앞으로는 자기 주도적으로 무언가를 해내고 마는 근성 있는 아이, 문제해결 능력이 있으며 창의적인 '덕후형' 인재가 각광받는 시대이다. 그럼에도 불구하고 20세기 교육을 받았던 대한민국의 부모들은 여전히 20세기 사고방식에 머물러 있는 듯하다. 개개인의 특성은 무시한 채 오로지 입시만을 위한 공부로 대부분의 시간을 허비한다면 21세기를 살아가야할 내 아이의 미래 경쟁력은 보장받지 못한다.

그렇다면 지금의 입시교육제도, 사회구조 속에서 우리 부모들이 할 수 있는 최선은 무엇일까? 우선 공부 잘해서 좋은 대학에 가는 것을 인생의 성공 공식으로 배웠던 20세기 사고방식부터 버려야 한다. 그리고 남들이 하니까 따라서 하는 각종 학원 보내기부터 그만두어야 한다. 그 보다는 내 아이가 어떤 사람이 되고 싶은지 그리고 무엇에 재능이 있는지 또 무엇을 할 때 행복해하는지에 깊은 관심을 가져야 한다. 인공지능 시대에 세계적인 화두로 떠오른 이 물음들은 부모와 아이 모두 자신의 깊은 내면을 성찰할 때, 즉 뇌를 제대로 인식하고 바라볼 때 비로소 가능해진다.

4차 산업혁명시대와 미래교육

2012년은 인류사에 큰 의미를 남긴 해였다. 인공지능 '슈퍼비전'이 세계 최대 이미지 인식 경연대회에 참가하여 압도적인 성적으로 우승을 차지한 것이 가장 큰 이슈였다. 이전의 인공지능인 '딥블루'와 '왓슨'은 인간이 입력해준 방대한 자료를 바탕으로, 즉 인간의 지도 아래에서 인간을 이겨왔다. 하지만 슈퍼비전은 '스스로 학습하고 추론하고 판단하는' 딥러닝 기술을 탑재했다. 인간보다 뛰어난 지적 능력을 가진 인공지능이 인간을 지배할 수 있다는 것을 보여준 충격적인 사건이었다. 이 사건을 계기로 미국, 캐나다, 유럽, 일본은 국가 시스템, 그 중에서도 특히 교육에서 많은 변화를 꾀하고 있다.

그로부터 4년 뒤, 인공지능 바둑 프로그램 '알파고'가 한국에서

첫선을 보였다. 그동안 인공지능이 도전하기에는 너무 어려운 게임이었던 바둑마저 정복할 것인지 관심이 집중되었다. 바둑 경기의 경우의 수는 10의 170 제곱으로 우주에 있는 원자의 숫자보다 크다고 한다. 상상하기 어려울 정도로 복잡하고 어렵다는 말이다. 많은 사람들이 이세돌 9단의 승리를 예상했지만, 인공지능 알파고는 인간에게서 볼 수 없는 차분함과 냉정함을 무기로 4:1의 승리를 거뒀다. 『에이트』의 작가 이지성의 표현에 의하면, 그동안 인공지능에 무지하고 무심했던 한국에 인공지능의 충격을 제대로 안겨준 일종의 쇼였다. 그동안 우리나라는 다른 동아시아 국가인 중국, 일본과 달리 인공지능 불모지와 다름없었다.

인공지능은 4차 산업혁명의 핵심이다. 증기기관의 발달로 1차 산업혁명이 시작되었고, 전기 개발로 2차 산업혁명, 정보기술의 발달로 인해 3차 산업혁명이 시작되었다. 1~3차 산업혁명 이후 새로운 일자리가 폭발적으로 늘어난 것과 달리 4차 산업혁명은 거꾸로 많은 일자리를 없애고 있다. 문제는 인공지능이 가져가는 일자리가 그동안 화이트칼라, 즉 지식인들이 주로 했던 지적 노동이라는데 있다. 우리나라가 아직까지 목을 매고 있는 좋은 성적과 학력이 소용이 없어지는 시대라는 얘기다.

4차 산업혁명이란 키워드는 알파고가 출현하기 4개월 전, 2016년

1월에 '다보스 포럼'이라고도 불리는 세계경제포럼에서 처음으로 제시되었다. 설립자인 클라우스 슈밥은 "4차 산업혁명은 우리가 하는 일을 바꾸는 것이 아니라 우리 자체를 바꿀 것이다."라고 역설했다. 그는 4차 산업혁명이란 모든 것이 연결되는 보다 지능적인 사회로서, 인공지능·사물인터넷[IoT:Internet of Things]·3D 프린터·자율 주행차 등 온라인과 오프라인이 연결되며, 산업, 사회, 정치 시스템을 비롯해 사는 방식까지 혁명적으로 달라질 것이라 예상했다. 또 디지털 혁명을 기반으로 한 다양한 과학기술이 패러다임 전환을 유도하고 있는데, 이는 무엇을 어떻게 하느냐의 문제뿐만 아니라 우리가 '누구'

3) 「4차산업혁명」, 클라우스 슈밥, 새로운 현재 참고.

인가에 대한 변화라고 보았다.[3] 당시에는 4차 산업혁명이 이미 도래했는지에 대해서 의견이 분분했으나, 불과 3년 뒤인 2019년 다보스포럼에서는 4차를 넘어 5차 산업혁명을 이야기 할 만큼 급속도로 빠른 변화가 일어나고 있다.

　인공지능으로 대표되는 4차 산업혁명시대에는 많은 지식을 가지고 있는 것이 경쟁력이 될 수 없다. 선진국들은 이러한 변화에 발맞춰 21세기형 인재를 키우기 위해 20세기 교육을 상징하는 '학교'라는 틀을 깨려는 혁신적인 몸부림을 하고 있다. 새로운 교육 모델을 구축하기 위해 국가적 차원의 노력도 게을리 하지 않는다. 미래형 대학으로 주목받고 있는 무크[MOOC: Massive Open Online Course]를 기반으로 한 미국의 '미네르바 스쿨'은 기존의 대학이라는 틀을 깨트렸다. 이 시스템에서는 캠퍼스가 없다. 학생들은 4년 내내 100% 온라인으로 수업을 받는다. 하지만 녹화된 강의를 학습하는 것이 아니라 '액티브 러닝 포럼[Active Learning Forum]'이라는 플랫폼에서 참여와 토론 위주로 능동적인 학습이 이루어진다. 또 수업 전에 학생들이 미리 영상을 학습하고 강의실에서는 토론이나 과제 풀이를 진행하는 '플립 러닝[Flipped Learning]' 방식의 수업을 하는 것이 특징이다. 게다가 학생들은 전 세계 7개국(한국, 미국, 영국, 독일, 대만, 아르헨티나, 인도)의 도시에 퍼져 있는 기숙사에서 순환 생활을 하며, 해당 국가에서 각 지역별 현안에 맞는 프로젝트를 수행한다.[4] 80% 이상이 미국 이외의 국적을 가진 학생들로 구성된 미네르바 스쿨은 20세기 교육의 틀을 벗어난, 실로

> 4) 〈브레인〉 72호, 한국뇌과학연구원 참고.

혁신적인 교육 혁명이라고 할 수 있다. 세계적인 명문대와 미네르바 스쿨에 동시 합격한 학생들은 대부분 미네르바 스쿨을 선택한다고 한다. 왜냐하면 이 학교의 모든 과정이 4차 산업혁명시대에 맞춰져 있기 때문이다.

세계 최고 명문대학교들의 움직임도 심상치 않다. 하버드, 스탠퍼드, 예일, MIT 같은 대학교들은 2012년에 자신들을 세계 최고의 자리에 있게 해준 '강의'를 인터넷에 공개했다. 그 이유는 4차 산업혁명시대에는 강의 위주의 지식교육이 곧 쓸모없어지기 때문이다. 그

리고 학생들에게는 철학적 사고와 생각을 글로 쓰고 나누는 등의 교육을 받게 하고 있다. 실례로, 경영대학원과 의대에서 대화위주의 토론 수업을 하며, 미술과 문학 등을 가르치기도 한다. 인공지능과 경쟁할 미래 세대에게 더 이상 지식 위주의 교육은 필요가 없으므로 인간만이 지닌 고유한 능력을 개발하기 위한 교육을 하고 있는 것이다. 이는 미국의 사립학교들 역시 마찬가지이다.

세계 최고의 대학들이 이럴진대 우리는 어느 시점에 와 있나 한번 살펴보자. 세계 100위 안에 들어갈까 말까 하는 대학에 진학하기 위해, 학생들은 종일 암기 위주의 '공부'를 하느라 자신이 누구인지, 무엇을 원하는지, 인생을 어떻게 살아야 하는지 등의 사고를 할 여유라고는 없다. 그저 좋은 대학과 직업을 갖는 것만이 인생의 목표가 되어버린 아이들은 그런 생각을 해본 적조차 없을 것이다.

우리나라를 비롯한 동아시아에 주입식 교육으로 대표되는 입시 교육을 정착시킨 주범인 일본은 2013년에 150년 만의 교육혁명을 단행했다. 2020년까지 입시 교육 제도를 폐지하고 공교육에 국제 바칼로레아(IB: International Baccalaureate)를 도입한다는 내용이다. 스위스에서 시작된 IB는 책을 읽고 토론하고 글을 쓰는 교육 과정으로 철학적 사고 능력을 길러주는 데 그 핵심이 있다. IB는 자신의 생각을 글로 쓰고 다른 사람들과 나누는 교육을 통해 새로운 사고와 공감하는 능력이 길러지는 것으로 평가된다.[5] 국가와 개인의 생존, 번영을 위해 절박한 심정으로 임한다는 일본 정부가 5) 「에이트」 이지성, 차이정원 참고. 부러워지는 순간이다.

안타깝게도 우리나라에서 일본과 같은 교육혁명은 기대하기 어려울 것으로 보인다. 이제야 자유학년제라는 유럽의 교육모델을 도입했으나, 그마저 대입에 영향을 미치면 안 되기 때문에 중학교 1학년 때에만 진로를 탐색하는 시간을 갖게 하고 있다. 우리나라도 유럽의 경우처럼 자유학년제가 고등학생 때라면 훨씬 더 좋지 않을까 하는 아쉬움이 남는다. 중학교 1학년은 자신의 인생이나 진로에 대해 진지하게 고민하고 탐색하기에는 아직 어리다. 게다가 정보와 자원이 부족한 학생들의 경우 자칫하면 1년이라는 시간을 낭비할 수도 있다. 이 같은 문제점을 누구나 다 알고 있지만 고등학교 과정에 도입하기에는 사회구조적으로 시기상조였을 것이다. 입시제도나 학부모들의 인식이 혁신적으로 바뀌지 않는 한, 고등학생이 자신의 가치를 찾고 다양한 체험을 통해 인생을 디자인한다는 선진국의 교육모델이 우리에게는 신기루처럼 느껴질 뿐이다.

21세기 미래교육의 방향은 어디로 가야 하는 걸까? 선진국의 사례를 통해 20세기 교육의 틀은 깨지고, 인간의 고유한 가치와 교육의 철학은 높아져야 한다는 것을 알 수 있다. 전 세계 석학들이 조언하는 미래교육의 방향이 인간 고유의 역량을 높이고 무한한 창조성을 이끌어 낼 수 있도록 교육 환경의 틀 자체를 변화시키는 것이기 때문이다. 미국, 유럽, 일본 등 선진국은 이미 미래 시대를 대비하기 위한 교육을 하고 있다. 문제는 우리나라이다. 점점 많은 사람들이 인공지능시대의 위기를 인식하고는 있으나, 아직도 인공지능을 SF 영화에 나오는 것쯤으로 생각하고 4차 산업혁명을 내 아이의 미래와 무관하게 여기는 사람이 대부분이다. 우리에겐 알파고 충격을 뛰어넘는 사건이 필요할지도 모른다.

2020년 전 세계를 강타한 '코로나 19' 팬더믹이 어쩌면 우리의 교육 환경을 바꿀 수 있는 절호의 기회가 될 수도 있다. 유례없이 긴 방학과 온라인 학습으로 대부분 아이들의 학습과 생활 패턴이 무너졌다. 교사와 학생 모두 이런 시스템에 대비하지 않았기에 온라인 학습의 질은 떨어지고, 과제의 부담만 과중되는 등 교육이 제대로 이루어지지 않았던 것도 사실이다. 하지만 코로나 사태는 그동안 정신없이 앞만 보며 달려온 우리에게 진정으로 중요한 가치가 무엇인가를 생각하는 계기를 마련해주었다. 많은 학부모들이 오프라인 개학을 강행하는 것에 반대했는데, 학교 공부나 대입보다 더 중요한 것은 생명이라는 사실을 인식했기 때문이다. 코로나 사태가 우리에게 오랜 시간 불편한 생활을 하며 '행복이란 무엇인가, 인간답게 사는 것은 어떤 것인가?' 하는 삶에 대해 진지하게 고민해보는 기회를 준 것이다. 위기는 곧 기회다. 이 사태를 계기로 부모들의 의식이 바뀌고, 교육

제도와 입시제도에 변화의 바람이 불어 4차 산업혁명에 맞는 교육 환경이 마련될 수 있기를 기대해 본다. 민주주의가 풀뿌리에서 시작했듯이 당장 교육제도에 변화가 없더라도 가정에서 먼저 교육의 혁명이 일어나면 된다. 포스트 코로나 시대에 가장 기대되는 부분이다. 더 이상 주저할 시간이 없다.

모든 아이들은 천재의 싹이 있다

마감 날짜가 다가오지만 한 글자도 쓰지 못하는 무능한 작가가 있었다. 그러던 어느 날, 그는 'NZT'라는 신약을 복용한다. 그때부터 그의 모든 신경이 잠에서 깨어나고 뇌의 기능이 100% 가동하기 시작한다. 보고 들은 모든 것을 기억하고 하루에 한 가지의 언어를 습득한다. 또 아무리 복잡한 수학 공식이라도 순식간에 풀어버리고, 단 하루 만에 수준급의 피아노 연주 실력을 갖추게 된다. 소설책 한 권 정도는 하루에 써버린다. 게다가 무한 체력을 갖게 되며, 너무나 쉽고 간단하게 사람들의 마음을 사로잡을 수 있게 된다. 영화 《리미티리스》의 주인공 이야기로, 정말 '영화 같은 일'이 아닐 수 없다. 어차피 영화는 영화. 실제로 과연 우리는 뇌를 어느 정도나 사용하고 있을까?

"인간은 뇌의 10%도 사용하지 못하고 죽는다."

과거 아이슈타인의 뇌를 연구하던 한 연구원이 던진 말이다. 이 한마디가 지난 수 십 년 간 '뇌 사용량'에 관한 논쟁의 출발점이 되었다. 일반인들은 뇌를 5%도 채 사용하지 못한다는 견해도 있는데, 사람들이 평생 뇌의 95%나 사용하지 못한다는 것은 매우 비효율적인 시스템이 아닐 수 없다.

학계에서는 우리가 이미 뇌를 100% 사용하고 있다고 주장한다. 뇌의 영역을 다 활용하지만, 에너지 효율문제 때문에 항상 동시에 쓰지는 않을 뿐이라는 것이다. 물론 구조적이고 기능적인[functional] 측면에서는 거의 100%를 사용하는 것으로 보인다. 걷거나 음악을 듣기만 해도 뇌의 영역이 대부분 활성화되기 때문이다. 그러나 잠재적인[potential] 측면에서 본다면, 뇌는 평생 변화하고 개발할 수 있는 것으로 밝혀졌다. 따라서 뇌 안에 잠들어있는 잠재력은 어느 정도인지 알 수 없다. 즉 인간이 과연 뇌를 어느 정도 사용하는지 현재로서는 명확히 밝혀져 있지 않다.

뇌를 100% 사용한다는 것은 신경과학적으로 뇌에 존재하는 천억 개의 신경세포들이 상호 긴밀하게 연결되고 전체적으로 통합된다는 것을 의미한다. 이렇게 되면 뇌의 효율성과 생산성이 극대화 되어 다양한 분야에서 천재성이 드러난다. 뇌의 무한한 잠재력을 소재로 한 영화 《루시》, 《리미티리스》, 《마녀》의 주인공들에게 공통적으로 나타난 현상이기도 하다.

다시 《리미티리스》 영화 이야기로 돌아가 보자. 실제로는 영화에서처럼 약 한 알로 뇌 사용량을 늘리는 것은 불가능하다. 지난 연구 성과들을 보자면, 전기나 자기장과 초음파 등의 외부자극을 통해 뇌의 기능을 증진시키거나 감정과 관련된 기억을 없애는 연구가 진행되어 왔다. 하지만 우리의 관심은 이런 의학적, 과학적 연구보다는 교육을 통해 뇌 사용량을 늘리는 것이 가능한지 또는 평범한 아이를 천재로 키울 수 있는지에 있다.

'천재' 하면 가장 먼저 떠오르는 인물이 바로 아인슈타인이다. 많은 과학자들이 아인슈타인의 뇌를 연구했는데 1985년의 연구에 의하면, 신경세포 당 아교세포의 수가 일반인에 비해 많은 것으로 나타났다. 아교세포는 뇌의 대부분을 차지하고 있으며 신경세포의 활성화를 돕는다. 또한 그의 뇌는 사고와 지적 능력을 담당하는 대뇌피질이 일반인보다 얇지만, 신경세포의 밀도가 높고, 수학 및 공간지각능력을 담당하는 두정엽이 일반인에 비해 15% 정도 넓다고 한다. 하지만 최근에는 그의 뇌가 보통 사람들의 것과 거의 차이가 없다고 주장하는 과학자들도 많다.[6] 아인슈타인 역시 "나는 똑똑한 것이 아니라 단지 문제를 더 오래 연구할 뿐"이라고 한 바 있다. 그가 학교에서 열등생이었다는 점을 감

6) 동아 사이언스 '아인슈타인도 깜짝 놀란 뇌연구소' 2015.4.15. 이혜림 기자.

안한다면, 어쩌면 그의 천재성은 타고난 것이라기보다는 끊임없는 노력과 탐구정신에 의하여 형성되었을 가능성이 크다. 실제로 많은 과학자들이 일반인과 천재의 뇌가 크게 다르지는 않다고 보고 있다.

　본인의 노력이나 타고난 천재적 재능 외에 부모의 교육에 의해 천재가 된 사례 중 가장 주목할 만한 것은 '칼 비테 교육법'이다. 발달 장애를 보이는 미숙아를 천재로 키워낸 아버지 칼 비테는, 비판 능력 없이 오직 국가에 충성하는 국민을 만드는 것이 목표였던 19세기 독일의 전통 교육을 정면으로 반박하며 자신만의 방법으로 아이를 행복한 천재로 길러냈다. 그는 부모가 좋은 환경을 조성해주면, 아이가 타고난 능력을 발휘한다고 믿었다. 평범한 아이도 영재로 자랄 수 있다고 생각했으며, 그 믿음이 아이의 잠재력을 깨운다고 믿었다. 오늘날 흔히 말하는 조기교육이나 영재교육과는 다르다. 그는 어릴 때부터 아이와 함께 책을 읽고, 토론하고, 대화하며, 아이에게 생각하는 힘을 키워주었다. 무엇보다도 그는 인성을 중요시했다. 그 결과 칼 비테 주니어는 3세 때 모국어를 깨치고 9세 때 영어, 라틴어 등 6개 국어에 통달했으며, 12세에 '세계에서 가장 어린 박사학위 소지자'로 기네스북에 오르는 등 세계적인 천재 법학자가 되었다.

　훗날 칼 비테 주니어는 아버지에 대해 다음과 같은 글을 남겼다.

　"아버지는 늘 칭찬으로 나에게 성취감과 자긍심을 심어주셨다. 덧셈과 뺄셈을 처음 익힌 날, 아버지는 작은 파티를 열어 나의 노력을 칭찬하셨는데, 그날을 잊을 수가 없다. 그 덕에 나는 곱셈과 나눗셈도 자신 있게 배울 수 있었고, 나중에는 대수학과 기하학도 완벽하게

7) 네이버 「칼 비테 교육법」 책 소개, 저자소개 참고.

습득할 수 있었다."7) 아이는 부모가 믿는 만큼 성장한다는 말이 입증된 사례이다.

아인슈타인이 조기교육을 받았다면 둔재가 됐을 거라는 말을 들어본 적 있을 것이다. 전前 폴란드 물리학회장인 '마치 콜바스'가 조기교육 열풍에 휩쓸리고 있는 한국의 학부모들에게 한 이야기다. 그는 "타고난 천재도 일찍부터 강도 높게 영재교육을 시키면, 교육 내용이 주입식으로 변질되어 지적 호기심을 잃게 하고, 두뇌의 지식 공간이 너무 빨리 포화상태에 이를 수 있다. 선행 학습 위주의 훈련은

8) 연합뉴스, '인터뷰 콜바스 전 폴란드 물리학회장' 2007. 7.10

창의적 사고를 가로 막고 다른 영재성을 놓칠 수 있다."8)고 지적했다.

언제쯤이면 우리 아이들도 조기교육, 선행학습의 틀에서 벗어나 마음껏 뛰어 놀며 자신의 뇌 안에 있는 무한한 잠재력을 깨워 행복한 천재로 살아갈 수 있을까? 십년 넘게 뇌교육을 체화하여 삶에 적용시키고 활용법을 알리는 브레인 트레이너로서, 나는 모든 아이들이 천재의 싹을 가지고 있다고 믿는다. 다만 부모와 학교, 입시제도와 사회 현실이 그들을 제대로 키우지 못하고 틀에 맞춘 획일화된 인재를 길러내고 있을 뿐이다. 이제 더 이상 부모의 욕심과 경험이라는

틀 속에 아이를 가두지 말았으면 좋겠다. 공부만 잘하는 아이가 아니라 머리를 잘 '쓰는' 아이로 키워야 한다. 아이들의 뇌는 매우 유연해서 놀라울 정도의 적응력과 흡수력을 가지고 있다. 아이의 뇌 안에 숨어 있는 잠재력을 깨우고 개발한다면, 모든 아이들은 자신만의 분야에서 천재가 될 가능성을 가지고 있다. 부모가 어떤 가치관을 가지고 아이를 어떻게 키우느냐에 따라 아이의 미래가 결정된다고 봐도 과언은 아니다. 이미 200년 전에 칼 비테가 그랬듯이, 가장 중요한 것은 부모의 믿음이다. 내 아이가 천재라는 완전한 확신이 필요한 것이다.

인간의 뇌를 그대로 모방한 인공지능의 출현으로 인해 뇌가 더욱 주목받고 있다. 뇌교육에서는 뇌를 단순한 생물학적 대상이 아니라, '모든 힘을 기울여 활용하고 개발하여야 할 교육적 대상'으로 보고 있다. 뇌에 관한 연구는 과학자나 의학자들이 할 일이지만, 뇌가 가진 무한한 잠재력을 활용하고 개발하는 것은 우리 모두가 누려야 할 자산이다. 브레인 쉬프트는 뇌를 가지고 있다면 누구나 다 할 수 있으며, 미래형 인재가 되기 위해서 반드시 필요하다.

긍정 파워가 필요한 이유

'뇌' 하면 쭈글쭈글한 모양의 두개골부터 먼저 떠오른다. 뇌에 대해 좀 더 지식이 있는 사람은 뇌가 몸무게의 2%에 불과하지만, 평상시 전체 산소 소모량의 20%나 차지하는 중요한 기관이라는 것도 안다. 또 각 부위의 명칭과 기능에 대해서도 어느 정도 알고 있다. 이는 우리가 뇌를 생물학적 기관으로만 교육 받았기 때문이다. 그런데 이렇게 서구 과학이 밝혀낸 뇌의 기본구조와 기능에 대한 지식만 있으면, 자신의 뇌를 잘 알고 쓸 수 있을까? 아니면 최근 활발하게 이루어지고 있는 뇌신경과학, 인지과학 등의 지식이 풍부하면, 나의 뇌를 개발 할 수 있을까? 물론 뇌를 활용하기 위해서는 뇌에 대한 지식과 이해가 밑바탕이 되어야 한다. 하지만 뇌에 대해 많이 '아는' 것과 뇌를 개발하고 '활용' 하는 것은 분명히 다르다.

우리가 뇌의 무한한 잠재력을 활용하기 위해서는 먼저 뇌가 '정보처리기관'이라는 것부터 이해해야 한다. 우리 몸의 모든 정보는 신경세포를 통해 뇌로 전달된다. 몸으로부터 정보를 받은 뇌는 그것을 처리한 다음 다시 몸으로 정보를 전달한다. 우리의 생명 활동과 움직임, 감정, 생각 등 모든 것들이 이 과정을 통해 발생한다. 따라서 뇌는 단순히 두개골 안에 들어 있는 하나의 기관이 아니라, 온몸 구석구석과 연결되어 있는 거대한 신경네트워크라고 할 수 있다.

21세기 정보화시대에 우리의 뇌에는 무수히 많은 정보들이 쏟아져 들어오고 있다. 이 많은 정보들을 적극적이고 주도적으로 처리하기 위해서는 기준이 필요하다. 뇌에 들어오는 정보를 어떠한 기준에 의해 처리하느냐에 따라 결과가 달라지기 때문이다. 부정적으로 처리하면 문제가 발생한 것이고, 긍정적으로 처리하면 세상에 문제될 것이 없다. 또한 뇌는 정보에 매우 민감하다. 걱정거리가 있으면 입맛이 사라지고, 힘든 일이 있다가도 누군가의 위로를 받거나 좋아하는 음악을 들으면 힘이 나기 마련이다. 흔히 말하는 '긍정파워'는 상황과 결과를 바꾸는 힘을 가지고 있기 때문이다. 따라서 어떤 정보를 받아들이는가보다 정보를 어떻게 처리하는가가 더 중요하다.

누구나 긍정의 힘을 잘 알고 있지만, 막상 안 좋은 상황이 닥쳤을 때 긍정적으로 정보를 처리하기란 쉽지 않다. 그 이유는 뇌가 가진

'부정적 편향성' 때문이다. 우리의 뇌는 긍정적인 자극보다 부정적인 자극에 더 민감하다. 그리고 부정적인 기억을 우선적으로 또 훨씬 오래 가지게 되는데, 부정적인 경험은 우울, 분노, 죄책감, 슬픔 등의 감정으로 순식간에 확산된다. 심리학자들은 그 이유를 위협적인 상황에서 빠르게 반응해야 하는 인간의 생존본능 때문일 것으로 보고 있다. 목숨이 위급한 상황에서 느리고 둔하게 반응하면 목숨을 잃게 되기 때문이다.

뇌의 부정적 편향성을 사람들에게 알려주면, 대부분은 "아~ 내가 부정적인 줄 알았는데, 사람은 원래 그런 거구나!"라고 반응한다. 아무 일이 없어도 불안하고 걱정이 되는 것은 자연스러운 일이다. 또 어떤 일이 생겼을 때 부정적인 감정이 먼저 생기는 것도 당연하다. 이렇게 부정적 감정을 자연스럽게 인정하고 나면 긍정파워를 발휘하기가 훨씬 쉬워진다. 주위 사람들로부터 매사에 긍정적이라는 평가를 받는 나도 부정적인 생각과 감정에 쉽게 빠진다. 하지만 당연한 일이라는 것을 잘 알고 있기 때문에 거기서 금방 빠져 나와 긍정적인 사고를 할 수 있게 된다.

일례로 2020년 코로나 19 사태가 발생하자, 우리 가족은 결혼 15년 만에 최악의 상황에 부닥쳤다. 항공회사에 다니는 남편은 몇 개월 동안 강제 휴직 신세로서 월급을 거의 받지 못했으며, 회사의 재정악화로 구조조정의 불안까지 겹쳤다. 게다가 4대 보험 가입 문제 때문에 직장인의 신분으로는 일주일 이상 아르바이트를 하는 것이 불가능했기에 남편은 백수처럼 지냈다. 나 역시 예정되어 있던 강의가 취소되고 사회적 거리두기와 경기악화로 일자리 구하기가 더욱 어려워졌다. 끊임없이 냉장고 문을 열어대는 먹성 좋은 두 아들과 남편까지 온 식구가 종일 집안에만 있으니, 식비마저 부담이 되기 시작하여 스트레스는 점점 쌓여갔다.

하지만 곧 '언제 또 네 식구가 온종일 함께 붙어 있을 수 있겠어?'라고 생각을 전환하니, 가족과 함께하는 시간이 매우 소중하게 느껴졌다. 매일 집밥을 먹고 집에만 있어서 생활비가 절약되었을 뿐 아니라, 이 책 역시 남편이 둘째아이의 재활치료와 집안일을 거의 도맡아 해준 덕분에 완성할 수 있었다. 그 많은 시간을 어떻게 보내야하나 고민하다가 책을 쓰기로 결정했는데 그것은 탁월한 선택이었다. 거의 매일 새벽 다섯 시에 일어나 글을 썼기 때문에 몸은 지치고 힘들었지만 정신적으로는 무척 재미있고 행복했다. 자살과 이혼위기까지 겪으며 힘들게 코로나 사태를 보낸 남편의 직장 동료들, 주위 사람들과는 다르게 우리 부부는 코로나라는 위기를 기회로 삼아 매일 손잡고 산책하는 여유까지 누렸다. 불안해하던 남편도 훨씬 긍정적으로 변해 갔다. 나의 긍정 에너지가 남편한테까지 전염된 것이다. 부부 사이가 더 좋아진 것은 두말할 것도 없다.

아이들은 어른들이 가진 불안과 위기감에 쉽게 동화된다. 그래서 위기의 상황이 닥치면 부모가 긍정파워를 더 발휘해 주어야 한다. 외부에서 들어오거나 내면에서 생겨나는 온갖 부정적인 정보에 휩쓸리지 않고 긍정적으로 정보를 처리할 때, 뇌가 가진 무한한 잠재력을 활용하고 개발되는 환경이 조성되기 때문이다. 최악의 위기상황에서도 숙원이던 책 쓰기를 해낸 나의 경우처럼 말이다.

'위기는 기회다' 라는 말을 몸소 실감하고 체험한 나는 코로나 사태 이후로 긍정파워를 더욱 신뢰하게 되었다. 이 긍정의 힘을 4차 산업혁명과 미래시대에 대입시키면 어떻게 될까? 현재의 초등학생들이 직업을 가질 즈음에 인공지능이 65%의 직업을 대체 한다는 말은, 65%의 새로운 직업이 생겨나는 기회라는 말이 된다. 이런 해석이라면 앞으로 사라질 직업들 때문에 걱정하고 불안해 할 것이 아니라, 내가 원하는 새로운 직업을 만들어 내고 여러 가지 직업들을 융합하는 창의성을 발휘할 때라며 즐거워해야 마땅하다. 훗날 우리 아이들이 그런 사고를 가지고 나아가기를 기대한다. 다가올 미래를 두려워하지 않고 브레인 쉬프트를 통해 미래형 인재가 될 수 있는 기회의 시대로 여기면, 긍정파워로 인해 모든 가능성이 열릴 것이다. 그 가능성을 여느냐 마느냐는 당신의 선택이다.

평생 변화하고 발전하는 뇌

송아지나 망아지는 태어나자마자 벌떡 일어나서 걷고, 강아지는 한 달이면 걸을 수 있게 된다. 그러나 인간에게는 최소 1년여 간의 훈련이 필요하다. 만물의 영장이라는 인간이 걷는데 가장 많은 시간을 필요로 하는 이유는 무엇일까? 바로 여기에 동물과 인간의 뇌에 차이가 있다. 동물은 부모 뇌의 약 80%의 기능을 갖고 태어나므로, 생후 그 뇌기능의 많은 부분을 써서 빠른 시간 안에 걸을 수 있게 된다.

그러나 인간은 환경에 의해 뇌가 변화하는 특별한 구조를 가지고 있다. 즉 태어난 이후 환경과의 상호 작용을 통해 신체, 정서, 인지 사고의 두뇌발달단계를 거친다. 태아일 때부터 외부자극을 받으며 복잡한 신경회로를 만들기 시작하고, 태어난 이후에는 더 커진 외부자극 만큼 발달속도도 커진다. 이에 350g에 불과한 신생아의 뇌가 약 12세가 되면 3~4배까지 무게가 증가하고, 15세 정도에 이르면 성인과 비슷한 수준이 된다. 이후 20세 정도까지 뇌 발달단계를 거치는데, 그렇다면 한번 발달이 완성된 뇌는 더 이상 발전이 안 되는 것일까?

지난 20세기 뇌과학의 가장 위대한 발견으로 손꼽히는 것 중에 하나가 바로 뇌의 '신경가소성[Neuroplasticity]'이다. 플라스틱이 열을 받으면 성질이 변한다는 의미에서 따온 용어로, 뇌가 경험이나 자극, 환경에 의해 변화한다는 뜻이다. 뇌가소성을 처음 주장한 윌리엄 제임스는 1890년 『심리학원론』이라는 책을 통해 출생 후에도 새로운 뉴런이 생길 수 있다는 주장을 하면서 이 용어를 처음으로 소개했다. "물을 흘려보내면 길이 생겨나듯이 우리의 뇌가 변한다."라고 주장한 그의 이론은 거의 100년 동안이나 사장되어 있었다.

'뇌는 고정되어 있지 않고 변화한다.'라는 이 문장이 지금은 지극히 당연해 보이지만, 1970년대까지만 해도 뇌는 고정된 구조와 기능을 갖는다는 견해가 압도적이었다. 뇌가 한번 완성되어 굳어지면 뇌세포는 변화하지 않는다고 믿었던 것이다. 이후 1980년대에 들어서 동물실험을 통해 출생 후에 뉴런이 만들어 진다는 것이 입증되었으나, 여전히 기존의 인식이 뿌리 깊게 자리하고 있었다. 이때만 해도 뇌는 유전적으로 타고난 것이라는 믿음이 강해서, 아이들의 잠재 가능성에 대한 얘기가 통하지 않았던 시대였다.[9]

9) '마이클 머제니치' 강연 〈브레인 77호〉 한국뇌과학연구원 참고.

신경가소성에 관한 연구 결과 중 대표적인 것으로 영국 런던의 택시 운전사 사례가 있다. 경험의 효과가 MRI 상에 식별될 만큼, 뇌의 형태를 변화시킨다는 것을 증명한 최초의 증거 사례이다. 런던의 택시 운전사들은 복잡하고 거대한 런던 시가지를 골목 구석구석까지 알아야만 시험에 통과할 수 있다. 그래서 보통 면허를 취득하려면 3~5년 동안 혹독한 훈련을 거친다고 한다. 신경과학자 엘리너 매과이어[Eleanor Maguire] 교수팀은 이들을 대상으로 MRI를 이용해 뇌를 촬영해 보았다.[10] 그 결과 커다란 크기의 후엽 해마가 발견됐다. 해마는

10) 「1만 시간의 재발견」 안데르스 에릭슨, 비즈니스북스 참고.

학습과 기억, 특히 공간기억력에서 가장 중요한 영역으로서 운전경력이 오래 될수록 크기가 더 컸다고 한다. 보통 나이가 들수록 뇌가 축소되고 해마의 크기도 줄어드는데, 이들의 뇌가 업무에 필요한 능력을 위해 적응하고 변화해 왔음을 의미한다.

2004년 과학 전문지 《네이처》에 발표된 연구 결과도 놀랍다. 저글링을 해본 경험이 없는 20대 일반인들에게 3개월 동안 연습시킨 결과 뇌겉질이 두꺼워졌다. 과거에는 머리를 많이 쓰면 세포들 간의 연결이 기능적으로 강화된다고 믿었다. 그러나 이 연구로 뇌겉질이 두꺼워지거나 얇아진다는 사실이 밝혀진 것이다. 또 저글링 연습을 했

던 사람을 3개월 동안 연습하지 못하게 한 후 뇌를 촬영했더니 뇌겉
질 두께가 다시 원상태로 얇아졌다.[11] 뇌는 이미 익숙한 것과 달리
새로운 것을 할 때 더 잘 변화한다는 것을 알 수 있다.

11) 시사저널 '앞쪽 뇌만 잘 키워도 머리짱 된다' 2008.09 나덕렬 삼성서울병원신경과 교수.

그동안 신경가소성은 주로 어린 시절에 나타나는 제한된 현상으
로 여겼다. 그러나 최근 연구를 통해서 생애 전반에 걸쳐 지속되며
심지어 인생의 후반부에도 나타나는 것으로 밝혀졌다. 두 가지 이상
의 언어를 구사하는 사람의 뇌에 더 많은 뉴런과 연결점들이 발견된
것이다. 제2 외국어를 어릴 때 배우든 나이 들어서 배우든 상관이 없
었다고 한다. 이는 치매 연구에도 새로운 방향성을 제시하고 있다.

치매가 생을 마감하기에 가장 '안타까운' 질병이라는 말이 있다.
자신이 어떻게 살아 왔는지 모르고, 사랑하는 가족들조차 알아보지
못하며, 심지어 자신이 누구인지도 모르는 상태로 생을 마감한다는
것만큼 안타까운 일이 또 있을까. 개인적으로 꼭 피하고 싶은 질병이
다. 한 연구에서는 젊었을 때부터의 인지적 단련이 치매를 예방하고,
어릴 때 마음을 훈련하는 습관을 발달시켜 평생 꾸준히 그 습관을 유
지하면 뇌의 노화를 예방하는 효과를 얻을 수 있다고 하였다.[12] 여기
서 우리는 '어릴 때부터'의 인지적 단련과 마음을 훈련하는 습관이
중요하다는 것을 알 수 있다.

12) 미 미네소타주에 있는 노트르담 수녀회 소속 수녀들을 대상으로 한 연구, 〈브레인 77호〉.

두 팔을 땅에 짚고 거꾸로 걸을 수 있는 사람은 뇌 신경망 사진이 이전과 달라진다고 한다. 무언가 새로운 것에 도전하는 적극적인 삶의 방식이 뇌에 좋은 영향을 미치는 것이 분명하다. 캐나다의 뇌과학자 '브라이언 콜브[Bryan Kolb] 박사는 행동은 뇌를 바꾸며, 뇌가 바뀌면 행동을 바꿀 수도 있다고 했다.

"뇌에 변화를 일으키는 것은 무엇이든 간에, 당신의 미래도 바꾼다. 당신의 뇌는 유전자만의 산물이 아니다. 평생에 걸쳐 쌓이는 경험들을 통해 조각되는 것이기도 하다. 경험은 뇌 활성을 바꾸며 그 변화는 유전자 발현 양상을 바꾼다. 눈에 보이는 행동 변화는 모두 뇌에 일어난 변화의 반영이다. 그 역도 마찬가지다"라고 하였다.

경험이 유전적인 것도 바꾼다는 브라이언 콜브 박사의 말을 귀담아 들을 필요가 있다. 많은 부모들이 무의식중에 '머리는 타고 난다'는 생각으로 아이의 가능성을 닫아 두는 건 아닐까? 평생에 걸쳐 쌓이는 경험들이 뇌를 바꾸고 그것이 미래까지 바꾼다. 따라서 가능한 자유롭게 아이 스스로 경험할 수 있는 기회들을 제공해주어야 한다. 그러다보면 내 아이가 언제 어떤 식으로든 내가 모르는 재능을 발휘하게 될 수도 있다.

성장기 아이들의 뇌는 매우 유연해서, 외부에서 어떤 자극을 주느냐에 따라 뇌 발달이 크게 차이가 난다. 내 아이가 어떤 외부 자극들을 받고 있는지 즉 어떤 경험들을 하고 있는지 유심히 살펴보기를 바란다. 방과 후에 매일 똑같은 학원 차들을 타고 정해진 수업을 듣고, 집에 와서도 학원 과제를 하며, 머리를 식히기 위해 스마트 폰이나 컴퓨터, TV를 본다면? 이러한 일상생활을 하는 아이에게는 외부 자극이 대부분 실내에서 수동적으로 이루어진다. 신체 건강 문제를 논외로 하더라도, 경험이 제한적이며 외부에서 일어나는 다양한 변화와 현상들을 감지하고 대처하는 능력이 떨어질 수밖에 없다. 즉 미래 인재에게 꼭 필요한 능력인 문제해결력과 창의력까지 떨어지게 된다.

인류 최대의 선물이라고 평가 받는 뇌의 가소성. 그러나 아직까지 아무도 가소성의 정도를 측정하는 방법을 모른다. 나이에 상관없이 어느 연령대나 두뇌를 향상시킬 수 있는지 또 어느 정도까지 가능한지 뇌가 가진 가소성의 한계가 어디까지인지 알 수도 없다. 다만 확실한 것은 우리는 누구나 뇌를 가지고 있으며, 육체적, 정신적 단련을 통해 평생 동안 뇌를 변화하고 발전시킬 수 있다는 사실이다. 나이가 들어서도 운동을 열심히 하면 근육이 생겨나고 몸이 건강해지는 것처럼, 뇌도 꾸준히 사용하고 다양한 경험을 통해 단련하면 노화하지 않는다. 뇌도 근육을 키우는 것처럼 꾸준히 훈련하면 똑똑해 질 수 있다는 말을 들은 학생이 그렇지 않은 학생에 비해 학습 능력이 높아졌다는 한 연구결과가 있다.[13]

13) The power of believing that you can improve', Carol Dweck(2014).

결국 뇌는 고정돼 있는 것이 아니라 변하고 발전할 수 있다는 긍정적인 마인드가 중요하다. 매일 여러분의 자녀에게 "우리 OO의 뇌는 성장하고 발전하고 있다"는 말을 해주기 바란다.

사람이 쉽게 바뀌지 않는 이유

'세살 버릇 여든까지 간다.' 라는 속담이 있다. 어릴 때 몸에 밴 버릇은 나이 들어서 고치기가 힘드니 나쁜 습관이 들지 않도록 조심하라는 뜻이다. 초등학교 저학년 때 배우는 속담인데 부정적인 뉘앙스가 강하게 느껴진다. 이 속담을 쓸 때에도 대부분 '쯧쯧. 세살 버릇 여든까지 간다더니' 또는 '세살 버릇 여든까지 간다는데 그러면 안 돼.' 와 같이 부정적인 말이 따라 붙는다. 그만큼 한번 형성된 습관은 노력해도 바꾸기가 어려우니 평생 지니고 살게 된다는 의미일 것이다.

우리가 앞서 살펴본 바에 따르면, 뇌에는 신경가소성이 있어서 훈련을 통해 뇌를 변화시킬 수 있는데 작은 습관 하나를 바꾸기 어려운 이유는 무엇일까? 나아가 사람의 생각과 행동이 쉽게 변화하지 않는 이유는 무엇 때문일까?

우리의 뇌에 무언가를 바꿔야 한다는 정보가 들어오면, '지금 상태가 잘못됐다'는 오류로 받아들이고 두려운 감정을 일으키게 된다. 더구나 뇌는 정보처리를 할 때 에너지를 최소화하려는 특성이 있기 때문에 새로운 회로를 만들기 보다는 에너지 소모가 적은 이전의 회로를 계속 사용하려고 한다. 변화를 회피하려는 이 두 가지 반응으로 인해 뇌가 변화에 성공하지 못하고 습관도 바꾸기 힘든 것이다.[14]

다이어트를 예로 들어 습관과 변화의 속성에 대해 쉽게 설명해 보자. 매번 다이어트를 하려

14) 「뇌교육원론」,이승헌, 국제 뇌교육종합대학원 참고.

고 마음을 먹는데도 실패하는 첫 번째 이유는, 뇌가 '지금 나의 몸 상태가 잘못됐다'는 오류 신호로 받아들여 시작부터 두려움을 느끼는 것이다. 두 번째 이유는 지금까지와 전혀 다른 식습관과 운동습관을 받아들이자니 뇌의 에너지 소모가 커진다. 그래서 자꾸 이전의 습관대로 돌아가려고 하기 때문에 실패하는 것이다. 따라서 이 속성을 잘 이해하고 이용하면 다이어트에 성공할 수 있다.

우리의 뇌에는 변화하는 속성과 변화를 회피하는 속성이 공존하므로 상반된 속성을 잘 이용해야 변화할 수 있다. 변화하는 속성을 이용해 변화하려면 먼저 목표가 명확해야 한다. 그렇지 않으면 뇌가 방향을 잘 잡지 못하고 주춤거린다. 뚜렷하고 명확한 목표가 있을 때

그곳을 향해 나아갈 수 있게 된다. 그리고 변화를 회피하려는 속성을 이용해 변화에 성공하려면 '잘못 됐다' 라는 접근보다는 '새로운 균형을 찾자' 는 방식이 더 효과적이다. 그래야 두려움에 따른 회피 반응이 줄어든다. 이는 앞서 살펴본 긍정파워와도 일맥상통한다.

또 뇌가 정보처리에 드는 에너지를 최소화하려는 습성도 변화에 걸림돌로 작용한다. 습관을 바꿔보겠다는 의지를 내면 전보다 훨씬 많은 에너지를 필요로 하기 때문에 힘이 들고 이전의 상태로 돌아가려고 하는 것이다. 이런 고비를 넘겨야만 새로운 뇌 회로에 힘이 생기면서 이전의 회로는 서서히 약화되고 변화가 일어난다. 처음에 의지를 내는 것이 어렵지 사소한 생활 습관이라도 바꾸는데 성공한다면, 곧 탄력이 붙고 다른 회로에도 영향을 미쳐 더 큰 변화로 이어지게 된다.

이런 맥락으로 앞서 예를 든 다이어트에 성공하려면, 우선 변화의 목표가 명확해야 한다. '한 달 안에 5kg을 빼겠다.' 또는 '두 달 뒤에 한 사이즈 작은 옷을 입겠다.' 와 같은 구체적이고 확실한 목표가 필요하다. 변화를 회피하려는 속성에 따른 회피 반응을 줄이려면, '살이 쪄서 다이어트를 하겠다.' 가 아니라 '몸무게를 줄이면 몸이 가벼워지며 입고 싶은 옷도 마음껏 입을 수 있다.' 는 방식으로 접근해야 한다. 마지막으로, 가장 어렵다고 할 수 있는 에너지를 최소화하려는 습성을 이겨내려면 일주일에 1kg 씩 빼야 한다. 실천하기 쉽고 작은 것부터 해내야 하는 것이다. 첫째 주에 성공하면 그 다음에 성공할 확률이 더 높아진다.

사람의 생각이나 행동이 변하는 것은 결국 뇌가 변화하는 것이며, 이는 뇌 신경망의 변화를 의미한다. 뇌는 외부로부터 들어온 정보를 패턴화해서 처리하는데, 뇌의 신경망은 천억 개의 세포와 백조 개 이상의 시냅스 연결망으로 이루어져 있다. 시간이 흐를수록 정보가 축적되고 패턴화 되면서 굵은 신경망들이 생성되는 즉, 나이가 들면 고속도로와 같은 굵은 신경망들이 생기기 때문에 많은 것에 익숙해진다. 사람이 갈수록 익숙한 것을 선택하는 것은 이 때문이다. 쉽고 빠른 길, 익숙한 길이 있기에 습관적으로 그 길을 택하는 것이다. 그러나 이것이 너무 강해서 인식의 틀이 강해지면, 고집이 세다거나 '꼰대' 라는 소리를 듣기도 한다.

"이거 하지 마라. 저거 하지 마라."

나 역시 어릴 때 자주 들었던 말이고, 부모가 된 지금 아이들에게 가끔 하는 말이기도 하다. 자식이 잘 되길 바라는 마음에서 '하지 마라' 로 이루어진 충고와 훈계를 한다지만, 그 말을 듣고 자란 아이는 어떻게 될까? 부모의 바람대로 좋은 습관만 들이게 될까? 자신의 생각을 일방적으로 강요하면 꼰대라는 말을 듣는 것처럼 부모 역시 자식에게 훈육을 핑계 삼아 자신의 생각을 강요하고 주입시키면 꼰대

부모가 되고 만다. 지금 이 글을 읽고 있는 여러분들도 무의식적으로 아이들에게 '마라, 마라.'를 입에 달고 있지 않은지 생각해 볼 일이다. 아이의 변화를 원한다면 뇌 신경망에 따른 변화의 속성을 잘 이해해야 하며, 말 보다는 부모가 먼저 변화하는 모습을 보여줘야 한다는 것도 명심하자.

사람은 쉽게 바뀌지 않는다. 나이가 들수록 변화는 더 힘들어지므로 어릴 때의 환경과 습관이 매우 중요하다. 마음껏 느끼고 표현하는 자유로운 환경에서 다양한 경험과 활동을 통해 뇌를 말랑말랑한 상태로 유지하도록 해야 한다. 또 아이 스스로 목표를 세워 작은 변화라도 이루어 내는 연습을 하게 해야 한다. 아이가 목표를 이루어 냈을 때는 아낌없이 칭찬해주자. 그리고 좋은 습관들을 지속적으로 유지할 수 있도록 하자. 그렇지 않으면 자라면서 점차 매사에 경험이 없음을 핑계로 주저하거나, 인간관계에서도 공감능력이 부족하게 되어 고립될 수도 있다. 더불어 창의력이나 상상력 발휘에도 문제가 발생한다. 한번 생성된 신경망이 고착화되어 고정관념으로 굳어져 버리거나 익숙한 것만 선택하는 라이프스타일은 21세기 인간 고유역량의 개발을 가로막는 가장 큰 장애물이다.

인공지능 vs
일류두뇌

일류두뇌는 21세기 핵심 역량인 인간 고유의 능력을 두루 갖춘
미래형 인재로서, 뇌를 잘 활용함으로써 자신의 가치를 발견하고 가치를
실현하는 뇌의 주인을 의미한다.

인공지능 시대가 오고 있다

2012년에 인공지능 '슈퍼비전'이 세계 최대 이미지 인식 경연대회에 참가하여 압도적인 성적으로 우승을 차지한 1년 뒤 '켄쇼'라는 인공지능이 출현했다. 켄쇼는 세계 최대의 금융 투자 기업인 골드만삭스에 입사하여 인간과는 달리 먹지도 마시지도 쉬지도 않고 오로지 일만 했다. 24시간 내내 천재 수준의 집중력을 발휘한 결과, 당시 월 스트리트에서 가장 많은 연봉을 받는 600명의 트레이더가 한 달 가량 처리해야 하는 일을 단 3시간 20분 만에 해냈다. 당연히 켄쇼를 보조할 단 두 명을 제외한 598명의 직원들이 해고당했다. 이후 월스트리트에서는 아이비리그를 우수한 성적으로 졸업한 소위 공부 천재들이 하던 일의 90%를 인공지능이 대체하고 있다.[15]

15) 「에이트」 이지성, 차이정원 참고.

이 외에도 인공지능 의사인 '왓슨'은 어마어마한 의학적 지식을 바탕으로 90~100%에 달하는 암 진단 정확도를 보여주고 있다. 따라서 환자들은 인간 의사보다 인공지능 의사를 더 편안히 여기며 믿고 의지한다고 한다. 이뿐 아니다. 인공지능 약사, 변호사, 교사까지 등장하여 전 세계에서 활약하고 있다. 우리가 흔히 좋은 직업이라고 여기는 의사, 변호사, 약사, 교사 등의 전문직이 인공지능으로 서서히 대체되고 있는 것이다. 앞으로 그 속도는 더욱 빨라질 것이다.

인공지능[Artificial Intelligence, AI] 이란 무엇인가?

두산백과의 정의에 따르면 '인간의 학습능력과 추론능력, 지각능력, 자연언어의 이해능력 등을 컴퓨터 프로그램으로 실현한 기술'이다. 쉽게 말해서 컴퓨터가 인간의 지능적인 행동을 모방할 수 있도록 만든 것이다. 인공지능은 사람처럼 자유로운 사고가 가능한 자아를 가진 강AI와 자의식이 없는 약AI로 구분된다. 현재까지 개발된 것은 특정 분야에 특화된 약AI로 바둑 프로그램 알파고[Alphago], 의료분야에서 사용되는 왓슨[Watson], 인공지능 변호사, 약사, 교사 등이 있다. 4차 산업혁명의 대표적인 기술인 인공지능은 이제 인간의 마음을 읽기에 이르렀다. 2020년 3월, 미 캘리포니아 대학 연구팀에서 인간의 뇌활동을 분석해 글로 표현할 수 있는 마음을 읽는 기술을 개발하였고, 신경과학 분야 권위지인 《네이처 뉴로사이언스[Nature

Neuroscience)》에 그 논문16)이 게재되었다.

16) 'Machine translation of cortical activity to text with anencoder-decoder framework', Joseph Makin, 2020.

우리나라에서도 2016년 알파고 사건의 충격 이후 인공지능의 도입이 본격화되고 있는데, 국내 대형 병원들이 왓슨을 도입해 환자를 진단하고, 인공지능 변호사 '유렉스'가 법무법인에 고용된 바 있다. 아웃도어 브랜드의 모바일 앱은 인공지능으로 고객에게 맞는 옷을 추천해주고, 온라인 쇼핑몰에서는 '챗봇[Chatbot]'이 상담원을 대신한다. 또 AI 스피커를 이용한 음성인식을 통해 집안의 모든 기기를 목소리만으로 간편하게 제어하고, 아이들은 스마트 폰 속의 인공지능과 대화하며 즐거워한다. 알파고의 충격을 겪은 지 4년이 지난 지금, 인공지능은 이미 우리의 일상에 자연스럽게 녹아 들어와 있다.

공부천재들이 모인 월스트리트 업무의 90%를 대체해버린 인공지능의 개발이 어느 수준까지 이루어질지는 가히 짐작하기 어렵다. 전문가들은 인간 전체의 지능을 합한 것보다 우월한 '초지능' 인공지능의 탄생을 2045년 이후로 보고 있는데, 현재 발전 속도로 보면 그 시기가 앞당겨질 수도 있다. 과학기술이 이렇게 놀라운 발전을 이루고 있는 것을 지켜보자면, 인간의 위대함과 동시에 일종의 두려움이 느껴지는 것도 사실이다. 특히 인간의 뇌를 모방한 인공지능을 대할 때면 이러다가 영화에서처럼 인공지능이 정말 인간을 지배하는 날이 오진 않을까 하는 무서운 생각마저 든다. 인류가 뛰어난 지능으로 모든 동물을 지배하고 있는 것처럼 말이다.

그렇다면 과연 인공지능은 우리의 적일까, 친구일까? 인공지능은 전문가들 사이에서도 찬사와 우려가 극명하게 갈리는데, 실리콘밸리의 리더들 간 찬반 논쟁은 눈여겨 볼만하다. 찬성 편에는 구글의 래리 페이지와 세르게이 브린, 페이스북의 마크 저커버그가 있다. 이들은 인공지능이 삶의 질을 크게 향상 시킬 것이라고 주장한다. 실제로 이들은 인공지능 개발의 선두에 서있다. 인공지능이 장차 인류에게 위험한 존재가 될 것이라고 보는 반대편에는 스페이스 X와 테슬라의 일론 머스크, 고(故) 스티븐 호킹 박사 등이 있다. 이들은 인공지능에게 자기인식 능력이 생긴다면, 인류를 제어하거나 조종하여 종말을 초래할 수도 있는 만큼 정부 차원에서의 규제가 필요하다고 주장한다. 이 논쟁은 여전히 진행 중인데, 중요한 것은 이미 우리는 인공지능을 거부할 수 없는 상황에 도달해 있다는 사실이다.

교육적 측면에서 인공지능에 대한 이슈는 인간만이 가지고 있는 능력, 즉 마음 능력에 관한 것이다. 인공지능이 과연 인간의 마음 능력에까지 침범할 것인가 또는 인공지능과 다른 인간의 고유한 능력을 어떻게 개발시킬 것인가 하는 문제다. 마이크로소프트의 빌 게이츠는 가문의 교육법을 중요시했는데 자녀들에게 14세까지 스마트 폰 사용을 금지하고 집안에서 디지털 스크린 없이 지내는 시간을 두도록 하고 있다. '스스로 생각하는 법'을 기르기 위한 것이라고 그 이유를 밝혔다. 스티브 잡스를 비롯한 실리콘밸리 기업가들의 가정에서도 자녀들에게 디지털 기기 사용을 제재하고 있다. 디지털 기술을 개발한 장본인들이 자녀들에게는 그것과 멀리하라고 교육하는 것은 그 폐해를 누구보다 잘 알고 있기 때문일 것이다.

실제로 대부분의 요즘 아이들은 TV, 컴퓨터, 스마트 폰 등에 장시간 노출되어 있다. 그래서인지 스스로 생각하는 것을 무척 어려워한다. 궁금한 것이 생기면 인터넷 검색부터 한다. 아이들이 학교에 제출하는 과제의 내용이 대부분 비슷한 것은 그 때문이다. 이렇듯 나의 생각조차도 디지털 기기에 의존한다면, 창의적인 사고와 영감, 새로운 의식의 확장, 통찰력 등 인간만이 가진 고유한 능력들은 머지않아 사라지고 말 것이다.

인공지능이 인류를 멸망시킬 것이라는 무섭고도 암울한 예견을 굳이 하지 않아도 당장 우리의 일자리를 위협하고 있다. 하지만 우리는 아이들에게 여전히 주입식, 암기식 교육을 강요하며 인간의 고유한 능력 개발에는 관심을 두지 않는다. 아이들이 스스로 사고하여 문제를 해결할 때까지 기다려 주지 않거나 그런 기회를 제공조차 하지 않는 것은 분명 어른들의 책임이다. 이제 부모들도 인공지능과 경쟁할 첫 세대인 나의 자녀들에게 어떤 가치 자산을 물려줄 것인지, 어떻게 미래 경쟁력을 키워줄 것인지를 고민해야 할 시기가 되었다. 그렇다면 인간이 인공지능과의 경쟁에서 밀리지 않으려면 어떻게 해야할까?

결국 우리는 마음기제의 총사령탑인 뇌에 주목해야 한다. 그래서 나는 인공지능과 경쟁할 인간의 무기가 바로 '브레인 쉬프트를 통한 일류두뇌'임을 주장한다. 이 책에서 처음 사용된 개념인 '일류두뇌'는 21세기 핵심 역량인 인간 고유의 능력을 두루 갖춘 인재로서, 뇌를 잘 활용하여 자신의 가치를 발견하고 가치를 실현하는 뇌의 주인을 의미한다. 또 인공지능과 경쟁하거나 대체되는 것이 아니라 그것들을 이해하고 활용하며, 인간과 지구를 위한 인공지능을 개발하는 보다 높은 차원의 의식을 가진 미래형 인재를 의미한다.

뇌를 가지고 있는 사람이라면 누구나 교육을 통해서 일류두뇌가 될 수 있다. 이 책을 통해 부모가 해야 할 일은 아이에게 무엇을 어떻게 가르쳐야 하는지 먼저 익혀야 한다. 앞으로 나올 개념들은 다소 어렵거나 거창해 보일 수 있는 이론적인 부분이지만 최대한 이해하고 넘어가길 바란다. 뒷부분의 실전 편에서는 실제로 아이와 함께 할 수 있는 프로그램들로 구성되어 있으니 직접 체험하고 활용하기 바란다.

다음 편에서는 미래형 인재인 일류두뇌가 갖추어야 할 필수 역량에 대해 알아보고, 어떻게 하면 이를 개발시킬 수 있는지 차례대로 살펴보자.

일류두뇌의 핵심역량

'인간다움[Humanity]' 이란 무엇인가?

인간보다 뛰어난 지능을 가진 인공지능 시대를 본격적으로 맞이하기에 앞서 과연 '인간이라는 존재가 무엇인가?' 또는 '인간다운 삶은 어떤 것인가?' 하는 생각을 하지 않을 수 없다. 과학기술이 기하급수적인 속도로 발전하고 있는 때에 웬 철학적인 질문인가 싶을 수도 있겠지만, 깊이 생각하지 않으면 안 될 화두이다.

많은 아이들이 학교와 학원에서 '기계적으로' 지식을 쌓기 위한 공부만 하고, 깨어 있는 시간에는 오로지 스마트 폰을 끼고 산다. 스스로 '내가 원하는 것이 무엇이고 어떤 삶을 살아야 하는가?' 하는 성찰과 인간다운 사유를 하는 대신 기계와 친하게 지내며 기계적으로 공부하고 있는 것이다. 이런 아이들이 성인이 되었을 때 어떤 일이 일어나게 될까? 아마 가장 뛰어난 기계인 인공지능에게 다들 일자리를 빼앗기고 말 것이다. 일을 할 수 없게 된다는 것은 어떤 의미인가? 최소한의 인간다운 삶을 누릴 경제적 뒷받침이 안 되는 것은 물론이고 일을 통해 존재감을 느끼거나 성취감을 얻는 등 자아실현의 기회가 주어지지 않는다는 뜻이다. 인간이 아닌 기계에게 졌을 때의 패배감과 상실감을 또 어떻게 해결할 수 있을까? 본격적인 인공지능 시대가 도래하기 전에 앞의 인간다움에 대한 물음의 답을 찾기 위한 노력을 해야 할 이유가 여기에 있다.

『우리말샘 국어대사전』에 따르면, 인간다움은 사람으로서 갖추어야 할 것으로 기대되는 자질이나 덕목을 말한다. 사람은 누구나 인간답게 살고 싶어 하며, 삶에서 인간다움을 실현하길 원한다. 인공지능 시대에서 인간만이 가진 자질이나 능력이 중요해지는 것은 우리가 인간답게 가치 실현을 하면서 살기 위해서이다. 인간다움이라는 개념은 '21세기 역량, 핵심역량, 인간의 고유한 역량' 등으로 혼재하며 쓰이고 있지만, 국제사회에서 아직 공통적으로 정리된 바는 없다. 따라서 세계적인 흐름을 주도하고 있는 OECD에서 제시한 개념과 다보스포럼, 국제뇌교육협회에서 정의한 개념들을 살펴보면 우리가 어디에 주력해야 하는지 보다 명확해진다.

구글에 '21세기 역량'이라는 단어를 검색하면 0.3초 만에 400만개 이상의 검색 결과가 나온다. 2009년에 처음 언급된 이 표현은 이제 하나의 큰 줄기로 자리 잡고 있다. '역량'은 어떤 일을 해낼 수 있는 힘이나 기량[17]으로서, 원래 직업에서 사용되는 개념인데 OECD에 의해 교육의 영역으로 확장되었다. 'OECD 교육 2030 : 미래교육과 역량'은 2030년쯤 필요할 것으로 예상되는 미래핵심역량이 무엇인가와 학생들이 이를 학교에서 어떻게 학습하고 키울 수 있을 것인가 하는 고민에서 출발한 교육 프로젝트다. 우리나라를 포함해 29개국이 참여하는 교육사업으로, 개별 국가에서 고민하고 있는 미래에 필요한 지식이나 기술은 무엇인지 연구한다. 또 어떠한 태도와 가치를 학생들에게 배양시켜 미래사회를 준비하도록 할지 돕는 것이 목적이다. 이 프로젝트는 학생들의 잠재력을 최대한 발휘하는 교육을 통해 새로운 미래 사회를 구축한다는 능동적인 교육이념이 제시된 것이 특징이다. 더불어 2030년대의 사회에서 필요한 핵심역량으로 새로운 가치 창조하기, 긴장과 딜레마에 대처하기, 책임감 갖기 등 세 가지를 꼽았다.[18] 미래사회에서는 창의적 아이디어를 통한 창조력을 가장 강조한 것으로 볼 수 있다.

역량의 개념은 20세기 교육에서는 다뤄지지 않았다. 그러나 우리나라도 세계적인 흐름에 발맞추어 2015년에 개정된 교육과정에 역사상 처음으로 '핵심역량'이라는 개념이 반영되었다. 경제용어가 교육에까지 도입되었다는 것

17) 다음 어학사전.
18) 《서울교육》231호 참고.

은 4차 산업혁명 시대에는 이전과는 다른 특별한 능력 없이는 경쟁에서 살아남기가 어렵다는 반증이다.

교육적 차원에서의 21세기 역량 개념을 제시한 또 다른 예를 살펴보자. 2018년 다보스 포럼에서는 '인간 역량의 혁명[skills revolution]'을 제시했는데, 미래에 요구되는 인간의 고유한 역량과 교육 방향에 대한 알리바바의 마윈 전 회장과 유발 하라리 교수의 일침을 눈여겨볼 필요가 있다.

마윈 전 회장은 미래 사회에 인공지능이 끼칠 영향에 대해 '서비스 산업처럼 인간의 고유한 영역을 개발하지 않는다면, 인공지능과 빅데이터가 인류에게 위협이 될 것'이라고 경고했다. 왜냐하면 기계는 항상 인간보다 스마트하고 절대 잊어버리거나 화를 내는 일이 없기 때문이다. 또 그는 지금의 교육 방식을 바꾸지 않으면 30년 후쯤에 큰 문제에 봉착할 것이라고 했다. 과거 200년 동안 유효했던 지식 전달 중심의 교육을 그만두어야 한다고도 했다. 그리고 기계가 인간보다 스마트하기 때문에 아이들에게 기계와 경쟁하게 가르칠 수는 없으며, '가치, 신념, 독립적인 사고, 팀워크, 타인에 대한 배려'와 같이 지식으로는 학습할 수 없는 인간만의 고유한 능력을 가르쳐야 한다고 주장했다.

유발 하라리 교수는 변화에 대한 정보가 부족하여 미래에 대비하지 못한 수많은 사람들이 사회에서 도태될 수 있다고 경고했다. 많은 경제학자와 과학자들의 예견대로 일자리가 사라지고 또 새로운 일자리가 생겨난다 하더라도, 그러한 새로운 일을 수행 할 수 있는 역량에 대한 교육이 제대로 이뤄지지 않고 있다는 것이다. 대부분의 육체노동이 기계로 대체될 것이므로 새로 생겨날 일에 요구되는 기술과 역량은 완전히 새로운 것이지만 그것이 무엇인지 아무도 예측할 수 없다고 한다. 따라서 지금 할 수 있는 최선은 '정서지능이나 정신적 회복 탄력성, 학습 능력'처럼 미래 일자리에 꼭 필요하다고 확신하는 역량을 가르치는 것이라고 강조했다.[19] 4차 산업혁명시대의 새로운 교육방향으로 인간 역량

19) 〈브레인〉 68호, 한국뇌과학연구원 참고.

의 혁명을 제안한 것으로서, 이때부터 인공지능과 대비되는 '인간의 고유 역량'이라는 용어가 사용되기 시작했다.

미래사회의 핵심 키워드인 뇌의 올바른 이해와 활용의 가치를 국제사회에 알려온 국제뇌교육협회는 2019년에 유엔글로벌콤팩트에 제출한 지속가능성보고서 슬로건으로 '인간의 내적역량 계발을 통한 휴머니티 회복'으로 제시하면서 역량의 개념을 이렇게 표현했다.

"원하는 변화와 목표를 이루기 위한 인간이 가진 다양한 능력 중에서 성공적 수행과 성과에 이르게 하는 내재적 특성으로 그러한 행동을 일으키는 동기, 태도, 가치관, 자아의식 등 개인의 행동적, 심리적 요인을 망라한다. '나는 누구인가'로 대표되는 내면탐색을 비롯해 정신적 회복탄력성, 인내와 용기, 자기주도성과 사명감, 영감과

20) 국제뇌교육협회 지속가능
성보고서, 2019.

통찰 등이 인간 내적 역량에 포함된다."[20]

교과서에 있는 지식만으로 비교하자면 인공지능이 이미 인간을 넘어 섰다. 따라서 인공지능은 못하고 인간만이 할 수 있는 능력들은 무엇일지 고민하고 그것을 키워주는 교육이 반드시 필요하다. 아이에게 '내가 잘하는 것은 무엇인지, 어떻게 살아야 하는지' 등 자신의 존재 가치를 끊임없이 고민하도록 해야 미래경쟁력을 키울 수 있다. 또한 획일화된 지식을 주입할 것이 아니라 남과 다른 생각, 비판적인 사고를 할 수 있도록 해야 한다. "네 생각은 무엇이니?" "왜 그렇게 생각하니?" "다른 친구들은 어떻게 생각할까?" 라고 묻는 교육이 이루어져야 그 답을 하는 과정에서 아이들은 인공지능과 다른, 사유하는 인간으로서 경쟁력을 갖추게 된다.

인공지능의 출현으로 인해 눈에 보이지 않고 측정하기도 어려운 인간의 고유한 역량들이 더욱 관심 받기 시작했다. 인간 고유의 능력이나 21세기 핵심 역량은 인간이면 누구나 태어날 때부터 어느 정도 가지고 있는 잠재력이라는 것을 먼저 알아야 한다. 없던 능력을 힘들여 만들어내야 하는 것이 아니라 원래 가지고 있지만 제대로 발현되지 못한 것을 어떻게 개발시키느냐의 문제로 봐야하는 것이다. 이러한 관점에서 인간이라면 누구나 가지고 있는 뇌의 잠재력을 키워주는 교육이 그 답이 될 수 있다.

일류두뇌는 21세기 핵심 역량인 인간 고유의 능력을 두루 갖춘 미래형 인재로서, 뇌를 잘 활용함으로써 자신의 가치를 발견하고 가치를 실현하는 뇌의 주인을 의미한다. 교육을 통해 뇌의 잠재력이 개발되면 인간 고유의 능력이 두루 잘 갖춰지는데, 일류두뇌가 갖추어야할 핵심역량 네 가지는 창조력, 통찰력, 공감능력 그리고 상상력이다. 이는 여러 관련 서적과 기관, 전문가들이 제시한 것들 중 공통적으로 강조한 역량이자 인간이라면 누구나 갖고 있는 잠재능력이다. 즉 인공지능에게서는 볼 수 없는 인간만의 고유한 능력으로서, 브레인 쉬프트를 통해 기를 수 있는 대표적인 역량들이다. 이것들이 구체적으로 무엇이며 미래사회에서 왜 꼭 필요한 역량인지 다음 편에서 자세히 살펴보기로 하자.

인간 뇌의 가장 큰 특별함
'창조력[Creativity]'

　　　　　신발 끈을 묶는 데 시간이 걸리는 게 불만인 사람이 있었다. 어느 날 그가 산책을 하고 집에 돌아와서 보니 바지와 개의 몸에 엉겅퀴 가시가 달라붙어 있었다. 어렵사리 가시 하나를 떼어 현미경으로 자세히 살펴보았다. 그 결과 엉겅퀴 가시에 자잘한 갈고리가 달려 있어서 옷이나 동물의 털에 쉽게 달라붙지만 떼어내기는 아주 어렵다는 사실을 알게 되었다. 이 힌트는 훗날 신발 끈을 대신할 수 있는 벨크로 스티커로 탄생하는 결과가 되었다. 사소하고 귀찮다고 여길 수 있는 것들을 지나치지 않고 관심을 가짐으로써 유레카, 즉 창조의 순간을 만들어 낸 것이다. 이 이야기는 매우 사소한 것에 대한 불만과 관심이 커다란 창조의 도약이 될 수 있다는 것을 보여주는 예이다.

창조력이란 전에 없던 새로운 것을 만들어내는 힘이나 능력으로 창의력과 같은 말이다. 현대적 관점에서 창조력은 전혀 다른 둘 이상의 영역을 융합하여 새로운 아이디어로 구현해내는 것을 뜻한다. 그리고 그 결과로 둘 이상의 영역을 넘어선 무언가를 실제로 만들어 내는 것이다.[21] 이는 동물이나 기계는 갖지 못한 인간만의 위대한 능력이자 4차 산업혁명시대에 가장 중요한 역량이라고 할 수 있다.

> [21] 「창조력은 어떻게 인류를 구원하는가」 김대식 · 다니엘 바이스, 중앙일보플러스 참고.

미래에는 인공지능의 발전으로 고소득 지식노동자들의 직업이 다수 사라질 것으로 예상되며, 그들이 겪게 될 경제적인 충격도 크겠지만 심리적인 쇼크 또한 상당할 것이라고 한다. 중동의 몇몇 산유국 젊은이들 중 상당수가 스스로 공부하거나 경제활동을 할 의지가 없다고 하는데, 이것은 미래의 인공지능 사회에서 충분히 일어날 수 있는 시나리오이다. 다수의 지식노동자들이 직업을 잃고 자괴감, 무력감에 빠지거나 지금의 어린이들이 성인이 되었을 때 직업을 가질 기회가 사라진다면 그 나라의 미래는 보장받기 어렵다.

과거의 창조력이 생산성 중점이었다면 현재와 미래의 창조력은 생산성을 뛰어넘은 무형의 가치, 여러 분야를 융합하고 연결하는 연계성과 혁신의 관점에서 바라봐야 한다. 사라진 직업을 대신할 새로운 직업을 만들어내는 것 또한 창조자의 역할이다. 그렇다면 현시대에 맞는 창조력을 가진 사람은 어떤 사람이고 과연 창조력은 후천적으로 개발할 수 있는 것일까? 있다면 방법은 무엇일까?

창조력이 있는 사람은 끊임없이 무언가를 시도하고 주어진 문제에 대해 새로운 해법을 찾아낸다. 문제가 생겼을 때 회피하지 않고 내가 무엇을 하여 이겨낼 수 있을지 고민한다. 또한 개개인의 문제해결을 파악하는 능력이 뛰어나다. 현실에 완벽하게 만족하는 사람은 새로운 아이디어나 혁신을 필요로 하지 않는다. 벨크로 스티커의 사례처럼 매우 사소한 것에 대한 불만족이 창조의 출발점이 될 수 있다. 즉 도전 정신, 스스로 문제를 해결하려는 자발적 태도, 목표를 향한 열정, 대상을 바라보는 다양한 관점 등이 창조력이 있는 사람들의 특징이다.

사람이 창조적으로 성장하는 데에는 역사적, 환경적 요인이 작용한다.[22] 창조력은 근육과도 같아서 쓰지 않으면 퇴화하는 성질이 있고, 어린 시절의 성장 환경이나 교육에 따라 퇴화하거나 진화한다. 많은 사람이 창조력을 타고난 재능으로 여기지만 창조력을 키우기 위해서는 끊임없이 고민하는 인고의 시간과 노력이 필요하다. 창조력의 반대말은 표절이나 모방이 아니라 중도포기다. 따라서 아이의 창조력을 키우려면 끈기 있는 습성을 길러주어야 한다. 특히 아이가 좋아하는 것에 집중하고 몰입할 수 있어야 새로운 창작이 가능하다. 부모는 그 기회를 제공하고 기다려 주어야 한다.[23]

22) 『창조력은 어떻게 인류를 구원하는가』 김대식 · 다니엘 바이스, 중앙일보플러스 참고.
23) 『틀 밖에서 놀게 하라』 김경희, 포르체 참고.

질문이 차단된 기계적인 암기식, 주입식 교육을 받거나 온실 속에서 안전하고 편안한 어린 시절을 보낼 경우, 창조력을 키우고 발휘해야 할 동기부여가 제대로 이루어지지 않을 수 있다. 부모가 스케줄러가 되어 아이의 시간표를 꽉 채워두고 인생을 부모 마음대로 디자인해서는 안 된다. 아이의 의사와 요구를 존중하고 최대한 자유롭게 행동하도록 해야 창조력이 커진다.

자유로움은 창조력을 발휘하는데 있어서 매우 중요한 요소임에 틀림없다. 구글 본사 미키 김 총괄 전무는 구글의 창조력이 시간과 장소의 자유로움에서 나온다고 강조했다. 구글의 사무실에 가보면 자리를 지키고 앉아 있는 사람이 거의 없다. 그리고 동료의 직급이 무엇인지 아무도 모르지만 무슨 일을 하는지는 다들 상세히 알고 있다. 출퇴근 시간도 자유로워서 업무 효율성은 물론 워라밸[work-life balance]도 가능하게 해준다. 그러나 이러한 자유로움 뒤에는 냉정한 성과 평가가 기다리고 있다.24) 창조력을 발휘하지 못하는 사람은 도태될 수밖에 없는 환경이다.

현재 미래시대가 요구하는 창조성이 뛰어난

24) 사이언스 타임즈 '구글의 창조력 어디서 나오나' 2018. 12.20. 김순강 기자.

대표적인 인물들은 대부분 실리콘 밸리의 IT기업에 있다고 해도 과언이 아니다. 테슬라의 일론 머스크, 빌게이츠, 스티브잡스, 구글의 래리 페이지, 페이스북의 저커버그, 아마존의 제프 베조스, 인텔의 엔디 그로브 등등.

왜 우리나라에는 빌게이츠, 스티브 잡스, 일론 머스크 같은 인물이 나타나지 않는 것일까?

나는 우리나라의 고답적인 교육환경에 그 원인이 있다고 본다. 어릴 때부터 창의적일 수 없는 환경에서 대학에 들어가는 순간부터 대부분 잊어버릴, 살아가면서 별 쓸모도 없는 지식들을 공부하는데 머리를 쓰느라 뇌의 무한한 창조성이 애초에 빛을 잃은 탓이다. 우리의 교육은 천재의 싹을 무참히 잘라 버리는 교육인 것이다.

뇌과학자인 카이스트의 정재승 교수는 "교과 과정에 충실한 교육을 받은 아이들에게 어느 날 갑자기 남다른 생각을 하라는 것은 부당한 요구"라면서 "아이들을 한 줄로 세우는 교육이 계속되면 언젠가는 인공지능이 제일 앞에 서게 될 것"이라고 했다. 또 많은 데이터로 인공지능을 돌리는 게 이득인 사회에서 인간보다 인공지능이 훨씬 더 높은 성과를 내기 때문에 인공지능과 함께할 다음 세대들은 인공지능이 낸 결과를 비판적으로 바라볼 수 있어야 한다고 했다. 자신의 생각을 잘 짜인 논리로 정리하여 의미 있는 것으로 만드는 창조력이 필요하다는 것이다. 그는 "창의성을 발휘할 때는 뇌를 골고루 사용한다."[25]고도 했다.

25) 2019.10.14. 「정재승의 인간탐구보고서」 출간기념강연회에서.

"인간은 oo을 하는 유일한 동물이다."

하버드대 심리학과 대니얼 길버트 교수는 다가올 미래에 인류는 이 문장에 대한 해답을 찾아야 한다고 말했다.[26] 여러 가지 답이 가능하겠지만 나는 이 빈칸에 '창조'라는 단어를 넣고 싶다. 인간의 가장 뛰어난 능력이자 인간

26) 『통찰력』 우수명, 아시아코치센터 참고.

뇌의 특별함인 창조력을 키우지 않으면 미래가 암울하다. 4차 산업혁명을 주도하는 핵심기술인 인공지능은 갈수록 진화하여 쉬지 않고 스스로 발전하고 있다. 이 순간에도 인공지능은 인간 고유의 영역으로 인식되던 생각, 선택 그리고 의사결정의 기능을 매우 효율적이면서도 뛰어나게 대체해 나가고 있다. 미래학자인 레이 커즈와일은 2045년에 전 인류의 지능을 합한 것보다 뛰어난 지능을 가진 인공지능이 출현하는 특이점[singularity]이 올 것이라고 예측했다. 그가 예측한 미래과학기술 중 86%가 현실로 나타났으며, 그 중 78%는 연도까지 맞췄다[27]고 하니 실현된 확률이 높은 주장이다. 그의 예상대로라면 이제 얼마 남지 않았

27) 『에이트』 이지성, 차이정원 참고.

다. 우리 아이들에게 창조력을 키워주지 않으면 안 되는 이유이다.

창조력은 인간이라면 누구나 가지고 태어나는 능력이다. 인간의 뇌에는 본디 상상을 현실로 만드는 위대한 창조성이 내재되어 있는 것이다. 다만 자라면서 여러 가지 요인으로 인해 발휘되지 못하고 있을 뿐이다. 따라서 창조력은 유전자나 지능과는 무관하게 후천적으로 개발할 수 있는 능력이다. 아이의 창조력을 키우는 데는 사교육이나 특별한 교육 과정이 필요하지도 않다. 가장 중요한 것은 부모의

교육 방식과 가정환경이다.

창조적인 사람은 문제가 생겼을 때 주저하거나 두려워하지 않는다. 99%의 불가능 상황에서도 단 1%의 가능성을 믿고 행동한다. 용기를 내어 끊임없이 도전하는 자만이 창조력을 키울 수 있다. 인공지능 시대에서 창조력이 얼마나 중요한가를 인식했다면 이제 새로운 도전을 해야 할 때이다. 브레인 쉬프트를 통해 아이의 뇌에 내재된 잠재력과 가능성을 믿고 자신감을 되찾으면 내 아이의 잃어버린 창조력을 되찾을 수 있다. 일류두뇌가 되는 길은 부모와 아이가 함께 가야 하는 여정이다.

지식보다 중요한 것은 '상상력' 이다

가장 좋아하는 과일을 머리에 떠올려 보자. 내 앞에 있는 그 과일의 껍질을 까서 천천히 입으로 가져가서 먹는다고 상상을 해보자. 분명히 입안에 침이 고일 것이다. 나 역시 그러했다. 새콤달콤한 귤을 떠올리고 껍질을 까는 부분에서 이미 침이 고이기 시작했으며, 입안에 넣고 씹는 상상을 할 때는 온 몸이 떨렸다. 이렇게 상상하는 것만으로도 먹을 때와 같이 반응하는 까닭은 뇌에 입력된 정보가 뇌를 변화시켜서 실제로 몸에 변화를 주기 때문이다.

우리의 뇌는 실제 여부와 상관없이 뇌에 입력한 정보대로 작동한다. 상상과 현실을 따로 구분하지 않는다. 그래서 뇌가 어떤 정보를 아무런 의심 없이 믿어 버리면 그 일은 현실에서도 그대로 이루어 질 수 있다. 상상이 충분히 사실적이기만 하면 뇌는 그것을 현실과 똑같이 경험할 수 있으며, 때로는 현실보다 상상이 더 위력적인 힘을 발휘하기도 한다.

I am enough of an artist to draw freely upon my imagination.
나는 상상력을 자유롭게 이용하는 데 부족함이 없는 예술가이다.
Imagination is more important than knowledge.
지식보다 중요한 것은 상상력이다.
Knowledge is limited. Imagination encircles the world.
지식은 한계가 있다. 하지만 상상력은 세상의 모든 것을 끌어안는다.

아인슈타인의 명언이다. 아인슈타인이 자신의 뇌에 대해 참으로 잘 알고 또 잘 사용했다는 것을 알 수 있는 문구이다. 상상은 한계가 없기 때문에 지식보다 분명히 강력하다. 지식 위주의 교육이 한계를 가질 수밖에 없는 이유이기도 하다. 역사상 많은 위인들이 학교에서 배운 지식이 아니라 무한한 상상을 통해 창조를 이루고 변화를 이끌어내지 않았던가.

1665년 어느 날, 뉴턴은 나무 아래에서 쉬다가 사과가 떨어지는 것을 보았다. 그것은 사람이 땅 위를 걷고 새가 하늘을 나는 것처럼 누구나 지나쳐버릴 평범한 현상이었다. 하지만 과학자인 뉴턴은 이런 생각을 했다.

'사과는 위로 올라가거나 옆으로 떨어지지 않고 아래로만 떨어져. 그건 지구가 자석처럼 사과를 끌어당기기 때문이지. 그렇다면 혹시? 지구가 하늘의 달도 끌어당기는 건 아닐까?'

그의 상상은 학교에서 배운 것과는 전혀 다른 것이었다. 당시에는 땅과 하늘의 운동법칙이 전혀 달라서 불완전한 땅에서는 사과가 떨어지는 것처럼 직선 운동을 하고, 완전한 하늘에서는 달이 도는 것처럼 원운동을 한다고 여겼다. 그러나 뉴턴은 땅과 하늘의 법칙이 다르지 않으며, 사과를 끌어당긴 지구의 힘이 하늘의 달까지 끌어당긴다고 생각했다. 그리하여 세상의 모든 물체가 서로 끌어당기는 힘인 만유인력을 갖고 있다는 것을 알아냈으며, 그 크기를 계산할 수 있는 공식까지 만들었다. 우리는 우주운동의 원리를 단 한 줄의 공식으로 풀어냄으로써 과학의 새로운 길을 열어준 그를 '근대 과학의 아버지' 라고 부른다.[28]

28) 「세상을 바꾼 상상력 사과 한 알」 정연숙, 논강 참고.

현대에 와서 상상력의 아이콘으로 손꼽히는 인물은 애플의 창업자 스티브 잡스이다. 밥 먹듯이 학교를 결석하고 고집불통에다가 외톨이였던 스티브 잡스에게는 근사한 놀이터가 있었다. 그것은 공구들로 가득 찬 아버지의 자동차 창고였다. 대학교를 겨우 반년만 다니고 자퇴한 그는 스무 살에 어린 시절 놀이터였던 차

고에서 애플이라는 컴퓨터 회사를 차리고 세계 최초의 개인용 컴퓨터인 애플1을 내놓았다. 스티브 잡스는 옷장 크기만 한 당시의 컴퓨터를 보고 '크고 복잡한 컴퓨터를 작고 단순하게 만들어 책상 위에 올려놓도록 만들면 어떨까?' 라고 상상했다. 그리고 현실로 이루어냈다. 이후 MP3 플레이어인 아이팟, 휴대전화에 아이팟과 컴퓨터 기능을 더한 아이폰, 태블릿 컴퓨터인 아이패드를 내놓았다. 아이폰과 아이패드로 사람들은 언제 어디서나 인터넷을 검색하고 메일을 주고받으며, 동영상을 보거나 사진을 찍을 수 있게 됐다. 손 안에 들어온 아이폰과 아이패드가 사람들의 삶을 바꿔놓은 것이다. 애플은 단순한 컴퓨터 회사가 아닌 누구도 상상하지 못한 놀라운 제품, 세상을 바꾸어 놓을 만한 제품을 만드는 회사가 되었다.[29] 스티브 잡스는 항상 남들과는 다른 생각을 했다. 상상하기를 좋아했으며 거대한 우주에 영향을 미치는 사람이 되려고 노력했다. 그리고 현실로 이루어냈다. 상상을 구체적으로 또 할 수 있는 한 가장 거대하게 한 것이다.

29) 『세상을 바꾼 상상력과 창의성의 아이콘 스티브 잡스』 남경완, 비룡소 참고.

우리의 뇌는 사실 여부를 떠나서 믿는 대로 반응한다. '플라시보[Placebo] 효과' 라고도 불리는 위약효과를 보면 그 의미를 알 수 있다. 플라시보 효과란 약물 효과가 없는 가짜 약으로 치료효과를 얻는 것을 말하는데, 환자에게 진짜 약이라고 투여하면 30~40% 정도가 유효한 작용을 나타낸다. 반면 아무런 성분이 없는 물질을 주면서 '이 것을 먹으면 배가 아플 것이다'라고 말하면, 먹은 사람들이 실제로 복통을 일으키는데 이를 '노시보[Nocebo] 효과'라고 한다. 중요한 것 은 이러한 플라시보 효과든 노시보 효과든 모두 뇌에서 일어나는 현 상이라는 점이다.

뇌는 실제 여부와 무관하게 정보를 입력한 대로 작동한다는 점에 서 입력한 대로 출력하는 컴퓨터와 같이 정확하다. 컴퓨터와 다른 점 은 그 정보를 내 마음대로 상상하고 바꿔서 입력할 수 있다는 것이 다. 인간은 상상을 통해 언제 어디서나 어떤 상황에서든지 내가 원할 때 뇌의 변화를 유발시킬 수 있다. 긍정적인 생각으로 플라시보 효과 를 계속해서 일으킬 수도 있다. 나의 뇌를 잘 알고 스스로에게 지속 적으로 긍정적인 효과를 가져다주도록 '상상'하면 되는 것이다.[30)]

이것이 바로 인공지능과 일류두뇌의 차이점이 다. 인공지능이 스스로 학습하고 추론, 판단까

30) 「뇌 안의 위대한 혁명 B.O.S」 이승헌, 국제뇌교육종 합대학원 참고.

지 하지만, 인간처럼 상상할 수 없는 것까지 상상하는 능력은 없다.

아이들의 상상력은 어른보다 훨씬 더 뛰어나다. 어른들은 살아가 면서 고착화되어 고정된 뇌 회로 때문에 남들과 다른 생각, 자유로운 상상을 하기 쉽지 않다. 반면에 뇌가 발달하는 시기에 있는 아이들은 환경과 조건만 만들어주면 무한한 상상력을 펼칠 수 있게 된다. 상상 력이 특별히 중요한 의미를 갖는 이유는 인간이 가진 창조력의 바탕

이 되기 때문이다. 뉴턴과 스티브 잡스의 예에서 봤듯이 창조와 혁신은 상상에서부터 시작된다. 공부를 많이 하거나 지식이 많다고 해서 창조가 일어나지는 않는다. 미래에는 인공지능의 지능지수[IQ]가 만점을 돌파할 것이라고 하니 지식으로는 소위 말해 게임도 안 된다. 브레인 쉬프트를 통해 무한한 상상력을 가진 일류두뇌가 반드시 되어야 하는 이유이다.

문제의 본질을 꿰뚫는 힘 '통찰력'

두 명의 경찰관이 신호대기로 멈춰 있었다. 그들은 일상적인 순찰 중이었고 특별한 일이 없는 날이었다. 보조석에 있던 젊은 경찰관은 바로 앞에 서 있는 출고된 지 얼마 안 되어 보이는 고급 승용차를 흘끗 바라보았다. 그리고는 옆의 경찰관에게 큰소리로 말했다.

"저거 보셨어요? 저 사람이 방금 자기 차에 담뱃재를 떨었어요!"

그는 믿을 수 없다는 듯이 다시 외쳤다.

"저건 새 차가 분명한데, 저 사람이 방금 담뱃재를 떨었다고요."

고가의 새 차 안에 담뱃재를 떨 수 있는 사람이 있을까? 훔친 차라면 가능할 것이다. 이것이 바로 젊은 경찰관의 통찰이었다. 그들은 경고등을 켜고 도난차량을 추적하기 시작했다.[31]

31) 「통찰, 평범에서 비범으로」
게리 클라인, 알기 참고.

다른 사람들에게는 보이지 않는 것을 알아챌 수 있는 사람이 있다. 우리는 그런 사람을 가리켜 통찰력이 있다고 말한다. 우수명의 저서 『통찰력』에 따르면, 통찰력은 보이지 않는 것을 정확히 꿰뚫어 보고, 과거의 경험을 현재의 상황과 연결하여 미래에 일어날 최고를 예측하는 능력이다.

나에게도 크고 작은 통찰력을 얻었던 순간들이 있다. 그 중에서도 기존의 삶의 방식과 태도를 바꿔놓은 순간이 있는데, 그것은 마치 커다란 깨달음과 해답을 얻은 것과 같은 놀라운 경험이었다. 어릴 때부터 누구한테서나 잘한다는 칭찬을 듣길 좋아했던 나는 뭐든지 열심히 했다. 친구들을 재밌게 해주려 노력했고, 고무줄놀이나 공기놀이를 잘할 때까지 집에서 혼자 연습할 정도였다. 학예회나 체육대회를 위해 춤과 노래를 밤낮으로 연습하고, 밤을 새워 가며 공부 한 적도 많았다. 문제는 하기 싫은 것까지 억지로 열심히 하곤 했는데, 단지 내가 욕심이 많기 때문이라고만 생각했었다. 부모님한테 줄곧 그런 이야기를 들으며 자라서였기 때문이다. 그런데 브레인 트레이닝을 깊이 체험한 훗날, 그 이유가 다른 사람한테 인정받고 싶은 욕구가 너무 크기 때문이라는 것을 깨달았다. 그리고 그 너머에는 어릴 때 한 살 많은 이복언니에게 아버지의 사랑을 빼앗겼다고 생각한 나의 관념이 있었다.

사람은 누구나 기본적으로 통찰력을 가지고 있다. 젊은 경찰관의 경우처럼 불일치성을 감지하거나, 아이디어들의 조합에 의하여 또는 우연히 통찰의 순간이 찾아오기도 한다. 나의 사례에서 보았듯이, 삶에서 중요한 통찰을 얻는 순간은 대단히 강렬해서 한순간에 사람의 생각과 삶의 태도를 바꿔 놓기도 한다. 통찰을 얻고 난 이후부터 나는 더 이상 하기 싫은 것들을 스트레스 받아가면서까지 억지로 하지 않는다. 남들에게 인정받으려 애쓰지도 않고 내가 하고 싶은 것을 열심히 그리고 즐겁게 하면서 살고 있다. 무엇보다 외부에서 사랑을 찾지 않는다. 나 자신을 사랑하고 주위에 사랑을 베풀려고 노력할 뿐이다.

통찰은 무언가가 부족한 결핍 상태에서 일어나기도 한다. 미국의 에드윈 랜드라는 광학자는 사진 찍는 것을 좋아해서 아이들과 놀러 갈 때마다 사진을 찍어주곤 했다. 어느 날 사진이 인화되는 시간을 기다리기 싫다는 딸의 말을 듣고 사진을 찍자마자 바로 보고 싶어 하는 사람들이 있을 거라는 생각이 번쩍 들었다. 그는 이러한 결핍에 집중하여 즉석카메라에 대한 아이디어를 얻고 지금 우리가 사용하는 폴라로이드 카메라를 발명했다.

또 다른 사례를 보자. 초창기의 엘리베이터는 무척 느렸다. 엘리베이터의 느린 속도는 여러 사람들을 짜증나게 했다. 고객들의 불만이 쇄도했지만, 당시의 기술은 더 이상의 속도를 내기에 한참 부족하여 대책을 세울 수 없었다. 하지만 한 기술자는 이 문제를 다르게 접근했다. 그는 사람들이 속도에 집착하는 이유가 엘리베이터 안에 주의를 끌 것이라고는 하나도 없기 때문이라고 생각했다. 그래서 사람들의 시선을 끌 무언가를 제공하면 속도는 문제되지 않을 것이라 여기고 엘리베이터 벽에 거울을 붙였다. 결과는 어떠했을까? 사람들의 불평이 바로 사라졌다. 자신의 모습을 거울에 비춰 보느라 시간 가는 줄 몰랐던 것이다. 문제 자체에 집착하기보다 사람들의 관심사나 필요에 초점을 맞추어 문제를 해결한 사례이다.[32] 이렇듯 남들과 다른 것을 발견하는 사람은 같은 상황을 다른 관점으로 바라봄으로써 통찰력을 발휘한다.

통찰력은 직관과도 밀접한 관련이 있다. 직관(直觀)은 판단, 추리 등의 사유 작용을 거치지 않고 대상을 직접적으로 파악하는 작용이다.[33] 직관은 예상치 않은 순간에 찾아오지만, 통찰은 의도적인 노력이나 과정의 결과이다. 무의식적으로 작용하기 때문에, 순간적인 직관을 무시하고 잘 사용하지 못해 자신이 가지고 있는 지식이나 경험, 습관대로 판단하고 행동하는 사람도 있다. 하지만 직관력이 뛰어난 사람은 통찰력도 뛰어나다. 직관은 본능적이고 무의식적으로 작용하므로, 순간적으로 스쳐가는 생각이나 첫인상, 첫 느낌 등을 놓치지 않

32) 「통찰력」 우수명, 아시아
코치센터 참고.
33) 뉴에이스 국어사전, 금성교
과서.

아야 발휘된다. 통찰력은 사람들의 필요를 주의 깊게 관찰하고, 다른 관점에서 문제를 바라보거나 순간적으로 스쳐가는 직관을 놓치지 않을 때 더 잘 작동한다.

통찰력은 앞서 살펴보았던 창조력과도 밀접한 관련이 있다. 현대 경영학의 창시자인 피터 드러커는 이렇게 말했다. "대부분의 사람은 사물을 볼 때 그냥 보지만, 나는 그걸 꿰뚫어 본다." 생전에 그가 컨설팅 요구를 받으면, 그 회사를 하루 이틀 관찰한 뒤 다른 사람들이 전혀 생각하지 못했던 통찰을 내놓았다. 그는 모든 성공적인 혁신은 놀라울 만큼 단순하며, 효과적인 혁신은 작게 시작하고, 미래를 예측하는 최선의 방법은 직접 미래를 창조하는 것이라고 했다.[34] 앞의 발명 사례에서도 보았듯이, 통찰력을 발휘하면 크고 작은 혁신을 일으키는 창조력까지 생긴

[34] 「창조력은 어떻게 인류를 구원하는가」 김대식 · 다니엘 바이스, 중앙일보플러스 참고.

다. 창조력과 통찰력은 미래 인재가 갖추어야 할 필수 역량들이다.

그렇다면 미래 시대에 경쟁력이 될 통찰력을 키우는 방법이 있을까? 아이들의 통찰력을 어떻게 개발시켜 줄 수 있을까? 통찰을 방해하는 주된 요인은 바로 경험의 부족이다. 직간접 경험을 통한 정보가 다양할수록 다른 사람이 보내는 신호에 민감하게 반응하며, 많은 아이디어와 응용력이 생기게 된다. 더불어 크고 작은 성공과 실패의 경험을 통해 상황을 꿰뚫어 보는 능력을 갖게 된다. 아이들이 통찰

력을 발휘하기 힘든 이유는 아직 어려서 경험이 부족하기 때문이다. 따라서 아이가 최대한 많은 성공과 실패를 경험하고, 그 과정에서 사색하며 성찰하는 훈련을 함으로써 통찰력을 키울 수 있도록 유도해야 한다.

아이에게 다양한 경험을 시켜 주기 위해서 누군가에게 일방적으로 배우게 하는 교육은 지양하는 것이 마땅하다. 학원에서 운동, 그림, 악기 등을 배우는 대신, 아이가 좋아하거나 관심 있는 분야의 취미 활동을 하도록 하는 것이 좋다. 취미는 새로운 경험을 쌓게 하고 만남의 폭도 넓혀 주기 때문에 그런 만남을 통해서 직·간접경험을 쌓을 수 있다. 독서 또한 간접경험의 좋은 방법이다. 미래학자인 앨빈 토플러는 미래 통찰력을 기르기 위해서는 반드시 독서를 해야 한다고 강조했다.

카이스트의 정재승 교수는 인공지능과 인간의 차이점에 대해 이렇게 말했다.

"인공지능은 빅데이터로 세상을 본다. 하지만 인간은 스몰데이터로 폭넓게 세상을 본다. 이것이 바로 인공지능이 발전해야 할 부분이다. 데이터를 통한 인지확장능력은 인공지능이 가진 능력이고, 그 데이터를 비판적으로 받아들이면서 가치를 만들어 내는 능력은 인간의

능력이다. 그래서 인간은 더욱 전뇌적 인간으로
성숙해 나가야 한다."[35]

35)「통찰력」우수명, 아시아코 치센터 참고.

이 말 속에 인공지능과 일류두뇌의 차이점이 그대로 드러나 있다. 정재승 교수가 말하는 '전뇌적 인간'은 '일류두뇌'와 일맥상통한다. 아무리 뛰어난 인간이라 할지라도 빅데이터에 있어서는 인공지능을 따라갈 수 없다. 교과서 속의 지식으로는 계란으로 바위치기라는 얘기이다. 기계적인 사고와 기계적인 학습은 최고의 기계인 인공지능이 이미 인간을 넘어섰다. 미래 경쟁력을 위해서는 비판적으로 사고하고 관찰하며, 본질을 꿰뚫어 가치를 만들어 내는 대체 불가능한 통찰력을 발휘해야 한다.

눈에 보이는 것 그 너머를 통찰하는 것은 인간만의 고유한 역량이다. 통찰력 역시 창조력과 마찬가지로 인간이라면 누구나 가지고 있는 뇌의 잠재력이기도 하다. 따라서 통찰력은 브레인 쉬프트를 통해 충분히 훈련하고 개발할 수 있는 능력인 것이다.

함께 느낄 수 있는 '공감능력'

내가 아닌 완전히 다른 사람처럼 꾸미고 행동하고 느끼며 말한 적이 여러 번 있다. 많은 사람들 앞인지라 처음에는 매우 어색하고 긴장도 됐지만 이제는 제법 익숙해져서 그 역할을 잘 소화해낸다. 그렇다. 나는 아마추어 연극배우이다. 아들이 다니는 초등학교에는 학부모 연극동아리가 있다. 일 년에 두 번 재학생들에게 보여줄 연극 공연을 하고, 가끔 외부 초청공연도 하는데 올해가 참여한 지 4년째이다. 전문배우와는 비교조차 할 수 없는 실력이지만, 학부모들의 열정과 노력으로 상당한 수준에 이르고 있다. 그곳에서 많은 것들을 배우며 얻고 있는데, 무엇보다 짧게나마 다른 사람이 되어 타인의 시각으로 느끼고 이해하는 경험을 하는 것이 가장 큰 즐거움이다. 때로 남자아이, 토끼, 죽은 친구의 영혼도 되어 보는

가 하면, 저승사자 까지 다양한 역할을 통해 공감하는 능력을 키우는 소중한 기회를 얻는다.

공감이란 '타인의 의견, 감정, 생각 따위에 자기도 그러하다고 느낌 또는 그러한 기분'[36]을 말한다. 세계적인 공감전문가 로먼 크르즈나릭은 저서 『공감하는 능

36) 뉴에이스 국어사전, 금성출판사.

력』에서 '공감은 상상력을 발휘해 다른 사람의 처지에 서보고, 다른 사람의 느낌과 시각을 이해하며, 그렇게 이해한 내용을 활용해 자신의 행동지침으로 삼는 기술' 이라고 했다. 공감은 동정심과는 다르다. 동정심은 누군가에 대한 연민이나 불쌍하다는 마음일 뿐이지만, 상대방의 감정이나 시각을 이해하려는 노력이 없다. 쉽게 말하자면 공감능력이란 다른 사람의 시각에서 상황과 기분을 느낄 수 있는 능력이다.

공감을 떠올리면 '따뜻함, 배려' 라는 단어가 연상되는데, 공감능력은 누구에게나 있는 타고난 능력이며, 가장 '인간다운' 역량이라고 할 수 있다. 다른 필수역량인 창조력, 상상력, 통찰력과는 다르게나 외에도 다른 사람이 핵심이 되는 인간관계를 빼놓고 설명이 되지 않기 때문이다. TV를 보면서 눈물을 흘리거나 악역 배우들이 실제로 대중의 미움과 질타를 받는 일은 우리의 공감능력이 작동하기 때문이다. 그렇다면 공감하는 능력은 언제부터 생기는 것일까? 그리고 공감 능력을 후천적으로 개발할 수 있을까?

아이들은 태어난 지 얼마 되지 않아서부터 엄마의 목소리를 듣거나 표정을 보고 감정을 판단한다. 엄마 아빠의 대화를 듣고 분위기나 감정을 알아차리기도 하며, 형제나 친구들과 놀이를 하면서 다른 사람의 감정을 인지하고 이해하는 등 아이는 상대방의 감정에 공감하는 사회인지적 발달 과정을 거친다. 연구자에 따라 차이는 있지만, 일반적으로 만2세부터 타인의 마음을 이해하는 능력이 나타난다고 보는데, 부모와의 교감을 통한 정서적인 안정이 공감 능력을 형성하는데 중요한 밑거름이 된다. 즉 부모의 양육 태도에 따라 공감능력의 발달 정도가 달라진다고 한다.

그렇다면 공감 능력은 자라면서 함께 커지는 것일까? 아이는 성장해 가면서 복잡해지는 세상사와 인간관계에 의해서 많은 경험과 다양한 감정을 겪으면서 공감 능력을 훈련해 나간다. 그러나 훈련 된다고 해서 어른들이 아이들보다 공감 능력이 크다고 볼 수는 없다. 나이가 들수록 다른 사람의 입장을 배려하고 공감을 잘하기보다 오히려 고정관념이나 고정된 뇌 회로로 인해 공감능력이 떨어지는 경우도 많다. 타인을 가슴보다는 머리로 이해하게 되는 것이다.

공감능력 역시 고정불변의 것이 아니다. 후천적인 노력에 의해 충분히 개발할 수 있다. 공감능력은 평생에 걸쳐 변화하고 발전한다고 알려져 있다. 아이들의 공감능력을 키워주는 기본적인 훈련은 하루를 어떻게 보냈는지, 어떤 기분이었는지, 학교에서 친구들과 즐거웠는지 등의 대화를 통해 평소에 아이의 감정을 읽어주고 공감해주는 것이다. 독서도 좋은 방법이다. 부모가 책을 읽어 주거나, 책을 읽고 나서 역할극 등의 표현활동을 하면 다른 사람의 처지를 간접적으로 경험할 수 있는 기회가 된다. 책을 읽어줄 때는 등장인물의 감정이 이입될 수 있도록 다양한 인물들의 처지를 공감할 수 있게 해주는 것이 좋다. 연극이나 영화 관람을 통해 타인의 삶을 간접적으로 체험하며 상상하는 것도 방법이다.

부모와의 교감을 충분히 가지면서 자란 아이는 타인의 감정을 잘 느끼지만, 그렇지 못한 아이는 다른 사람의 상황이나 기분을 잘 이해하지 못한다. 공감능력이 낮으면 대인 관계에도 어려움을 겪게 된다. 국내의 한 대학교 심리학 연구팀이 수도권 중학생 500명을 대상으로 조사한 결과, 인기 많은 아이가 공감능력이 탁월한 것으로 나타났다.37) 공감 능력이 뛰어나면 주위의 관심과 사랑을 받을 확률이 높다. 감성지능[EQ]의 개념을

37) EBS 육아학교 네이버 포스트 2020.5.18. 장서영 참고.

만든 대니얼 골먼은 미래 사회에는 사회지능이 중요하다고 했는데, 사회지능이란 사람들과 잘 어울리는 능력을 말한다. 사회지능의 핵심요소가 바로 공감인데, 타인의 감정과 의도를 파악할 수 있어야 성공적인 사회활동을 하기 때문이다. 따라서 미래사회를 이끌어갈 사람은 바로 공감능력이 뛰어난 사람이다.

디지털 기술의 발달로 전 세계 곳곳에 있는 사람들과 언제 어디서든 대화가 가능해졌다. 사회학자 제레미 리프킨은 인터넷 문화가 공감적 문화를 전 세계로 확산시킬 것이라고 했다. 하지만 공감은 다른 사람과의 깊이 있는 관계와 충분한 시간을 통해 생기기 때문에, 비대면의 빠르기만 한 디지털 세상에서 공감 문화가 확산되기는 어려울 수 있다. 게다가 익명성이라는 특성상 오프라인에서는 쉽게 할 수 없는 무례하고 잔인한 댓글, 사이비 테러, 채팅 방에서의 따돌림 등 문제점도 존재한다. 온라인상에서는 불특정 다수에게 신상 정보가 털리고 인권이 침해되는 사례도 많다. 디지털 기술이 발달할수록 오히려 공감 능력의 결핍이 가속화되는 것이다.

세계적인 공감전문가인 로먼 크르즈나릭은 "공감은 20세기가 우리에게 유산으로 물려준 자기 몰입적 개인주의를 바로 잡아줄 치료약이다 …(중략)… 타인들의 시각으로 그들의 삶을 탐구함으로써 나는 누구인지, 어떻게 살아갈 것인지를 알아낸다는 생각"[38]이라고 했

38) 「공감하는 능력」 로먼 크르즈나릭, 더퀘스트 참고.

다. 다른 사람들의 눈을 통해 자신의 내면을 파악하자는 것인데, 이는 인공지능의 발달로 인해 대두된 '인간이란 무엇인가', '인간은 어떻게 살아야 할 것인가' 라는 물음과 맞닿아 있다. 인간이 만들었지만 인간에게 가장 위협적인 존재가 될지도 모른다는 두려움이 인간다움에 대한 철학적 물음의 답

을 찾도록 하고 있는 것이다.

인공지능이 점차 절대적인 능력을 갖추게 됨으로써 미래 경쟁력을 위한, 기계가 대체할 수 없는 가장 '인간다운' 능력은 무엇일까? 아마 공감 능력일 것이다. 전문가들의 예견대로 초지능이 탄생하여 인간 뇌의 모든 능력을 갖추고 이를 뛰어 넘는 날이 오더라도, 공감 능력만큼은 흉내 낼 수 없다. 공감은 머리 즉 지식으로 하는 것이 아니라 마음으로 하는 것이기 때문이다. 이것이 우리가 마지막까지 공감 능력을 놓치지 말아야 할 까닭이다.

지금까지 여러 편에 걸쳐 21세기형 미래 인재인 일류두뇌가 갖추어야 할 핵심역량으로서 창조력, 상상력, 통찰력, 공감능력을 살펴보았다. 이 핵심역량을 갖춘 인재를 한 문장으로 표현한다면 '자유롭게 상상하고 비판적으로 사고하며 본질을 꿰뚫어 관찰하고 타인의 입장에서 새로운 가치를 창조해 내는 사람'이라고 할 수 있다. 이 역량들은 모두 우리의 뇌에 잠재되어 있는 능력으로서 교육을 통해서 변화시키고 개발할 수 있다. 교육의 시기는 빠를수록 좋다. '어떻게 이런 능력들을 개발시킬 수 있을까' 하고 너무 염려할 필요는 없다. 이 책 4장부터 나오는 가정에서 하는 브레인 쉬프트로도 충분하다. 다만 구체적인 트레이닝에 들어가기에 앞서 뇌를 잘 이해하고 보다 효과적으로 활용하기 위해서 뇌교육이 무엇인지 그 기본 개념들을 먼저 살펴보도록 하자.

뇌 안에
답이 있다!

한 사람의 뇌 안에는 100조 개가 넘는 신경네트워크가 있는데,
그 정보처리과정은 실로 어마어마하다. 우리 뇌를 소우주라고 부르는 까닭이다.

사교육 대신 뇌교육

"전적으로 저를 믿으셔야 합니다, 어머님."

몇 년 전 유행했던 《스카이캐슬》이라는 드라마에 나온 대사이다. 대한민국 상위 0.1%가 모여 사는 곳을 배경으로 남편과 자식 모두를 최고로 키우기 위해 온갖 수단과 방법을 마다하지 않는 명문가 출신 사모님들의 욕망을 통해 우리나라 입시교육의 시대상을 보여준 드라마였다. 입시 코디네이터라는 생소한 직업의 김주영이 학생의 어머니한테 했던 이 대사는 드라마가 종영된 뒤에도 오랫동안 패러디 되어 인기를 끌었다. 김주영의 이 한마디를 통하여, 입시 코디의 힘으로도 충분히 소위 'SKY' 명문대학에 진학시킬 수도 있겠다는 씁쓸한 현실을 엿볼 수 있었다. 명문대학 진학을 최고의 교육 목표로 여기는 우리 사회의 아픈 현실을 낱낱이 까발린 이 드라마에서 나온 가장 적나라한 대사였다.

우리나라의 사교육 지출비가 세계적으로도 크게 높은 수준이라는 것은 잘 알려진 사실이다. 교육부가 통계청과 함께 전국의 학부모 8만 명을 대상으로 실시한 '2019년 초·중·고 사교육비 조사'에 따르면, 1인당 월평균 사교육비가 32만 천원으로 전년대비 10.4% 증가했다. 이는 2007년 조사를 시작한 이래로 가장 높은 수치라고 한다. 사교육비 총액 역시 21조원에 육박했으며, 특히 초등학생의 사교육비 총액이 1조 가량 증가한 약 9조 6,000억 원으로 역대 최고 증가율을 보였다.[39] 사교육비가 부담되는지에 대한 2019년 설문조사에서는 94%가 '다소 또는 매우 부담된다.'고 했는데, 전년보다 3.4% 늘어난 수치다. 해마다 증가하는 사교육비 비중과 부담은 공교육에 대한 국민의 신뢰가 얼마나 무너졌는지를 보여 주는 단면이기도 하다.

39) 서울신문 '초중고 사교육비 10년 만에 최고' 2020.3.10. 김소라 기자.

우리나라에서 사교육은 이제 하나의 문화로 자리 잡은 듯하다. 한 조사에 의하면 불안감 또는 경쟁심리 때문에 사교육을 시키는 것으로 나타났다. 한국교육개발원이 만 19~74세 전국 성인 남녀 4,000명을 대상으로 '2019년 교육개발원 교육여론조사'를 진행한 바 있다. 그 결과 유치원 및 초·중·고 학부모인 응답자 969명 중 97.9%인 949명이 자녀에게 사교육을 시킨다고 답했다. 자녀에게 사교육을 시키는 이유로는 '남들보다 앞서 나가게 하기 위해'(24.6%), '남들이

하니까 심리적으로 불안해서'(23.3%)라는 답이 많았다.⁴⁰⁾ 불안감 또

40) 서울경제 '못 믿을 공교육, 경쟁 이기려 학부모 98% 사교육 시킨다' 2020.2.10. 이경운 기자.

는 경쟁심리 때문에 약 98%의 부모들이 사교육

을 시키고 있음이 드러난 것이다.

　　내 아이에게 따로 교육을 시키는 이유가 고작

'남들보다 앞서 나가기 위해서', 그리고 '남들이 하니까' 라니! 교육

의 목적이 어찌하여 자녀의 인생에서 '남'을 주인공으로 설정되어

버린 것일까? 이쯤에서 우리는 아이들에게 왜 교육이 필요한지 근본

적인 물음을 던져볼 필요가 있다.

　　인간에게 왜 교육이 필요할까? 여러 가지 답이 있겠지만, 그중 하

나는 인간에게 매우 큰 뇌가 있기 때문이다. 인간은 몸집에 비해 가

장 큰 뇌를 가지고 있다. 그렇지 않았다면 인간 또한 다른 동물들처

럼 그저 타고난 본능과 감각으로 살아가고 있을 것이다. 인간의 뇌는

진화과정에서 그 크기만큼 다양하고 복잡하게 발달해 왔기 때문에

교육을 통해 사고와 행동을 조절해야 할 필요가 있다.

　　교육학에서 '교육이란 인간을 발전적으로 변화시키는 과정'으로

정의한다. 교육에 대한 정의는 시대와 문화에 따라 다양하지만, 인간

이 추구하는 행복한 삶을 실현하기 위한다는 교육의 본질은 변하지

않는다. 그러나 사람들에게 행복이 무엇인지, 어떻게 하면 행복한지

물으면 쉽게 대답하지 못한다. 이는 자기 자신에 대해서 잘 모르기

때문이다. 내가 어떤 사람인지 무엇을 원하는지 알고 있지 못하는 것이다. 철학의 기본 명제이기도 한 이 물음은 근본적으로 '내가 어떤 존재인지, 어떻게 살아야 하는지'와 같다. 이 물음에 답하는 과정에서 탄생한 제도가 교육이다. 하지만 사회가 점점 복잡해지고 경쟁이 치열해지면서 '행복한 삶을 위한 자기 개발'이라는 교육의 본질적인 목표는 놓친 지 오래이다.[41]

앞서 살펴보았듯이 선진국에서는 4차 산업혁명을 맞아 잃어버렸던 교육의 목표를 제자리로 되돌리려는 시도를 하고 있다. 실리콘밸리의 기업가들이 철학을 공부하고, 세계최고의 명문 대학들은 기존의 낡은 강의를 폐지하는 대신 새로운 교육과정을 도입하고 있으며, 일본에서는 150년 만에 교육 개혁을 단행했다. 이런 사례들의 공통점은 명확하다. 교육과정이 철학하는 인간 육성에 초점을 두고 있는 것이다.[42]

뇌교육은 우리가 잃어버린 교육의 본질에 초점을 맞춘 학문이다. 국제뇌교육종합대학원대학교 이승헌 총장은 인간성 회복을 통한 인류 평화의 꿈을 실현하기 위해 뇌교육을 창안하고 학문화하였다. 뇌교육은 교육의 틀 속에 넣어서는 정의하기 어려운 통합적인 성격을 띠고 있다. 뇌과학, 생리학, 심리학 등 뇌에 관한 제반 지식을 융합하여 인간의 건강, 행복, 평화를 실현하는 학문인 것

41) 「뇌교육원론」 이승헌, 국제 뇌교육종합대학원 참고.

42) 「에이트」 이지성, 차이정원 참고.

43) 「뇌교육원론」 이승헌, 국 제뇌교육종합대학원 참고.

이다.[43] 이를 실현하기 위해서는 체험 정보가 반드시 필요하다. 체험 정보란 감각 체험을 통해 깨어나는 본성의 정보이다. 무의식까지 포함하는 체험이 지식과 결합할 때 가치를 실현할 수 있는 힘이 발휘된다. 그래서 뇌교육에서는 체험을 매우 중요시한다.

체험 중심의 뇌교육 프로그램은 홍익인간의 정신을 바탕으로 하고 있다. 대한민국 교육기본법에 명시되어 있는 홍익인간 이념은 '널리 인간을 이롭게 하자'는 이념을 삶을 통해 실현하고자 하는 이상이다. 이는 인공지능 시대의 화두인 '나는 누구인가' '어떻게 살아야 하는가'라는 물음에 대한 답이기도 하다. 뇌교육은 홍익 정신을 회복하기 위한 실질적인 방법들을 프로그램으로 제시함으로써 누구나 홍익 정신의 회복을 경험할 수 있게 한다.

모든 것이 연결된 4차 산업혁명시대에 정보가 뇌에 미치는 영향은 점점 커지고 있다. 뇌교육은 뇌를 잘 활용하기 위해서 만들어졌다. 누구나 자신의 뇌를 활용하면서 살지만, 그 정도와 방식은 사람마다 다르다. 뇌를 잘 활용한다는 것은 정보처리를 잘 한다는 것이다. 이를 스스로 돌아보기 위해서는 "나는 뇌의 주인인가"라는 질문을 수시로 던져야 한다. 뇌의 주인은 자신의 뇌를 이해하고 잘 활용하는 능력을 가진 사람이다. 그런데 많은 이들이 뇌의 주인 자리를 잃고 감정과 생각의 노예로 살아간다. 부정적인 기억이나 감정에 끌려 다니거나 하나의 생각에 매여 그 틀 속에 갇히면 감정과 생각의 노예가 된다. 뇌교육의 역할은 바로 그러한 자세가 자신의 실체가 아님을 깨닫게 하는 것이다.

더불어 뇌교육은 진정한 인간의 가치를 실현하기 위한 학문으로서, 뇌가 작동하는 원리에 따라 틀을 깨고 습관을 바꾸는 매우 실질적인 정보처리 기술이다. 대부분의 사람들은 평생 정해진 틀 속에서 익숙해진 습관대로 살아간다. 이러한 삶에서 편안함과 안정감을 얻기도 하지만, 가장 최상위의 욕구인 자아실현의 욕구를 따르지 않으면 진정으로 만족하기는 어렵다. 인간은 자신의 역량이 최고로 발휘되기를 바라며, 창조력을 발휘함으로써 존재가치를 확인하고 만족감을 얻는다. 뇌교육은 뇌가 가진 무한한 창조성을 깨움으로써 인간의 가치를 실현하고자 한다.

"오직 결과만이 여러분의 가치를 증명한다."

이 말 역시 드라마 《스카이캐슬》에 나온 김주영 선생의 대사이다. 인정하기 싫지만, 우리나라에서는 이 말이 팩트일 수 있다. 어쩌다가 우리의 교육이 이렇게 되었을까? 지금의 제도 하에서는 공부를 잘하는 상위 몇 %만 성공한 것으로 인정받고 대부분의 학생들은 실패 판정을 받는다. 자신의 가치를 발견하고 실현하도록 이끈다는 교육의 목표는 사라지고 암기식, 주입식 공부에 매달려 끊임없이 경쟁해야 하는 상황에서 과연 우리 아이들은 어떤 사람으로 자라나고 있을까? 아이들의 뇌의 상태는 어떠할까? 어른들이 관심을 가져야 할 것은 학교성적이 아니라 아이의 뇌이다. 항상 아이의 뇌에서 무슨 일이 일어나고 있는지 관심을 기울이고, 뇌에 긍정적인 자극을 주는 환경을 제공하는 것이 부모와 교사의 역할인 것이다.

갈수록 늘어만 가는 사교육비와 점점 치열해지는 입시경쟁으로 대한민국의 부모와 아이들이 지쳐가고 있다. 지금의 교육 방식으로는 미래 사회에서 살아남기 어렵다는 것을 이미 살펴보았다. 이제부터는 사교육 전문가가 아니라 내 아이를 믿어주어야 한다. 내 아이의 뇌를, 일류두뇌가 될 가능성을 전적으로 믿어주어야 한다. 인간이 일으킨 모든 문제의 답은 뇌 안에 있다. 뇌의 주인이 되면 그 답을 찾을 수 있다. 그러니 가정에서의 브레인 쉬프트를 통해 아이들이 스스로 답을 찾을 기회를 주어야 한다. 사교육 대신 뇌교육을 해야 한다.

세계로 뻗어 가는 뇌교육

우리나라에서 개발되어 미국, 유럽, 일본, 중국 등 17개국으로 보급되고 있는 뇌교육은 40여년의 역사를 갖고 있다. 점점 더 많은 나라에서 뇌교육이 21세기 교육의 대안으로 인정받고 있는데, 세계 속에서 뇌교육의 위상을 알아보기 전에 한 가지 짚고 넘어가야 할 점이 있다. 바로 뇌교육이 우리 고대의 선도문화에 그 철학적 뿌리를 두고 있다는 것이다. 갈수록 옛것을 소홀히 하고 서구의 문화만을 좇는 시대에 뇌교육의 뿌리가 우리 전통에 있다는 것은 참으로 그 의의가 깊다.

우리 선조들이 수행의 지침서로 삼았던 『삼일신고』에는 '자성구자 강재이뇌(自性求子 降在爾腦)' 라는 문구가 있다. '본성에서 찾아라. 이미 너희 뇌 속에 내려와 있다' 라는 뜻이다. 통찰력 있는 내용도 대단하지만, 수천 년 전의 경전에서 뇌를 언급했다는 것 자체가 놀라운 일이다. 여러 다른 경전들에서는 뇌에 관한 내용을 찾아보기 어렵다. 고대의 찬란한 문명을 이룬 이집트인들조차 미라를 만들 때 심장 등의 장기는 따로 보관하고 뇌는 그냥 파내버렸다고 한다. 그런데 우리 선조들은 뇌 속에 답이 있음을 인식하고, 이를 모든 사람이 깨닫도록 한 것이다. 뇌교육은 이런 명맥을 이어받아 '강재이뇌'에서 누구나 뇌를 알아야 한다는 뇌교육의 전제가, '자성구자'에서 누구나 자신의 몸을 통해 깨우칠 수 있다는 뇌교육의 방법론이 탄생했다. 무엇이든 자기 안에서 찾으라는 고대의 메시지를 현대 뇌과학을 바탕으로 재현한 것이다.[44]

44) 『뇌교육원론』, 이승헌, 국제 뇌교육종합대학원 참고.

뇌교육은 '홍익인간'을 만드는 교육이다. 고조선의 개국 이념이자 우리나라의 교육 이념이기도 한 홍익인간 정신 역시 고대 경전인 〈천부경〉의 원리에서 비롯된 것이다. '인중천지일(人中天地一)', 즉 사람 안에 하늘과 땅이 있으니 사람의 가치가 하늘같이 높고 땅같이 크다는 이 가르침에 따라 서로 존중하고 돕고 살라는 의미이다. 따라서 홍익인간의 이념에 입각한 뇌교육 프로그램을 받은 아이들은 자신의 소중한 가치를 깨닫고, 내 이웃과 사회, 나아가 전 지구적으로 타인과 소통하는 지구시민 의식을 갖게 된다.

우리 선조들의 지혜와 가르침을 기반으로 학문으로 정립된 뇌교육이 초창기에는 오히려 미국, 일본 등에서 그 가치를 인정받아 우리나라에 역수출된 것과 같은 모양새였다. 하지만 지금은 나와 같은 뇌교육 전문 강사들이 2009년부터 국가 공인 자격을 갖춘 브레인 트레이너로 활동하고 있다. 또 4년제 학사 학위제도를 갖춘 글로벌사이버대학교를 비롯하여 석·박사 과정의 국제뇌교육종합대학원이 설립되어 수많은 전문가를 배출하고 있다. 또한 유치원에서는 키즈 뇌교육이, 학교에서는 방과 후나 해피스쿨 캠페인을 통해 뇌교육이 시행되고 있다.

선진국들과 비교할 때 우리나라 뇌과학 분야의 발전은 뒤쳐져 있지만, 뇌교육 덕분에 뇌 활용 분야에서는 선두로 앞서가고 있다. 뇌를 개발하고 활용하는 교육의 철학, 원리, 방법론 차원의 학문화가 체계화되었으며, 체험적이고 실제적인 훈련 프로그램, 글로벌 네트워크 등이 세계에서 가장 앞선 나라로 평가 받고 있는 것이다. 뇌교육은 21세기 뇌의 시대를 맞아 전 세계로 더욱 활발하게 보급되는 등 괄목할만한 성과를 보이고 있다. 2008년에 뉴욕 시에 뇌교육이 도입되는 등 미국의 주요 도시에서 초중고교 공교육에 보급되어 학업 성적향상 및 인성교육에 기여하고 있다. 2017년에는 미국 최초로 뉴멕시코 주정부가 '뇌교육의 날'을 제정하고, 공교육에 뇌교육을 도입하여 교사 대상 트레이닝 프로그램을 운영하고 있다. 이 프로그램은 학생들의 집중력, 창의력, 기억력, 자신감, 스트레스 관리력, 체력을 증진하는 신체활동, 정서와 인지활동으로 이루어진다. 2019년까지 미국에서는 5만 여명의 학생들이 뇌교육을 받았으며, 1만 2,000명의 교사가 뇌교육 과정을 이수했다. 뉴욕시 교육감은 2016년 3월 뉴욕시 1,800개 학교에 뇌교육 도입을 후원하기도 했다. 또 워싱턴 D.C, 뉴욕, LA 등 미국 주요 도시는 '뇌교육의 날'을 지정하였다.[45]

중남미에 위치한 엘살바도르는 오랜 내전으로 인하여 빈곤과 실업, 사회갈등, 마약과 살인, 폭력이 난무하고, 교육 여건 또한 매우 열악한 나라

45) K스피릿 '미국 뉴멕시코 주정부, 공교육 교원 뇌교육 연수에 10만 달러 지원' 2019. 4.17. 정유철 기자.

이다. 당연히 학생들에게서 꿈과 희망을 찾아보기 힘들다. 학교 출석률이 현저히 낮으며 학업 성취도도 낮다. 심지어 학생들의 다수가 갱단에 속해 있어 학교에서 마약, 폭력, 살인이 난무한다. 교사가 학생들을 지도하기가 매우 어려운 환경이다. 이러한 교육 환경을 바꾸기 위해 엘살바도르 유엔대사가 2011년에 열린 UN 뇌교육 콘퍼런스에 참가하면서 UN을 통해 원조를 요청했다. 이를 계기로 2011년에 1개 학교에서 시작된 뇌교육 프로젝트는 2018년에는 공교육의 25%인 1,300여개 학교로 확산되었다. 또한 향후 모든 학교에 뇌교육을 도입하기로 했다.

교사와 학생들이 뇌교육을 체험한 후 심신의 건강이 증진되고 자존감이 향상되었으며, 학교에 평화의 문화가 확산하는 등 기적의 스토리가 지금까지도 계속되고 있다. 엘살바도르 정부는 2018년 9월

에, 뇌교육 개발자인 이승헌 총장에게 국가 최고상인 '호세 시메온 카냐스 상'을 수여했다. 이 상은 인간의 사회적, 교육적, 과학적 그리고 박애주의의 큰 실천을 한 자국민과 외국인에게 수여되며, 특히 인간의 존엄성을 높이고 보호하는 위대한 행동에 대해 국가적인 감사를 표현하기 위해 수여하는 상이다.[46]

46) 〈브레인〉72호, 한국뇌과학 연구원 참고.

일본은 2007년에 설립된 일본 뇌교육협회를 통해 약 1,600여 명의 뇌교육 강사들이 뇌교육 전문 교육 시설, 학교 관련 시설, 기업, 문화센터, 고령자 시설 등 700여 곳에서 뇌교육 훈련을 실시해 오고 있다. 특히 2014년 11월 도쿄대학과 교토대학에서 열린 것을 시작으로 일본 유수 대학에서 매년 릴레이로 열리고 있는 글로벌 멘탈헬스 세미나는 뇌교육을 기반으로 멘탈헬스 케어 방안 사례와 실증 연구 등을 소개하면서 일본 사회의 주목을 받아왔다.[47]

47) 〈브레인〉80호, 한국뇌과학 연구원 참고.

2014년 4월에는 중국으로 진출했는데 기업 교육을 시작으로 2018년에는 어린이 뇌교육으로 확대, 보급되고 있다. 기업에서는 '건강한 뇌'를 키워드로 한 인력관리의 새로운 방향을 제시하고 있으며, 어린이 뇌교육은 자신감, 집중력, 자기 조절력을 키우는 교육으로 인기를 얻고 있다. 이 외에도 유럽에서는 2001년 영국 런던 외곽에 문을 연 '바디앤브레인센터'를 통해 소개된 이후 러시아 · 벨기에 · 폴란드 · 프랑스 · 슬로바

키아 등 유럽 전역으로 확산되고 있다.

"역사를 잊은 민족에게 미래는 없다."라는 말을 가장 이상적으로 실현하고 있는 민족은 아마 유대인일 것이다. 유대인 교육의 특징은 노인을 공경하고, 어렸을 때부터 역사를 중요하게 가르친다는 것이다. 우리나라의 뇌교육 역시 단군시대의 전통무술인 국자랑을 비롯하여 고구려 조의선인, 신라 화랑에 이르는 우리 선조들의 국가 인재 교육방식의 명맥을 이어오고 있다.

"가장 한국적인 것이 가장 세계적인 것이다."

세계화의 바람이 한창일 때 자주 들은 말이지만, 뇌교육에 참으로 어울리는 문구이다. 고대 선조 문화에 뿌리를 두고 우리나라에서 시작된 뇌교육이 전 세계로 뻗어 나가고 있기 때문이다. 앞으로 뇌교육은 4차 산업혁명 시대에 인간 고유의 역량 개발을 위한 도구로서 그 가치를 더욱 인정받을 것으로 보인다. 하지만 우리나라가 종주국임에도 불구하고 대부분의 부모들이 아직 뇌교육을 모른다. 앞서 밝혔듯이 뇌교육은 많은 비용을 들여서 힘들게 하는 사교육이 아니다. 가정에서 하는 것은 이 책으로도 충분하다. 이 책에서 앞으로 전개되는 지침대로 꾸준히 실천하고 직접 체험하면 된다. 보다 체계적인 교육을 받고 싶다면, 뇌교육 관련기관이나 대학교, 대학원 등을 찾아보길 바란다. 선진국에서 유행하거나 좋다고 들여온 그 어떤 것보다 우리

에게 맞고 시대 흐름에도 맞는 우리 부모들이 꼭 해야 할 자녀교육이
바로 뇌교육이다.

뇌의 3층 구조

평소에 자신의 뇌를 인지하고 소통하기 위해서는 뇌의 기본 구조를 알면 도움이 된다. 특히 인간 뇌의 특별함을 이해하기 위해서는 뇌의 진화 순서에 따라 살펴보는 것이 좋다. 미국의 심리학자 폴 맥린[Paul MacLean]에 의해 제시된 삼위일체 뇌 이론[Triune Brain]은 뇌를 뇌간, 대뇌변연계, 대뇌피질의 3층 구조로 크게 구분해서 바라보는 것으로 인간의 뇌는 이 순서로 발달한다. 수정된 지 6주가 지나면서부터 태아의 뇌가 발생하는데 가장 먼저 완성되는 것이 뇌간이다. 이를 바탕으로 생후 3년 동안 대뇌변연계(이하 변연계)가 형성되고 그 다음으로 대뇌피질이 발달한다. 이 3층 구조는 서로 도움을 주고받으며 뇌 전체의 기능을 수행해 나간다.[48]

48) 「뇌파진동」, 「뇌안의 위대한 혁명 B. O. S」 이승헌 국제뇌교육종합대학원 참고.

여기서 주의할 점은 뇌의 3층 구조는 설명하기 쉽게 만든 개념이다. 원래 뇌는 고도로 복잡하고 유기적으로 작동하기 때문에 명확하게 층으로 나누는 것이 불가능하다. 하지만 3층 구조로 뇌를 바라보면, 인간의 주요한 정신 활동인 무의식, 감정, 생각을 더 쉽게 이해할 수 있게 되므로 편의상 알아둘 필요가 있다.

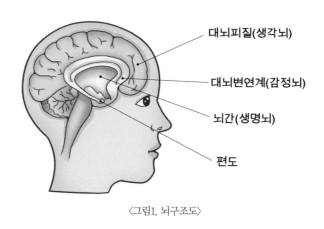

대뇌피질(생각뇌)

대뇌변연계(감정뇌)

뇌간(생명뇌)

편도

〈그림1. 뇌구조도〉

먼저 뇌간은 뇌의 가장 깊숙한 곳에 자리하고 있으며 '생명뇌'라고도 불린다. 진화 단계로 볼 때 파충류부터 뇌간이 있다. 이곳에서는 주로 호흡, 순환, 소화, 생식 등 기본적인 생명 기능을 수행한다. 이 기능들은 인간이 의식적으로 조절할 수 없다. 일일이 신경을 쓰지 않아도 저절로 호흡을 하고 심장이 뛴다. 뇌간이 외부의 방해를 받지 않고 정상적으로 작동할 때 뇌 전체의 생명 현상도 활발해 진다. 뇌간은 사실상 가장 중요하기 때문에 가장 안쪽에 위치해 보호되고 있는데, 현대인들의 뇌간 기능은 많이 쇠퇴해 있다. 편리한 생활과 운동부족, 스트레스 등이 뇌간의 기능 쇠퇴를 가져오는 주된 요인이며, 그로 인해 면역력과 자연치유력 등이 약해져 가는 것이다.

뇌간은 나무로 비유하자면 뿌리와 같다. 변연계와 대뇌피질이 잘 발달하더라도 뇌간이 약하면 조그마한 바람에도 쉽게 흔들린다. 뇌간이 약한 아이들은 예민하고 불안해하며 쉽게 짜증을 내고 화를 내는 등 감정을 조절하지 못한다. 따라서 아이들의 뇌가 잘 발달하기 위해서는 뿌리인 뇌간을 튼튼하게 해주는 것이 무엇보다 중요하다.

뇌간의 윗부분에 있는 변연계는 '감정뇌'로 불린다. 개체 및 종족 유지에 필요한 성욕·식욕 등의 본능적인 욕구와 관계있으며, 슬픔·분노 등의 감정이 발생되는 곳이다. 진화 단계상으로 볼 때 포유류 시절에 생긴 것으로 파충류 단계에서 비약적으로 발전했다. 파충류의 뇌가 생명을 유지하는데 급급했다면, 포유류의 단계에서는 웃고 울며 화내거나 기뻐하는 등의 감정 반응을 할 줄 알게 된 것이다. 특히 변연계 입구에 자리한 편도체는 좋고 싫음을 결정하고 부정적 정서의 기억 등 인간의 희로애락을 관장하는 과정에 관여한다. 또한 감정을 인식하고 만드는 일도 한다.

변연계는 사춘기 때 거의 완성 단계에 이르는데, 변연계의 발달이 늦은 아이는 편도체가 민감하게 반응하게 된다. 편도체는 공격성·

흥분·공포 등에 관여하기 때문에 발달이 온전하지 않으면 충동적으로 행동하거나 감정을 주체하지 못하는 경우가 발생한다.

또한 감정뇌인 변연계는 '생각뇌'인 대뇌피질에 의해 짓눌리고 억압당하기가 쉽다. 억눌려 있는 변연계를 위해서는 과거의 부정적인 감정을 정화하고 긍정적인 감정은 강화해야 한다. 이 작업을 얼마나 성공적으로 해내느냐에 따라 대뇌피질의 창조성과 뇌간의 생명 활동이 결정된다고 봐도 과언이 아니다.

마지막으로 대뇌피질은 뇌의 가장 바깥쪽을 둘러싸고 있는 영역으로 인간에게만 존재한다. '생각뇌'라고도 불리며, 언어를 토대로 기억하고 분석하고 종합하며 판단하고 창조하는 인간 고유의 두뇌 활동이 이루어진다. 또 시각·청각·미각·촉각·후각의 오감을 통해 외부의 사물이나 현상과 접촉하고, 입수한 정보들을 대뇌피질 안쪽에 자리한 변연계로 전달한다.

뇌간이 무의식적으로 작동하는 뇌라면, 변연계와 대뇌피질은 인간의 의식이 개입해서 작동되는 특징을 갖고 있다. 그래서 변연계와 대뇌피질은 뇌의 주인으로서의 역할이 더욱 중요하다. 즉 나의 지시와 선택에 따라서 나의 뇌가 어떤 상태가 되는지 결정되는 것이다.

아이들은 뇌간과 변연계가 잘 발달해도 대뇌피질이 가장 늦게 발달하기 때문에 순간적으로 욱하거나 충동적인 행동을 보이기도 한다. 사춘기 때 이러한 성향이 두드러지는 것은 아직 대뇌피질이 덜 발달했기 때문이다. 따라서 아이들의 뇌간, 변연계, 대뇌피질이 조화롭게 골고루 잘 발달할 수 있게 해주는 것이 중요하다.

지구상의 모든 생명체 중에서 인간만큼 뇌의 3층 구조와 기능을 뚜렷하게 발휘하는 존재는 없다. 호흡과 호르몬 작용 같은 생명 현상, 희로애락을 비롯한 다양한 감정 반응, 기억과 학습 등의 이성 작용 등 이 모든 정신 활동이 뇌의 3층 구조를 바탕으로 이루어진다. 문제는 이러한 인간 뇌의 특별한 기능들이 제대로 사용되지 못하는 데 있다.

정보통신기술의 발달에 따라 우리가 접하는 정보의 양은 비약적으로 늘어났다. 하지만 어릴 때부터 기억과 학습 등 대뇌피질의 기능에 중점을 둔 교육을 받다 보면 뇌기능을 편향적으로 사용할 수밖에 없다. 대뇌피질이 비대해져서 정보처리능력은 높아지지만, 상대적으로 변연계와 뇌간이 위축되어 면역성이 약화되고 감성이 메말라 가고 있는 것이다. 물질문명의 속도가 빨라질수록 뇌가 바르게 가동되는 데에 어려움을 겪고 있다. 일류두뇌가 되기 위해서는 이 세 개의 뇌를 조화롭게 발전시키는 것이 중요하다. 따라서 어떻게 하면 대뇌피질과 변연계, 뇌간이 서로 조화롭게 협력할 수 있을지 고민해야 한다. 브레인쉬프트의 성공 여부가 여기에 달려 있다고 해도 과언이 아니다.

세 가지 차원의 뇌[3-Body System]

　　　　　　　횡단보도에 한 사람이 서 있다. 그 사람
이 하늘을 쳐다보자 아무도 신경 쓰지 않고 그냥 지나간다. 두 사람
이 봐도 마찬가지다. 그런데 3명이 동시에 하늘을 쳐다보면 지나가
던 사람들이 모두 멈춰 서서 하늘을 본다. 3부터 힘이 생기는 것이
다. 알고 보면 3이라는 숫자는 참 재미있다. 우리는 하루에 3끼를 먹
는다. 가위바위보 등 내기할 때도 삼세판, 신호등은 빨강, 노랑, 초록
의 3색이며 메달은 금, 은, 동 3개이다. 크기는 대, 중, 소로, 등급은
상, 중, 하로 나뉜다. 한국인의 이름은 대부분 3음절이다. 이외에도 3
은 우리의 삶 곳곳에 존재한다. 3이라는 숫자는 완성을 의미한다. 아
리스토텔레스는 "3은 최초의 홀수로 완전한 숫자이다. 숫자 3속에
시작과 중간 그리고 끝이 모두 들어 있기 때문이다."라고 했다.[49]

완성의 숫자 3은 우리의 몸을 이해하는데도 사용된다. 서양에서는 몸을 정(精), 신(神) 두 가지로 보는데, 동양에서는 '기(에너지)'가 들어간 3가지 차원으로 본다. 즉, 몸을 육체[physical body], 에너지체[energy body], 정보체[spiritual body] 3가지 차원의 3-Body System으로 보는 것이다. 뇌와 몸은 하나이므로 3가지 차원에서 몸을 인식한다는 것은 뇌를 그렇게 바라보는 것과 같다.[50)]

49) 인천문화통신 3.0 '숫자3의 비밀' 2017.9.2. 이재은 참고.

50) 「뇌안의 위대한 혁명B. O. S」 이승헌, 국제뇌교육종합대학원 참고.

육체의 모든 정보는 뇌로 전달된다. 뇌가 몸으로부터 정보를 받아서 처리한 후 다시 몸으로 전달한다. 우리가 글자를 보고 소리 내어 읽을 수 있는 것은 글자의 시각정보가 눈을 통해 뇌로 전달되어 처리된 후 뇌에서 소리를 내라는 명령을 몸으로 전달하기 때문이다. 이는 우리 몸 곳곳이 신경계를 통해 뇌와 연결되어 있기 때문에 가능하다. 컴퓨터가 인터넷 망을 통해 정보를 주고받는 것처럼, 몸과 뇌는 몸 전체 구석구석에 퍼져 있는 신경계로 정보를 주고받는다. 한 사람의 뇌 안에는 100조 개가 넘는 신경네트워크가 있는데, 그 정보처리과정은 실로 어마어마하다. 우리 뇌를 소우주라고 부르는 까닭이다.

이처럼 뇌와 몸이 신경계를 통해 끊임없이 정보를 주고받기 때문에 몸에 변화가 생기면 뇌에 변화가 오고 반대로 뇌에 변화가 생겨도 몸에 변화가 온다. 몸을 많이 움직인다는 것은 뇌를 많이 움직이는 것과 같다. 또한 새로운 사고를 통해 새로운 시냅스가 형성되는 것처럼, 몸을 움직이면 새로운 동작을 통해서 시냅스가 형성될 수 있다. 이는 앞서 살펴본 신경가소성의 원칙과도 일치한다.

운동시키는 정신과 의사로 유명한 세계적인 뇌의학 전문가, 하버드대 존 레이티 교수는 『운동화 신은 뇌』에서 한 고등학교의 사례를 제시했다. 1년간 0교시 체육수업을 받은 학생이 그렇지 않은 학생보다 읽기 능력이 17% 향상되었으며, 이 학교는 미국 내 학업 성취도 평가에서 과학 1위, 수학 6위를 기록했다. 이는 2005년부터 실시한 0교시 체육수업 덕분이라고 한다. 존 레이티 교수는 뇌와 운동의 상관관계를 꾸준히 연구한 결과, 지속적인 운동이 뇌세포를 자라게 하여 집중력과 이해력 향상에 긍정적인 영향을 미치며, 운동이 뇌를 최적의 상태로 만든다고 강조한다.[51]

51) 〈브레인〉79호, 한국뇌과학연구원 참고.

이와 같이 움직임이 뇌의 활동을 활발하게 하고 뇌세포가 인간의 노력으로 생성된다면, 후천적으로 두뇌를 개발할 수 있는 가능성이 더 높아진다. 대부분의 사람들은 뇌와 몸을 분리해서 생각하여 두뇌발달을 몸과 연결시키는 것에 익숙하지 않다. 또한 많은 부모들이 자녀가 운동을 좋아하거나 열심히 하면 불안해하고, 학교의 체육 시간조차 탐탁지 않게 생각하는데 그런 인식부터 바꾸어야 한다. 뇌와 몸은 하나이다. 뇌를 자극하고 감각을 회복하는 것이 몸의 변화를 가져온다. 뇌를 운영하기 위한 가장 훌륭한 대상은 내 몸이라는 것을 인식하는 것이 브레인 쉬프트를 위한 첫걸음이다.

두 번째로 에너지체로서의 몸을 살펴보자. 양자물리학에 의하면 우주를 구성하는 모든 것은 끊임없이 진동함으로써 고유의 진동수를 가지며, 입자인 동시에 파동의 성질을 갖는다. 눈에 보이는 빨간 토마토도 수천 배로 확대하면 구멍이 마구 뚫린 스펀지처럼 보인다. 물체로 보이는 토마토도 진동하는 하나의 에너지 덩어리인 것이다. 모든 물체는 진동수에 따라 형태가 달라지는데, 진동수가 낮아지면 물질 차원이 되고 진동수가 높아지면 에너지 차원이 된다.[52]

인체 역시 하나의 에너지이다. 예상치 못한 어이없는 일을 당했을 때 '기가 막혀'라는 말을 흔히 하는데, 기(氣)는 모든 생명체에 흐르는 생명 에너지로 에너지 교류가 막히면 답답함을 느낀다. 기 감각, 에너지 감각이 제대로 열리지 않으면 몸의 한 부위에 에너지가 정체되어 막히는 것이다. 기가 막힌다는 말은 여기서 유래되었다.

기 감각을 터득하면 에너지체를 더 쉽게 느끼고 회복할 수 있게 된다. 에너지체에 대한 인식과 감각 회복은 뇌 감각을 깨우는데 있어서 매우 중요하다. 뇌는 만질 수도 볼 수도 없기 때문에 브레인 쉬프트를 하기 위해서는 보이지 않는 교류가 필수적이며 이러한 에너지

> [52] 「뇌안의위대한혁명B. O. S」 이승헌, 국제뇌교육종합대학원 참고.

감각이 터득되어야 하는 것이다. 인간의 뇌는 물질인 동시에 정신을 담는 유일한 기관이기 때문에 에너지체를 비롯해 다음에 나오는 정보체 등 보이지 않는 차원에 대한 새로운 인식이 반드시 필요하다.

마지막으로 정보체는 정보를 중심으로 교류하는 몸을 뜻한다. 뇌는 정보처리기관으로서 외부로부터 들어온 정보를 입력받아 처리한 후 출력하는 기능을 한다. 정보는 보이지 않지만 뇌를 움직이는 핵심 요소이므로 몸을 정보체로서 인식하는 것은 매우 중요하다.

신체 곳곳에서 들어오는 감각정보뿐 아니라 누군가의 말이나 뇌 속에 저장되어 있는 생각, 감정도 하나의 정보이다. 이는 브레인 쉬프트를 함에 있어 매우 중요한 의미를 지닌다. 스스로 머리가 나쁘다거나 의지가 약하다고 생각하면 자신의 뇌를 바꿀 수 없다. 실제 자신의 머리가 나쁘고 의지가 약한 것이 아니라 뇌 속에 그런 정보가 있을 뿐이다. 그러니까 정보만 바꾸면 된다. 화나는 감정 역시 내가 아니라 내가 소유하고 있는 것이다. 내 것이니까 내가 선택할 수 있다. 내가 나쁘다, 의지가 약하다고 단정 지어 버리면 뇌는 움직이지 않는다. 이렇듯 나와 뇌를 분리해서 생각하면 뇌를 인식하는 차원이 확장된다. '내 몸은 내가 아니라 내 것'이고 '내 감정도 내가 아니라 내 것'이라는 인식의 전환이 필요하다.

입력된 정보는 뇌의 구조까지 변화시킬 수 있는데, 이때 정보의 진위 여부는 상관이 없다. 뇌가 상상과 현실을 구분하지 못한다는 것은 이미 살펴보았다. 정보를 의심과 두려움 없이 얼마나 잘 받아들이는가에 따라 뇌의 반응 정도가 달라질 뿐이다. 또 새로운 것을 시도하고 경험하여 새로운 정보를 입력하면 뇌는 변화한다. 상상과 새로운 정보가 뇌에 영향을 줄 수 있는 것이다. 대부분의 사람들은 자신이 정보를 다룰 수 있으며 변화시킬 능력이 있다는 것을 모르고 있다. 하지만 누구나 자신을 구성하는 다양한 정보의 주인이자 뇌의 주인이 될 수 있다.

지금까지 3가지 차원에서의 몸과 뇌를 살펴보았다. 육체의 특징은 볼 수도 만질 수도 있다. 시각·청각·미각·후각·촉각의 오감을 통해 느낄 수 있다. 반면 에너지체는 만질 수 없으나 느낄 수는 있다. 몸과 마음이 이완되고 의식이 깨어 있으면 육체를 둘러싼 에너지장을 느낄 수 있다. 세 번째 정보체는 오감으로 감지되지 않는 정보의 영역으로서 에너지체 바깥을 둘러싸고 있다. 이때 정보는 외부에서 들어오는 사실이나 지식 뿐 아니라 상상, 생각, 감정, 느낌 등을 포함하는 포괄적인 의미의 정보이다.

우리의 몸은 이 3가지가 상호관계를 맺고 있으며 하나의 유기체로 통합되어 작용한다. 에너지체는 육체와 정보체를 이어주고, 정보체는 육체와 에너지체를 주관한다. 우리의 뇌가 몸과 유기적인 관계로 소통하고 연결되어 있다는 것은 이처럼 육체, 에너지체, 정보체로 구성된 몸을 통해 뇌세포가 변화하고 새롭게 생성된다는 의미이다.

브레인 쉬프트를 위한 준비 단계는 뇌를 바라보는 인식의 변화에서 시작한다. 이렇게 3가지 차원의 몸을 살펴본 이유는, 지금까지 뇌를 바라본 기존 사고의 틀을 깨고 보다 큰 차원에서 인간의 몸을 정의함으로써 뇌에 대한 인식을 새롭게 하기 위함이다. 뇌를 제대로 인지하고 브레인 쉬프트하기 위해서는 눈에 보이는 차원만이 아니라 보이지 않는 차원의 것까지 인식할 수 있어야 한다.

미래형 학교모델, 벤자민인성영재학교

교실, 교과서, 교과 교사, 시험, 성적표
가 없는 5무(無)학교. 대한민국에 이런 학교가 있을까? 앞서 4차 산업
혁명 시대에 맞춰 기존 교육의 틀을 깨고 있는 선진국의 교육 혁명을
살펴보았는데, 과연 우리나라에도 이렇게 혁신적인 학교가 있을까?

정답은, 있다! 2014년에 우리나라 최초로 고교 완전자유학년제로
문을 연 '벤자민인성영재학교'는 혁신적인 교육과정으로 대안학교
와 공교육계의 주목을 받고 있다. 설립 첫해 27명으로 시작해서 현재
는 수백 명 규모로 전국적으로 운영되고 있으며, 2016년에는 일본에
도 설립되었다.

벤자민인성영재학교는 뇌교육을 기반으로 한 철학, 원리, 방법론
을 갖춘 미래형 교육모델로 평가받고 있다. 이 학교의 설립자 이승헌

총장은 학교의 명칭에 설립 목적을 반영했다. 인격 완성의 상징이라고 할 수 있는 벤자민 프랭클린을 성장 모델로 선정하고, 인류의 보편적 가치인 인성과 저마다 재능을 꽃피우도록 하는 인성영재라는 새로운 인재상을 제시하고 있다. 그리고 지구시민학교가 학교의 방향성임을 분명히 했다.[53] 교실이 없고, 시험과 성적표마저 없는 이 매력적인 학교의 학생들은 도대체 어떤 교육을 받는 걸까?

53) 〈브레인〉 73호, 한국뇌과학연구원 참고.

벤자민 학생들은 1년간 스스로 하고 싶은 것을 선택해서 하는 '벤자민 프로젝트'를 실시하고 있다. 이는 최근 미국, 핀란드 등 교육선진국에서 주목받고 있는 프로젝트 기반 학습인 PBL [Project Based Learning]과도 같다. 프로젝트는 국토종단, 패러글라이딩, 등반 같은 극한의 도전뿐만 아니라 소소하고 다양한 도전거리로 이루어진다. 각 분야에서 일하는 사람들을 만나서 직업에 관한 이야기를 듣는 50인의 직업인터뷰, 우리 전통문화를 알리기 위해 제주도에 가서 100명에게 절하기, 바른 역사 알리기, 마을 벽화 그리기, 환경 정화 활동, 지진 모금 등의 프로젝트를 실시한다. 또한 뮤지컬 공연, 소설 쓰기, 콘서트, 봉사 활동, 요리 만들기, 킥복싱, 연극 공연, 전시회, 플래시몹, 거리 공연 같은 다양한 프로젝트들이 1년 내내 전국 곳곳에서 펼쳐진다. 한 학생이 1개 이상의 프로젝트를 해야 하기 때문에

학교에는 늘 새로운 소식이 넘쳐난다.54)

54) 「대한민국에 이런 학교가 있었어?」 이승헌, 한문화 참고.

벤자민 프로젝트는 문제해결 능력을 기르는 과정으로서, 개개인이 가진 각자의 두뇌 능력을 가능한 스스로 이끌어 내는 훈련방식이다. 21세기가 원하는 창의적 인재 양성의 핵심은 문제해결력에 있다. 이 역량은 열심히 공부한다고 생기는 것이 아니다. 스스로 문제를 내고 풀어나가는 과정에서 길러진다. 프로젝트 시작부터 마무리까지 학생들에게는 모든 것이 문제 상황이며, 그 상황을 해결해야 다음 과정으로 넘어갈 수 있다. 문제를 해결하는 과정에서 자신이 사고하는 방식을 보게 되고, 사람들의 생각이 저마다 다르다는 것도 알게 되며, 다른 생각으로 인한 갈등을 조율하는 과정을 매 프로젝트 때마다 반복 학습하게 된다. 주변 어른들이 쳐 놓은 울타리 안에서 공부만 하느라 문제를 해결할 기회 자체를 박탈당했던 아이들에게 스스로 문제를 해결하는 기회가 주어지는 것이다. 이 벤자민 프로젝트는 1장에서 살펴본 혁신적인 미래형 대학교인 미네르바 스쿨 학생들이 실행하는 국가별 프로젝트와도 일맥상통한다. 일반 교과 수업 대신 청소년이 갖춰야 할 보편적인 소양 과목들을 선정하고 사이버 대학 수준의 LMS(학사관리시스템)를 통해 7개 과목, 100시간 온라인 교육과 화상 토론을 하는 점도 특징이다.

'벤자민 12단'은 체력단련 프로그램으로서 점수로 개인 평가를 하지 않는 이 학교에서 유일하게 테스트를 거치는 과정이다. 학생들은

1년간 자신의 신체를 최대한 조절할 수 있도록 졸업할 때까지 HSP 12단 프로그램을 통해 물구나무 서기 50걸음을 훈련한다. 입학 직후에는 팔굽혀 펴기 몇 회마저 힘들어 하던 아이들이 졸업식 날에는 대부분 물구나무를 한 채 졸업장을 받으러 두 팔로 걸어서 무대 앞에 나온다. 필자도 졸업식에 참석한 적이 있는데, 졸업식의 하이라이트인 이 모습은 그야말로 장관이었다. 객석의 뜨거운 함성과 웃음, 격려의 박수는 뭉클한 감동을 안겨주었다.

이 외에도 뇌에 정서적 안정을 돕는 '뇌 체조', 자기조절능력과 집중력을 높이는 '브레인 명상', 전통 선도 무예인 '국학 기공' 등의 프로그램을 통하여 아이들의 몸과 마음을 균형 있게 단련시킨다. 이론과 지식 습득이 아닌, 자신의 몸과 마음을 훈련하는 1년의 시간이 주어지는 것이다.

학교의 명칭에 반영된 '인성영재'와 '지구시민학교'는 단순한 표어가 아니다. 실제로 학교의 모든 과정에 녹아 들어가 있는데, 이는 지구시민 리더 양성에 초점을 두고 있다. 2015년부터 시작된 유엔 지속가능발전목표[UN-SDGs]의 방향 속에서 글로벌 교육 트렌드로 '세계시민교육'이 제시 되었는데, 이를 실천하고 있는 학교인 셈이다.

지구시민, 세계시민으로의 의식 성장은 학생들이 자발적으로 벤자민 프로젝트를 시행하면서 자연스럽게 나타나는 변화이기도 하다.

프로젝트 주제가 시간이 흐름에 따라 개인에서 전체로 확장되어 가는 것이다. 처음에는 자기가 좋아하고 해보고 싶은 것 위주로 진행되다가 경험이 쌓이면서 점차 지역사회와 연계되는 주제들이 나온다. 그런 주제들이 나오기 시작하면 아이들이 자신의 주변으로 시선을 돌려, 사회적으로 의미 있는 프로젝트를 시행한다. 지구시민 의식이 자연스럽게 싹 트게 되는 것이다.

『오리지널스』의 저자 애덤 그랜트는 '아이들은 자기 혼자서 목표를 세울 때보다 롤 모델이 있을 때 훨씬 높은 목표를 세우게 된다.'고 했다. 벤자민 학교에는 각 분야의 전문가로 이루어진 1천여 명의 멘토단이 있다. 학생들에게 실질적인 도움을 주는 선생님이자 꿈을 갖게 하는 롤 모델이다. 학부모들은 이 멘토제를 벤자민 학교의 가장 특별한 강점으로 꼽는다고 한다.

벤자민 학교 교육과정의 중추는 뇌교육이다. 틀에 맞춘 교육에 의해 왜곡되지 않은 인간 본연의 성품을 살림으로써, 자유롭게 창조성을 발휘하여 자신의 가치를 실현하는 것이 뇌교육이 목표로 하는 인간상이다. 벤자민 학교의 이름에 '인성영재'가 들어간 것도 뇌교육이 목표로 하는 인간상의 청소년 시기를 인성영재라고 지칭한 데서 비롯했다. 인성영재란 자신의 가치를 발견하고 그 가치를 실현하는 사람이다.[55]

인간의 고유한 본성인 인성은 그 자체로는 선

55) 『대한민국에 이런 학교가 있었어?』, 이승헌, 한문화 참고.

한 것도 악한 것도 아니다. 인류가 문명의 창조를 이루는 동시에 지구에 커다란 위협을 주고 있는 것처럼 미래시대에 인간이 지구를 파멸로 몰아갈 수도 있지만, 다른 생명과 조화롭게 공존하는 새로운 세상을 열 수도 있다. 이러한 관점에서 2008년도에 실리콘밸리에 설립된 싱귤래리티 대학을 주목해볼 필요가 있다. 10억 명의 인류에게 영향을 주는 일을 할 수 있는 능력을 길러내는, 즉 인공지능 시대의 지배자를 양성하기 위한 교육기관이다. 우리가 추구하는 미래 인재가 인성영재여야 하는 이유가 여기에 있다. 인공지능 시대의 지배자가 인성영재라면, 인간을 비롯한 지구의 모든 생명체에 도움이 되는 선택을 할 것이기 때문이다.

인성 교육과 관련하여 우리나라 국민들의 인식이 반영된 조사가 있었다. 2019년에 시행된 한국교육개발원 교육여론조사에서는 초·중·고 학생들의 인성 수준에 대한 문항도 있었다. 조사 결과, 전체 응답자 4,000명 중 '높음'(매우 높다 1.3%, 높다 8.3%)은 9.6%, '보통'은 46.3%, '낮음'은 44.1%로 나타났다. 다행스러운 점은 '자녀가 다닐 학교를 마음대로 선택할 수 있다면 어떤 요소를 가장 중요하게 고려할 것인가?'라는 질문에 인성교육을 32.2%로 가장 많이 선택했다. 또한 '학교에서 현재보다 강화되어야 할 교육내용'에 대해 초등학생 부모 44.0%, 중학생 부모 40.8%, 고등학생 부모 23.4%가 인성교육을 꼽았다.[56] 현실과는 다소 동떨어진 결과이긴 하지만, 부모들이 자녀의 인성을 가장 중요시하 56) 「한국교육개발원 교육여론 조사」, 한국교육개발원, 2019.

며 학교 선택 시에도 인성 교육이 크게 작용할 수 있다는 것을 보여준다. 이 조사를 토대로 하면 벤자민인성영재 학교의 인기는 갈수록 높아질 것으로 보인다.

벤자민인성영재 학교는 한국에서는 교육법상 대안학교이지만, 글로벌 관점에서 보면 미래형 학교 모델을 갖추고 있는 셈이다. 나는 두 아들 모두 이 학교에 보낼 예정이다. 가능하다면 내가 직접 다니고 싶을 정도로 생각만으로도 가슴이 뛴다. 내 아이들이 인성영재가 되어 자신과 이웃, 지구를 위한 프로젝트를 하며 행복하게 지내는 모습을 상상하면 절로 미소가 지어진다.

인공지능의 출현으로 인해 교육 시스템 안에서 일정 기간 동안 동일한 커리큘럼을 배워 온 지구촌 교육의 패러다임이 송두리째 변화하는 전환기에 와 있다. 이러한 때에 미래형 학교의 혁신적인 모델이 한국에 세워졌다는 것만으로도 자랑스럽고 뿌듯한 일이다. 동시에 안타까운 점은 대다수의 우리나라 부모들이 4차 산업혁명과 인공지능, 미래형 교육이 어떤 것인지 잘 모르고 관심도 없다는 사실이다. 더 늦기 전에 많은 부모들이 내 아이의 인성과 미래 경쟁력을 키울 수 있는 교육에 관심을 가져주길 바란다.

답을 찾고 있는 실리콘밸리

인류 문명은 과학기술을 통해 놀라운 속도로 발전하고 있다. 하지만 눈에 보이는 눈부신 발전 뒤에는 물질만 능주의와 정신적 가치의 하락 등 문제점 역시 내재되어 있다. 이런 연유로 현대 문명의 발전을 주도적으로 이끈 서구에서는 눈에 보이지 않는 가치에 새롭게 눈을 뜨고 있다. 그 중에서도 전 세계 IT업계를 주도하는 글로벌 기업들이 즐비한 미국 실리콘밸리에서는 내면탐색과 명상, 철학이 선풍적인 인기를 끌고 있다. 명상은 동양 정신문화의 대표적인 자산으로 손꼽히지만, 과학적인 연구와 산업화는 서구에서 주도적으로 이루어지고 있다. 특히 실리콘 밸리의 콘퍼런스 '위즈덤 2.0'에서는 명상이 단골 소재로 등장한다. 실리콘밸리 기업가들의 자녀들을 위한 사립학교에는 아이러니하게도 IT기기가 전혀 없으며, 학생들은 인터넷 사용법도 잘 모른다. 또 실리콘밸리에는 철학과 문학이 유례없는 전성기를 맞이하고 있다. CEO들이 자기개발을 위해 적극적으로 받아들이고 있는 것이다.

전 세계에서 가장 빠르게 변화하는 곳은 아마 실리콘 밸리일 것이다. 온갖 과학기술의 혜택을 누리며 최첨단 미래의 삶에 가장 가까운 모습으로 살 것 같은 곳에서 자신의 내면에 집중하고 명상과 철학적 사고를 하며, 아이들에게는 아날로그 방식으로 교육을 한다니 그 이유와 사정이 꽤나 궁금해진다.

구글, 페이스북, 아마존, 트위터, 이베이 등의 혁신적인 글로벌 기업들이 자리한 실리콘밸리에서는 역설적이게도 하던 일을 멈추고 자신의 내면을 성찰하도록 돕는 콘퍼런스가 큰 인기를 끌고 있다. 그것은 바로 고강도 업무 스트레스에 시달리는 실리콘밸리에 퇴근시간과 주말을 가져다 준 것으로 평가되는 '위즈덤 2.0'이다. 혁신 기업의 리더, 명상 지도자, 저명한 신경과학자 등이 연사로 참여하여 창의와 혁신, 몰입과 명상에 대해 강연을 펼치는데, 참가자들 대부분 감성지능[EQ]을 비롯하여 창의력, 자신감, 리더십, 업무 능력의 향상 등을 경험했다고 한다. 설립자이자 진행자인 소렌 고드해머는 위즈덤 2.0의 취지에 대해 이렇게 말했다.

"최신 디지털 기기와 SNS에 찌들어 살면서 좀비처럼 일터를 어슬

렁거리다가 '이렇게 살다가는 도저히 죽을 것 같아서, 디지털 세상에서 어떻게 하면 건강을 되찾고 마음을 회복할 수 있을까' 하는 고민에서 출발한 것이다." 그 취지에 걸맞게 이 시대에 가장 영향력 있는 혁신 기술을 만들어낸 장본인들이 내면의 세계에 집중함으로써 디지털 시대의 폐해를 극복해가고 있다.[57]

57) 〈브레인〉76호, 한국뇌과학연구원 참고.

명상 프로그램을 적극적으로 개발하고 직원들에게 시행한 사례도 있다. '내면검색[Search Inside Yourself]'이라고 불리는 구글의 명상 프로그램은 엔지니어 차드 멍 탄과 세계적인 석학, 티베트 선승들에 의해 개발된 것으로, 마음 챙김 명상을 기반으로 한 감정조절 프로그램이다. 여기에 참가한 직원들은 7주간 단 20시간의 교육만으로 놀라운 변화를 경험했는데, 일과 삶에서 새로운 의미와 만족감을 발견했으며 업무에도 훨씬 능숙해졌다고 한다. 감정을 조절하여 더욱 유능한 매니저가 되었고, 고객들로부터 존경받는 세일즈맨이 되었으며, 창의적인 아이디어로 연달아 큰 성과를 냈지만 무엇보다 행복해졌다는 엔지니어의 사례도 있다. 이들은 명상이 일상화 되어 있는 사람들이 아니라, 고도의 스트레스 환경에서 일하며 현실 속에서 살아가는 보통 사람들이라는 점에서 의미가 있다.[58]

58) 「너의 내면을 검색하라」 차드 멍 탄, 알기 참고.

실리콘밸리의 리더들은 기업 차원에서 뿐만 아니라 자기개발과 자녀 교육에 있어서도 남다르다. 세계 부자 1위인 아마존 CEO 제프 베조스는 매 분기 말이 되면 모든 통신 수단을 끊고 혼자만의 시간을 가지면서 마음을 집중하며 정리한다고 한다. 또 혁신과 창조의 대표적인 인물인 스티브 잡스가 유년 시절부터 명상을 생활화했다는 것은 잘 알려진 사실이다. 청소년 시절에 자신이 입양아라는 사실을 알게 된 후, 정체성에 대해 끊임없이 고민하고 대학에 들어가서는 영성과 깨달음에 관한 책들을 탐독하며 명상을 했다고 한다. 스티브잡스는 자신의 열정과 창의력의 원천이 아침마다 하는 명상에 있다고 밝혔다. 애플의 혁신적인 사고와 창조적인 제품들을 탄생시키는 데에 그의 철저한 내면탐색과 명상이 커다란 기여를 한 것은 물론이다.

페이스북의 공동창업자 숀 파커는 디지털 기기는 물론이고 페이스북을 비롯한 SNS를 전혀 하지 않는다. 트위터와 블로그의 공동창업자 에번 윌리엄스는 집에 디지털 기기가 전혀 없는 대신 책으로 가득한 서재가 있다. 세계 최고의 IT 과학 기술 잡지인 『와이어드』를 창간한 크리스 앤더슨과 실리콘밸리의 대표적인 IT기술 찬양론자인 케빈 켈리는 자녀들의 디지털 기기 사용을 엄격하게 제한했다고 한다. 이렇듯 IT 기기를 개발하고 디지털 시대를 주도하는 리더들이 자신과 자녀들에게 철저하게 디지털 기기를 차단하고, 스스로는 명상, 사색 등의 내면 탐색의 시간을 갖는 이유는 무엇일까? IT 기기의 중독성과 폐해에 대해 누구보다도 잘 알고 있기 때문일 것이다.

실리콘밸리는 가정뿐만 아니라 학교 교육도 우리가 생각하던 것과는 매우 다른 모습이다. 실리콘밸리에 위치한 유명 사립학교 '페닌슐라'에는 IT 기업들의 고위급 임원 자녀들이 다닌다. 2011년에 〈뉴욕타임스〉의 취재로 이 학교에서 시행하는 교육의 실체가 밝혀졌는데, 놀랍게도 교실에는 컴퓨터를 비롯한 IT 기기가 단 한 대도 없었으며, 학생들은 인터넷 사용법도 잘 몰랐다고 한다. 교사는 칠판 앞에서 분필로 수업을 하고 있었으며, 학생들은 종이책과 종이 노트로 공부를 하는 등[59] 필자의 어린 시절 교실의 모습과 흡사했다고 한다.

영화 《아이언맨》의 실제 모델로 알려진 스페이스 X와 테슬라의 일론 머스크는 직접 설립한 '애드 아스트라'라는 학교에 자녀들을 보낸다. 학년제도가 아예 존재하지 않고, 아이들은 스스로 선택한 주제에 따라 팀 단위로 공부한다. 성적 평가나 숙제가 없으며, 모든 수업은 각종 조사를 통해 묻고 답하는 소크라테스식 대화법으로 진행된다. 인공지능 시대에 인류가 당면할 문제와 해결책을 철학적 대화와 토론으로 도출해 내는 것이다.

우리는 빠르게 앞만 보고 달려가는데 오히려 실리콘밸리는 거꾸로 천천히 가고 있는 느낌이다. 가장 빠르게 변화하며 전 세계의 변화를 주도하는 곳에서 여유 있게 자신의 내면을 돌아보면서 스스로 생각하고 고민하는 삶의 방식과 교육을 택한 것은 어떠한 의미일까? 빠른 변화의 소용돌이에 빠진 우리가 깊이 생각해 볼 일이다.

앞만 보며 바쁘게 달리느라 자신을 돌아볼 틈이 없는 현대인들에게 내면 성찰과 심신 관리법이 갈수록 큰 인기를 끌고 있다. 그 중에서도 명상은 우리나라를 비롯해 미국에서도 선풍적인 인기를 얻고 있다. 특히 실리콘밸리 IT업계를 중심으로 명상이 하나의 주요 트렌드로 자리 잡으면서 명상은 이제 심신 안정 및 스트레스 관리 차원을 넘어서 정서 지능 향상, 리더십 증진, 창의성 개발 등 인공지능 시대 도래에 따른 인간의 고유 역량을 높이는 개발법으로도 각광받고 있다.

4차 산업혁명의 메카인 실리콘밸리의 가정과 학교에서의 교육 방식 역시 우리에게 시사하는 바가 크다. 실리콘밸리의 또 다른 사립학교인 '그린우드'의 아치 더글러스 교장은 그들의 특별한 교육에 대해 "자기 자신에게 집중하고 다른 사람들과 관계를 맺는 일에 집중하게 하기 위해서다. 그리고 밖에 있는 컴퓨터를 다루기 전에 내 안의 컴퓨터(창조적 두뇌)를 다루는 법부터 배우게 하기 위해서다."라고 그 이유를 밝혔다.[60] 그들은 뇌에 답이 있다는 것을 이미 알고 있었다. 그래서 아이들에게 뇌

59) 60) 「에이트」이지성, 차이정원 참고.

의 주인이 되는 교육을 하고 있는 것이다. 이런 연유로 실리콘밸리의 자녀들은 그 부모와 마찬가지로 미래시대에 리더이자 창조자로 남을 가능성이 커 보인다.

어른, 아이 할 것 없이 전 세계의 많은 사람들이 점점 디지털 기기

에 의존하고 중독되어 가고 있다. 뇌가 발달하는 시기에 있는 아이들에게 스마트 폰과 컴퓨터 게임 대신 깊은 사고를 바탕으로 한 대화와 토론을 하며 자기 자신의 내면에 집중하여 남과 다른 생각을 하게 하는 교육이 더욱 절실해지는 시기이다. 뇌교육을 바탕으로 한 인간고유의 역량개발이 미래 경쟁력을 위한 필수 요건임을 앞서 입이 닳도록 이야기했다. 그렇다면 이제 어떻게 하면 뇌 안에 있는 답을 찾고 인간만의 고유한 역량을 키울 수 있을지 가정에서 부모가 아이와 함께 할 수 있는 구체적인 트레이닝 방법들을 살펴보도록 하자.

브레인
쉬프트를 위한
5단계
홈트레이닝

5단계 뇌의 법칙은 흔한 메시지일 수도 있지만,
아이가 이를 받아들이고 삶 속에서 실천하기만 한다면 뇌의 주인,
삶의 주인으로 살아갈 수 있다.

뇌운영시스템[BOS] 5가지 법칙

BOS[Brain Operating System-뇌운영시스템] 의 5법칙이란 브레인 쉬프트를 보다 쉽고 빠르게 할 수 있는 다섯 가지 법칙이다. BOS란 뇌교육 개발자인 이승헌 총장이 컴퓨터에 운영체제[OS]가 있듯이 뇌기능을 잘 활용할 수 있게 하는 운영체제가 필요하다는 생각에 고안해 낸 것이다. BOS 5법칙은 원리적으로 뇌가 기능하는 방식을 기초로 하고 있으며 에너지 차원에서는 심기혈정(心氣血精)을 따르고 있다. 한자 의미 그대로, 마음(心)이 가는 곳에 기(氣)운이 흐르고 기운이 흐르면 생명력(血)이 움직여 변화(精)가 일어난다는 뜻으로 의식이 현상을 만들어 내는 원리이다.61) 한때 많은 책에서 다룬 끌어당김의 법칙과 일맥상통한다.

61) 『뇌교육원론』, 「대한 민국에 이런 학교가 있었어?」, 이승헌, 한문화 참고.

BOS 법칙의 다섯 가지 메시지는 '깨어 있어라(정신 차려라), 굿뉴스가 굿브레인을 만든다, 선택하면 이루어진다, 시간과 공간의 주인이 되어라, 모든 환경을 디자인하라.' 이다. 이 다섯 가지 법칙의 핵심은 창조력에 있다. 2장에서 살펴보았듯이 창조력은 인간이 가지고 있는 핵심역량 중 가장 특별하며 4차 산업혁명시대에 필수적인 역량이다. 다섯 가지 메시지들을 활용하여 행복하고 풍요로운 삶을 창조하는 것이 BOS 5법칙의 목적이다. 따라서 이 법칙들만 제대로 활용해도 미래형 인재인 일류두뇌의 핵심역량을 개발할 수 있다.

　가장 최근에 내가 이 다섯 가지 법칙들을 잘 작동시킨 사례의 결과물이 바로 이 책이다. 책을 쓰려고 마음을 먹은 다음, 자료를 모으고 조사할 때 마치 안개 속에 갇힌 듯 했다. 주제를 쉽게 정하지 못해서 하루에도 몇 번 씩 '포기해야 하나' 라는 생각이 불쑥 불쑥 올라왔지만, '선택하면 이루어진다.' 는 3법칙대로 매일 책이 발간된 순간을 상상했다. 그 결과 본격적인 원고를 집필한지 한 달 반 만에 초고를 쓸 수 있었고, 투고한 첫날부터 여러 출판사로부터 출간 제의가 왔다. 처음이라 해내지 못할 거라는 불안감에 흔들리던 정신을 다잡고(1법칙), 상상과 노력을 통해 굿뉴스를 만들었으며(2법칙), 매일 새벽과 낮 시간을 활용해 글을 써서 시간과 공간의 주인이 되어(4법칙), 최악의 상황에서 긍정파워를 발휘하여 스스로 내 환경을 디자인했다(5법칙). 뇌를 잘 써서 책을 완성해야겠다는 다짐과 노력이 없었다면 불가능했을 것이다.

이렇게 풍요로운 삶을 가져다주는 5가지 BOS 법칙들을 하나씩 자세하게 살펴보자.

• 1법칙: 깨어 있어라(정신 차려라)

과거에 겪었던 불행과 아직 오지 않은 미래에 대한 걱정을 늘 달고 사는 A가 있다. 그와 반대로 과거의 성공 경험으로 인해 미래에 대한 환상 속에 사는 B가 있다. A와 B 둘 중에서 뇌를 더 잘 쓰는 사람은 누구일까? 또 깨어 있는 사람은 누구일까?

답은 둘 다 아니다. 깨어 있는 것은 정신을 차린다는 의미로 자신의 뇌를 자각하고 '지금 여기, 현재'에 집중하는 것이다. 현실을 정확하게 직시하고 삶의 소중한 순간들을 느끼며 사는 것이 깨어 있는 사람의 삶이다. 그런 사람은 과거나 미래에 연연하지 않고 현실 속에서 자신의 문제를 해결해 나가며 미래를 창조한다. 대부분의 사람은 지나간 일에 너무 많은 신경을 쓰거나, 아직 일어나지도 않은 일에 대한 불안과 두려움 또는 환상을 가짐으로써 현실을 제대로 직시하지 못한다. 지금 이 순간에 집중하고 깨어 있는 것이 실제로는 얼마나 어려운 일인지 한 시간 동안 나의 뇌 속에서 일어난 일들을 글로 적어 보면 금방 알 수 있다. 아마 대부분이 지나간 일과 아직 일어나지 않은 일에 대한 걱정이나 두려움일 테니까.

깨어 있다는 의미는 어떤 것에도 치우치지 않은 균형 잡힌 상태로 올바른 선택과 판단을 할 수 있는 상태이다. 현재에 집중할 수 있을 때 우리를 주저하게 하는 감정이나 생각에 빠지지 않고 행동할 수 있는 힘이 생기게 된다.

• 2법칙: 굿 뉴스가 굿 브레인을 만든다

한 인디언 노인이 손자에게 말했다.

"우리 마음속에는 착한 늑대와 나쁜 늑대 두 마리가 살고 있는데 그 두 마리는 늘 싸우고 있단다."

그의 말을 들은 손자가 한참을 골똘히 생각하다가 누가 이기는지 물었다. 노인이 대답했다. "네가 먹이를 준 늑대가 이긴단다."

정보를 주체적으로 선택하라는 메시지를 담은 인디언 우화이다. 우리의 뇌는 매일 밀려드는 수많은 정보의 홍수 속에 무방비 상태로 노출되어 있다. 아침에 눈을 떠서 잠자리에 들기까지 오감을 통해 들어온 정보가 끊임없이 뇌에 전달되고, 뇌는 그 정보들을 처리하느라 바쁘다. 이 과정에서 불필요한 정보는 버려지고 어떤 정보는 잠재의식으로 들어가 생각과 감정, 행동에까지 영향을 미친다.

뇌는 이 정보들에 따라 움직인다. 뇌 속에 좋은 정보가 들어오면 기분이 좋아지고 긍정적인 뇌 회로들이 강화된다. 부정적인 정보라면 반대의 현상이 일어날 것이다. 그 정보의 실체가 가짜여도 뇌는 구별하지 못한다. 가짜 약을 먹어도 특효약이라고 믿으면 효과가 나타나는 플라시보 현상이 있듯이, 정보의 진위 여부와 상관없이 뇌가 믿는 대로 몸이 반응한다. 따라서 건강하고 행복하게 살기 위해서는 뇌에 긍정적인 정보를 주면 된다.

좋아하는 음악을 듣거나 맛있는 음식을 먹고, 좋아하는 사람과 대화를 하는 등 뇌에 좋은 정보를 주는 방법은 다양하다. 나아가 굿 뉴스를 스스로 생산하는 것은 굿 브레인이 되기 위한 최고의 방법이다. 다른 사람에게 도움이 되는 정보를 주거나 칭찬하는 등 적극적으로 굿 뉴스를 생산하면 더욱 창조적인 뇌가 될 수 있다. 특히 부모가 아이들에게 항상 좋은 언어로 아이들의 뇌에 좋은 정보를 주어야 함은 아무리 강조해도 지나치지 않는다. 부모가 무심코 내뱉는 말들이 아이의 뇌에 큰 영향을 미치는 정보가 된다는 것을 한시도 잊지 말자.

• 3법칙: 선택하면 이루어진다

삶은 순간마다 선택의 연속이다. 크거나 작은 또는 중요하거나 사소한 수많은 선택의 결과로 오늘의 내가 존재하는 것이다. 선택하면 이루어지는 것은 뇌의 메커니즘이다. 동기가 분명한 선택을 하는 순간 뇌는 그 선택을 이룰 수 있는 상황을 만들어 낸다. 선택의 의지가 강하고 오래 지속될수록 뇌는 더 강하게 반응하게 된다.

그러나 많은 사람들이 자신의 상황을 바꾸고 싶어 하지만 쉽게 그렇게 하지 못한다. 지금과 다른 선택을 하는 연습이 되어 있지 않기 때문이다. 선택하는 것도 연습이 필요하다. 자신이 원하는 것을 선택하는 힘을 키우면 행복지수도 높일 수 있다.

선택을 함에 있어서 중요한 것은 선택의 기준이다. 자신의 욕망과 이기심을 기준으로 선택한다고 해서 그것이 이루어질까? 아마 어려울 것이다. 왜냐면 자기도 모르게 불안이나 죄의식, 두려움이 작용하여 뇌의 기능이 총동원되지 않기 때문이다. 만약 이루어진다 해도 동기에 문제가 있기 때문에 진정으로 좋은 일이 될 수 없다. 뇌교육에서는 양심을 선택의 기준으로 삼을 수 있도록 한다. 양심은 빛처럼 밝은 마음으로서 우리 내면의 밝은 빛이고 온전한 앎이다. 욕망이나 이기심이 아니라 양심을 정보 처리의 기준으로 삼으면 뇌의 가치도 높아진다.

선택한 후에는 원하는 상황을 구체적으로 떠올려 그것이 이루어진 모습을 시각화하고 감정까지 실제인 것처럼 느껴본다. 뇌가 상상을 현실인 것처럼 체험함으로써 불안함, 부정적인 생각에서 벗어나 이룰 수 있다는 자신감과 믿음이 생겨나게 된다. 그 자신감과 믿음이 뇌에 각인이 되면, 앞서 살펴본 뇌의 3층 구조가 통합됨으로써 원하는 것을 실제로 실현할 수 있는 힘을 만들어 낸다. 생각 뇌와 감정 뇌를 거쳐 생명 뇌까지 선택의 힘이 미치면 뇌의 무한한 잠재력이 발휘되기 때문이다.

- 4법칙: 시간과 공간의 주인이 되어라

'다람쥐 쳇바퀴 돌 듯' 이라는 속담이 있다. 바쁘게 움직이는데도 시간에 쫓기고 공간에 종속되어 앞으로 나아가거나 발전하지 못하는 사람의 헛된 노력을 비유한 말이다. 모두가 치열하게 사는 경쟁사회에서 노력이 미덕이라며 마냥 열심히 하라고 권유할 수는 없다. 있는 힘을 다해 열심히 하는 데도 현실은 바뀌지 않음으로써 결국 서서히 지쳐버린다면 쳇바퀴 도는 다람쥐와 다를 바 없지 않은가.

시간과 공간의 주인이 되라는 의미는 무조건 열심히 하는 것보다 잘하라는 격려이자 잘하기 위한 태도이다. 시간과 공간의 주인이 되기 위한 가장 중요한 자질은 창조력이다. 이는 앞서 살펴본 일류두뇌의 핵심역량이자 인간 뇌의 가장 큰 특별함이기도 하다. 창조력은 생각과 감정들을 비워내어 집중력이 올라가는 순간에 깨어난다. 동서양의 많은 위인들이 일과 중 산책을 즐긴 이유가 이 때문이다. 고요한 숲길을 걸으며 생각과 감정이 잠잠해질 때 문제 해결의 실마리가 떠오르는 것이다. 영감 넘치는 창조의 순간을 위해 매일 산책하는 습관을 지닌 칸트나 베토벤을 비롯한 위인과 리더들의 일화가 수두룩하다.

창조력은 위인이나 리더 또는 탁월한 성과를 내야 하는 사람한테만 필요한 것이 아니다. 넓은 의미에서 보면, 인간이 하는 모든 일을 창조라고 할 수 있다. 하지만 자신의 가치를 알고 스스로 선택한 것에 집중할 때 나타나는 창조력은 문제를 해결하고 새로운 가치를 만들어내는 최고의 능력이다. 시간과 공간의 주인인 사람은 제1법칙인 깨어 있기를 잘하고 현재에 집중할 수 있다. 그래야만 현실을 넘어 다음 단계로 나아갈 수 있게 된다.

- 5법칙: 모든 환경을 디자인하라

우리는 많은 환경에 둘러 싸여 살아간다. 집이나 직장 같은 삶의 공간을 비롯해서 가족, 이웃, 동료, 친구 등 주위 사람들과 심지어 자신의 몸과 마음까지도 한 사람의 삶을 이루는 환경에 속한다. 누구나 좋은 환경에서 살고자 하지만 환경은 수시로 변화한다. 따라서 자신의 의지와 상관없이 변화하는 환경에 이끌려 살다 보면 무력하고 허무해질 수 있다.

환경에 영향을 미치는 요인은 무수히 많지만, 나를 둘러싼 환경의 주인은 바로 나의 의식이다. 의식이 깨어 있으면 환경이 어떻든 흔들림이 없다. 열악한 환경에서도 현재의 상황을 바꿀 수 있는 힘을 발휘하게 된다. 자신을 성찰하고, 자신을 둘러싸고 있는 환경을 통찰하여 긍정적인 변화를 꾀하는 것이 환경을 디자인 하는 감각이다. 건강해지기 위해 운동을 하고 식습관을 바꾸거나 금연을 하는 것도 다 환경을 디자인하는 것이다.

내가 주위 사람들 특히 내 아이에게 환경이 된다는 것도 잊지 말자. 부모라면 아이를 위해 집안에 밝은 에너지, 긍정의 에너지가 유지되는 환경을 제공해야 한다. 인테리어에만 신경 쓸 것이 아니라 집안의 에너지를 어떻게 가꾸고 유지할 것인가를 고민해야 한다. 부정적인 에너지는 최소화하고 긍정적인 에너지, 밝고 따뜻한 사랑의 에너지로 집안을 가득 채워야 한다.

다섯 가지 뇌의 법칙은 흔한 메시지일 수도 있지만, 아이가 이를 받아들이고 삶 속에서 실천하기만 한다면 뇌의 주인, 삶의 주인으로 살아갈 수 있다. 이는 브레인 쉬프트를 위한 내비게이션과도 같다. 제 1법칙, 깨어 있는 정신의 위력은 일상에서도 적용된다. 공부를 하고 친구를 사귀고 진로를 선택하는 등 모든 일들이 자신이 주체가 되어 뇌의 주인으로서 하는 일이 된다. 제 2법칙, 굿 뉴스를 선택하고 좋은 정보를 생산하는 것은 창조력을 높여준다. 선택하면 이루어진다는 제 3법칙은 원하는 것을 이룰 수 있는 힘을 준다. 제 4법칙, 시간과 공간의 주인이 되면 바쁘고 치열한 사회에서도 경쟁력을 갖는다. 마지막으로 제 5법칙, 환경을 디자인하면 자신을 성찰하게 되고, 인간관계 등 주위의 환경에 끌려가지 않고 아이가 자신의 의지대로 살아갈 수 있게 된다.

이 메시지들을 최대한 자주 말하고 사용하여 아이들이 삶의 지침으로 삼을 수 있게 하자. 다섯 가지 법칙을 섞어서 한두 문장으로 만들어 가훈처럼 사용하는 것도 좋다. 아이들에게 자연스러운 교육이 된다. 예를 들어, "깨어 있자! 시간과 공간을 디자인하는 뇌의 주인이 되어라." "선택하면 이루어진다. 굿 뉴스를 전하고 모든 환경을 디자인하자."와 같은 문구로 말이다. 이렇게 뇌를 잘 쓰는 법칙들을 많이 듣고 자라면, 아이의 무의식에 잠재력으로 자리 잡게 된다. 그리고 다음에 나올 브레인쉬프트 5단계 홈트레이닝 프로그램을 알아보고 체험한다면 다섯 가지 BOS 법칙을 더 깊이 이해하고 활용할 수 있게 될 것이다.

뇌운영체제[BOS] 프로그램

아침마다 전쟁이 일어나는 집이 있다. 아이를 깨워 제시간에 학교에 보내려는 엄마와 도무지 말을 듣지 않는 아이들과의 전쟁. 아이가 잠자리에서 일어나는 것부터 아침 먹기, 씻기, 옷 입기, 준비물 챙기기 등 매일 반복되는 일상이지만, 항상 아이와 부딪힘으로써 화를 내거나 감정이 상한다며 하소연하는 엄마가 있었다. 아침부터 아이를 혼내고 학교에 보낸 엄마는 온종일 기분이 안 좋다. 그녀는 그때마다 '나는 부족한 엄마야.'라며 자책을 했다고 한다. 여기에서 문제는 충분히 일어날 수 있는 일에 큰 의미를 부여하고 스스로를 부정적인 감정과 생각 속에 가둔 것이다. 그러다보니 그 굴레에서 빠져 나오지 못하고 매일 같은 일을 되풀이하고 있었다. 이 경우의 처방은 의외로 간단한데, 먼저 뇌운영체제[BOS]에 대해 살펴본 후 답을 알아보자. 그래야만 감정과 생각 같은 정보를 통해 뇌를 운영하는 방식을 더 잘 이해할 수 있기 때문이다.

누구나 뇌를 가지고 있지만 대부분의 사람들은 뇌를 의식하지 않은 채 살아간다. 게다가 뇌를 운영한다는 생각은 더욱더 하지 못한다. 모든 기계에는 사용 설명서가 있는데, 어째서 그렇게 중요하고 복잡한 뇌에는 사용설명서가 없는 것일까? 이것이 바로 BOS의 개발 이유이다. 뇌를 잘 활용할 수 있게 하는 BOS 5단계 프로그램은 뇌교육의 핵심 원천 기술이라고 할 수 있다. 오늘날 인류 문명을 만들어 낸 것이 인간 뇌의 창조성에서 비롯되었듯이 문제 해결의 열쇠도 결국 뇌 안에 있다. 컴퓨터 운영체제인 20세기 OS가 인간 생활의 편리를 가져왔다면, 21세기 BOS는 잃어버린 인간 뇌의 근본 가치를 회복하는 해법을 제공하고 있는 셈이다.[62]

62) 「뇌 안의 위대한 혁명 B.O.S.」 이승헌, 국제뇌교육종합대학원 참고.

인간은 태어날 때 약 천억 개에 달하는 뇌세포를 갖고 태어나지만, 사람마다 다른 삶을 살아가는 것은 BOS를 얼마나 잘 인식하고 활용하느냐의 차이라고 할 수 있다. 누구나 뇌를 가지고 있지만 대부분 뇌를 의식하지 않고 있으며, 뇌를 운영한다는 생각은 더더욱 하지 않고 살아간다. 내 아이 역시 그런 삶을 살아가길 원하는가? 아이가 그냥 주어진 시간을 보내며 평범하게 살아가게 할지, 아니면 뇌를 잘 운영하여 미래 경쟁력을 갖추고 가치를 이루는 삶을 살아가게 할지는 여러분의 선택이다.

이제 여러분들도 뇌의 기본 구조에 대해 이해하고 뇌를 새롭게 인식하게 되었을 것이다. 뇌는 단지 신체기관이 아니라 정보처리 기관이라는 것, 무한한 잠재력과 가능성이 있고 신경가소성이 있어 평생 동안 변화하고 개발할 수 있다는 것도 살펴보았다. 이로서 브레인 쉬프트를 위한 준비 단계는 마친 것이다. 뇌를 운영할 수 있는 시스템인 BOS 프로그램은 여기에서부터 출발한다. 뇌의 구조와 기능적 차원에서 보면 BOS의 개발은 앞서 살펴본 3층 구조로 이루어진 뇌의 기능들을 한 단계씩 활성화하고 회복해 가는 것이다. 뇌가 본래 가진 기능을 제대로 쓸 수 있도록 하고, 본래의 기능이 발현되지 못하게 막고 있던 장벽들은 깨뜨린다. 그러면 그 과정에서 뇌의 각 부분이 갖고 있는 기능들이 통합되면서 많은 현상들이 일어나게 된다.

BOS프로그램은 뇌의 기능과 통합과정에 따라 다섯 단계로 구성된다. 1단계 뇌 감각 깨우기[Brain Sensitizing], 2단계 뇌 유연화하기[Brain Versatilizing], 3단계 뇌 정화하기[Brain Refreshing], 4단계 뇌 통합하기[Brain Integration], 5단계 뇌주인 되기[Brain Mastering]가 그것들이다.

1단계 뇌 감각 깨우기는 몸과 뇌 전체를 대상으로 감각을 회복시키는 단계이다. 뇌는 딱딱한 두개골로 싸여 있어 직접 만지거나 운동시킬 수 없으므로, 뇌와 연결된 우리 몸의 각 부분을 움직이고 자극함으로써 활성화시킬 수 있다. 1단계에서는 감각을 회복하여 자신의 뇌 상태를 제대로 바라볼 수 있게 된다.

2단계 뇌 유연화 하기는 기존의 고정관념과 습관의 틀을 깨트리는 단계로, 생각 뇌인 대뇌피질의 기능을 원활하게 한다. 뇌에는 뼈나 근육이 없어서 부드러울 것 같지만, 고정관념이나 습관, 신념 때문에 저항력이 가장 강한 기관이다. 사람이 쉽게 바뀌지 않는 것은 이 때문이다. 이 단계는 뇌 회로를 자극해 유연하게 만들어 새로운 사고와 행동을 시도하는 과정이다.

3단계 뇌 정화하기는 주로 감정의 기억을 다룬다. 특히 감정 뇌인 대뇌변연계의 편도에 저장된 부정적 감정의 기억들을 정화시키는데, 이는 뇌를 움직이게 하는 정보를 변화시키기 때문에 매우 중요하다. 자신에게 도움이 되지 않는 부정적인 정보들을 의식적으로 놓아버리는 연습을 함으로써 뇌의 정보처리 기능을 원활하게 할 수 있게 된다. 무의식 차원에서의 부정적인 정보를 정화하고 뇌의 본래 상태를 회복하는 중요한 단계이다.

4단계 뇌 통합하기는 가장 핵심적인 과정으로, 생각과 감정의 에너지는 낮추고 생명 중추의 에너지는 높여서 뇌의 각 부위를 통합시키는 단계이다. 뇌 통합 상태가 되면 자신이 원하는 것을 이룰 수 있는 힘이 생긴다.

마지막 5단계 뇌주인 되기는 통합된 뇌의 창조력을 최대한 활용하는 단계이다. 이전의 단계에서 배운 원리와 방법들을 생활 속에서 끊임없이 적용함으로써 생산적이고 창조적으로 살 수 있게 된다.[63] 4단계까지가 운전면허증을 따는 과정이었다면, 5단계는 실제로 운전을 하며 익히는 단계라고 할 수 있다.

63) 「대한민국에 이런 학교가 있었어?」 이승헌, 한문화 참고.

이상으로 BOS 5단계를 살펴보았으니, 아침마다 전쟁이 일어난다는 앞의 사례로 되돌아 가보자. 이 경우에 처방은 의외로 간단하다. 사람들은 감정이나 생각이 곧 '나'인 것으로 알고 있지만, 실상 그것들은 뇌 속에서 일어나는 정보에 대한 반응일 뿐이다. 화냈던 마음, 속상함, 아이에 대한 걱정, 자책감 등등 이 모든 것은 나일까, 아니면 내 것일까? 내 감정이나 생각이 곧 내가 아니라 내 것임을 알면, 거기에 허우적대지 않고 바로 빠져 나와 내가 원하는 데로 활용할 수 있게 된다. 그렇게 되면 다시 같은 상황에 닥쳤을 때 화를 내지 않고 충분히 타이르거나 아이에게 미리 시간을 주어 스스로 준비하게 하는 등 이전과는 다른 방법을 생각해 내게 된다. 감정과 생각은 뇌 속에서 발생하는 정보 반응일 뿐이다. 내가 입고 있는 옷은 내 것일 뿐, 옷이 곧 내가 아닌 것과 같다. 이 점을 분명히 인지하면 감정에 빠지거나 생각에 갇히지 않고 정보를 주체적으로 처리하면서 BOS를 제대로 이해하고 활용할 수 있게 된다.

서문에서 이미 밝혔듯이 필자는 이 BOS 프로그램을 토대로 집에서 부모와 아이가 함께 할 수 있는 홈 트레이닝 법을 '브레인 쉬프트 [Brain Shift]'라고 명명하였다. 대부분은 뇌교육 프로그램이며 나의 경험을 바탕으로 가정에서 부모와 아이들이 함께 하기에 최적화된 트레이닝 법들로 선별했음을 미리 밝혀 둔다. 다음 편에서 각 단계별로 구체적인 내용을 살펴 볼 것이지만, 꼭 단계별로 해야 하는 것은 아니다. 필요에 따라 시행하되 중요한 것은 직접 반복적으로 체험해야 BOS가 작동되어 성공적인 브레인 쉬프트가 가능하다는 점을 명심하자. 브레인 쉬프트에 성공하여 뇌의 주인이 되면 여러분의 아이는 미래 경쟁력을 갖춘 일류두뇌가 될 수 있다.

1단계 뇌감각깨우기[Brain Sensitizing]

　　브레인 쉬프트를 위한 최적의 방법으로서 BOS(뇌운영체제) 5단계를 간단히 살펴보았다. 이제부터는 각 단계별로 구체적인 내용을 알아보고 집에서 아이와 함께 할 수 있는 홈트레이닝 방법들을 소개하겠다. 다음 단계로 넘어가기 위해서 이전 단계를 완전히 익혀야 하는 것은 아니다. 순서에 상관없이 지속적으로 트레이닝하면서 내 아이에게 필요한 대로 단계를 적용하면 된다.

　　1단계 뇌감각 깨우기[Brain Sensitizing]는 몸과 뇌 전체를 대상으로 감각을 회복시키는 단계로서, 뇌를 의식하고 몸과 뇌의 소통을 원활하게 하는 것이 목표이다.[64] 대부분의 사람들은 뇌를 의식하지 않고 살아간다. 뇌는 가장 중요한 기관임에도 불구하고 심장 등 다른 장기에 비해 그 중요성이 간과

[64] 『뇌교육 원론』, 『뇌 안의 위대한 혁명 B.O.S』 이승헌, 국제뇌교육종합대학원 참고.

되고 있었던 것은 사실이다. 동양의학에서 뇌는 아예 언급조차 되지 않았다. 서양의학에서도 뇌와 정신에 대해 연구하기 시작한 것이 채 200년이 되지 않았다. 뇌는 아주 오랫동안 우리의 인식에서 존재하지 않았던 것이다.

뇌 감각을 깨우는 것은 뇌를 의식하는 것에서부터 시작한다. 먼저 뇌를 의식할 수 있어야만 뇌의 기능을 알고 작용원리를 이해하여 적용할 수 있게 된다. 이는 한 사람을 사랑하는 과정과 비슷하다. 누군가를 사랑하는 과정은 우선 그 사람을 의식하기 시작한다. 그리고 관심을 갖고 상대방과 대화를 나누다가 친밀해진다. 뇌와 친해지는 것도 이와 같다. 평소에 의식하지 않았던 뇌를 느끼고 뇌와 대화하면서 감각을 키워가는 것이다. 평소에 부모로부터 뇌에 대한 이야기를 자주 듣고 뇌에 대한 대화를 나누다보면 아이는 어떻게 변할까? 또한 앞으로 전개될 여러 가지 트레이닝 방법들을 함께 체험하면 어떻게 변화할까? 아이는 자연스럽게 뇌를 절대 잊어버리지 않고 자신에게 매우 중요한 장기로 인식하게 될 것이다. 시작이 반이다. 여러분들도 이 책의 지침대로 시행하기만 하면 브레인 쉬프트를 위한 첫걸음을 쉽게 뗄 수 있다.

앞서 살펴보았던 뇌의 구조와 기능 등 뇌에 대한 지식이 많으면 자신의 뇌를 잘 알고 활용할 수 있게 되는 걸까? 물론 도움은 되겠지만 지식만으로 브레인 쉬프트를 하기는 어렵다. 비행기에 대해 아무리 많은 지식을 갖고 있어도 직접 해보지 않으면 비행기를 조종할 수 없는 것과 같은 이치이다. 반드시 신경계를 활성화하는 감각 체험이 필요하다. 이를 통해서 뇌 감각을 깨울 수 있는 것이다. 뇌는 딱딱한 두개골로 싸여 있어 직접 만지거나 운동 시킬 수가 없다. 하지만 우리 몸과 뇌의 각 부위는 신경계를 통해서 서로 연결되어 있으며 긴밀하게 상호작용한다. 우리 몸에는 수많은 신경계가 그물처럼 뻗어 있어서 인체의 모든 감각 신호가 척수를 통해 뇌와 연결되며, 뇌의 운동 출력은 다시 몸 전체로 전달된다. 따라서 스트레칭, 걷기, 달리기, 체조, 호흡, 명상 등의 움직임을 통해 몸에 집중하면 뇌와 몸의 감각이 깨어나게 된다.

이쯤에서 이런 의문이 들 수도 있다. 평소에도 오감을 통해 감각 자극이 끊임없이 뇌에 전달되는데 굳이 뇌 감각을 더 깨울 필요가 있을까? 이것은 우리 몸이 평소에 끊임없이 움직이고 있지만, 따로 운동이 필요한 것과 같은 맥락으로 이해하면 된다. 일상적으로 하는 움직임들은 습관적이고 제한적이어서 몸의 기능을 충분히 활성화시키기 어렵다. 다른 운동을 통해야만 신체 기능을 향상시킬 수 있는 것이다. 뇌도 마찬가지다. 외부에서 들어오는 자극을 대부분 습관적으로 반응하며 처리한다. 늘 익숙한 패턴으로 처리하다보면 반응이 무뎌질 수 있다. 그래서 새로운 감각 자극을 주거나 익숙한 자극을 의식적으로 대함으로써 뇌 감각을 개발할 필요가 있다.

　뇌 감각 깨우기에서는 새로운 감각을 주기보다는 익숙한 감각 자극에 대한 감도를 높이는 것이 핵심이다. 의식이 외부로 향해 있거나 생각이나 감정에 빠져 있으면 몸이 어떤 신호를 보내는지 뇌가 알아차리지 못한다. 잠들어 있는 뇌 감각을 깨우기 위해서는 외부로 향해 있는 의식을 내부로 돌리고 생각과 감정에서 빠져나와야 한다. 몸에 집중하면 그렇게 할 수 있다. 몸에 집중하여 뇌 감각이 깨어나면, 감각 자극이 선명하게 느껴지고 습관적인 반응에서 벗어나게 된다. 따라서 뇌 감각 깨우기는 다른 단계의 트레이닝을 위한 아주 중요한 기본 바탕이 된다.

　뇌 감각을 깨우는 방법은 뇌에 새로운 감각 자극과 운동 자극을 주는 것부터 감각을 터득하는 것까지 매우 다양하다.

　뇌에 운동 자극을 주는 것은 새로운 운동을 하거나 평소에 했던 움직임을 의식적으로 느끼면서 호흡과 함께 하면 된다. 예를 들어, 걸을 때도 세 걸음에 숨을 한번 들이마시고 다시 세 걸음에 한번 숨을 내쉬면서 의식적으로 걸으면, 자신의 걸음걸이와 몸의 균형이 맞는지에 집중할 수 있게 된다. 호흡과 함께 하면 신체 중 어느 곳에 이상이 있는지, 머리가 무겁거나 아픈 곳이 있는지도 잘 느낄 수 있게 된다. 호흡을 하는 이유는 걸으면서 드는 수많은 생각과 감정을 차단할 수 있기 때문이다. 그렇게 함으로써 외부로 향해 있던 의식을 내부로 돌리고 몸에 집중하면 뇌 감각이 깨어난다.

아이가 몸을 움직이기 싫어한다면 굳이 집밖을 나가지 않아도 된다. 온 가족이 즐겁게 집안에서 할 수 있는 뇌 감각 깨우기의 방법으로 뇌 체조가 있다. 뇌 체조는 동작, 의식, 호흡이 결합된 것으로, 뇌과학과 에너지 순환 원리에 근거해 굳어진 근육과 관절을 이완시키고 기혈 순환을 촉진하는 대표적인 뇌교육 프로그램이다.[65] 단순히 몸을 움직이는 것이 아니라 에너지의 흐름을 느끼면서 집중하는 동작, 자연스러운 호흡 소절 그리고 의식적인 집중이 핵심이다. 동작을 할 때 자극이 오는 부위인 통증점에 의식을 집중하면서 동작을 취하는 것이 중요하다. 필자가 아이들과 함께 거의 매일 하는 뇌 체조인 '전신 두드리기'를 따라해 보자.

65) 〈브레인〉 74호, 한국뇌과학연구원 참고.

이 동작은 신체 감각 전체를 깨우는 것으로 심신 스트레스가 많은 경우에 해도 효과적이다. 몸의 12경락을 따라서 두드리면 효과가 더 크지만, 즐겁게 온몸을 골고루 두드리는 것만으로도 좋다. 대신 호흡과 함께 하고 두드리는 부위에 집중하는 것이 중요하다.

1. 양 발을 어깨 넓이로 벌리고 서서 왼팔을 손바닥이 위로 가게 어깨 높이로 펼친다. 오른손으로 왼팔의 어깨-손바닥-손등-어깨까지 올라가면서 천천히 그리고 세게 두드린다. 어깨에서

손까지 내려갈 때 숫자 열을 세고, 반대로 손등에서 어깨로 올라올 때 다시 열을 센다. 같은 방법으로 오른팔도 반복한다.

2. 두 손으로 가슴을 조금 오래 두드린다. '아' 하고 소리를 내면 더 시원한 느낌이 든다.

3. 가슴에서 내려와 배, 옆구리까지 골고루 두드린다.

4. 허리를 숙여 등 뒤의 신장과 허리 부위를 두드린다.

5. 엉덩이–다리 뒤쪽–발등–앞쪽 순으로 올라오면서 두드려준다.

6. 허벅지–다리 양 바깥쪽(바지 옆선)–발목까지 내려가면서 두드린다.

7. 배꼽 아래 10cm 부위인 단전을 두 손으로 두드린다. 단전은 오래 두드릴수록 좋다. 30~50번 정도 두드린 후에 내쉬는 호흡에 집중하며 온 몸을 손으로 쓸어내리면서 마무리한다.

전신 두드리기를 할 때는 부모와 아이들이 원을 그리고 마주보고 서서 한 사람당 하나부터 열까지 구호를 세면서 하면 좋다. 힘 있게 두드리고 아픈 부위가 느껴지면 호흡을 더 길게 내쉰다. 5분 안에 끝나는 이 간단한 뇌 체조를 하고 나면 온 몸이 가벼워진다. 자기 전에 하면 숙면을 취할 수 있게 된다. 또 아이들의 뇌 감각이 깨어나 그날 자신의 몸 상태와 기분이 구체적으로 어떠한지 스스로 이야기하게 된다.

뇌 감각을 깨우는 또 다른 주요 방법으로 기적인 감각을 터득하는 것이 있다. 기(氣)는 에너지의 파동이다. 우리가 밥을 먹으면 힘이 나듯이 기 에너지를 느끼면 몸에 기운이 가득 찬다. 기의 느낌은 감정적인 느낌과는 전혀 다르다. 느낌은 어떤 기분을 동반하지만, 기를 느끼면 그러한 감정적인 기분으로부터 자유로워져서 오히려 평온한 상태가 된다. 기 감각은 생명이 있으면 누구나 가지고 있는 감각이므로, 기 감각을 깨우는 것은 자연스러운 일이다. 갓난아기가 물속에서 본능적으로 헤엄을 치듯이, 몸의 긴장을 풀고 집중하기만 하면 기운을 느끼고 흐름을 탈 수 있다. 기운을 타고 기운 속에 있으면, 뇌파가 안정이 되어 의식이 맑아지고 몸의 감각이 살아나 건강도 좋아진다.

기 감각을 깨우는 효과적인 방법으로 호흡을 통해 몸에 집중하는 '지감(止感)'이 있다. 외부에서 들어오는 감각 자극을 멈춤으로써 몸과 뇌의 감각에 집중하는 트레이닝 방법이다. 지감을 하는 방법은 상황별 브레인 쉬프트에서 자세히 다루기로 한다. 제 5장의 '에너지 집중명상' 편을 참고하길 바란다.

어떤 방법으로든 뇌 감각이 깨어나면 뇌파를 스스로 조절할 수 있게 된다. 마음이 편안할 때의 느낌, 집중이 잘 될 때의 느낌, 기분이 좋을 때의 느낌 등을 잘 기억했다가 그 상태가 되기를 원할 때 눈을 감고 느낌을 떠올리면 원하는 데로 뇌파가 조절된다. 마치 라디오 주파수를 맞추는 것과 같다. 몸의 상태를 알아채는 감각이 생기면 그것을 조절하는 감각까지 키울 수 있다.

아이한테 의식을 몸에 집중하여 호흡과 함께 움직이라고 하면, 쉽게 하는 아이도 있지만 잘 하지 못하는 아이도 있을 것이다. 아이들을 지도하다 보면, 의식이 줄곧 외부로 향해 있어 자신의 몸에 집중을 못하는 경우가 종종 있다. 이런 아이는 '팝콘 브레인'일 확률이 높다. 팝콘 브레인[66]은 강렬하고 자극적인 것에만 반응하는 것으로, 뇌가 튀긴 팝콘처럼 곧바로 튀어 오르는 것에만 반응할 뿐 느리게 변하는 것에는 무감각해지는

66) 〈브레인〉74호, 한국뇌과학 연구원 참고.

증상이다. 아이들이 팝콘 브레인이 되도록 두면 안 되는 이유는, 좌뇌만 강하게 자극하여 우뇌 기능이 상대적으로 떨어질 수 있기 때문이다. 초기에는 산만한 모습으로 나타나다가 심해지면 거북목, 안구건조증 등이 나타나며, ADHD, 틱 장애, 발달 장애 등으로 이어질 수 있다. 이런 증세는 스마트 폰, TV, 태블릿 PC 등 디지털 기기의 보급화로 점점 심해지고 있는데, 수많은 유해 자극으로부터 우리 아이들의 뇌를 보호하기 위해서는 몸의 움직임과 에너지를 느끼는 감각 자극에 집중하도록 훈련해야 한다.

'머리가 나쁘면 몸이 고생한다.'라는 말이 있다. 그러나 과학적으로는 '몸을 쓰지 않으면 머리가 고생한다.'라는 표현이 더 맞는 말이다. 운동은 각종 질병을 예방할 뿐만 아니라 뇌세포를 자라게 해서

집중력과 이해력을 향상시킨다는 연구 결과가 있다. 하지만 요즘 아이들은 체격은 좋지만 체력이 약하다. 공부나 게임을 하느라 운동 시간도 절대적으로 부족하기 때문일 것이다. 참으로 안타까운 일이다. 아이들이 몸을 쓰지 않아서 머리가 고생하는 일이 생기지 않도록 하자. 더 늦기 전에 몸을 많이 움직이게 하고 뇌 감각을 깨워주어야 한다.

2단계 뇌유연화하기[Brain Versatilizing]

사람들은 대부분 자신에게 익숙한 길로 다닌다. 목적지까지 가는 여러 갈래의 길 중에서 항상 가던 길로만 가는 것이다. 옷 역시 그러하다. 주로 비슷한 스타일로 입는다. 자주 만났던 사람들만 만나며, 주로 다니는 식당에서 식사를 한다. 익숙하여 마음이 편하기 때문이리라. 나 역시 익숙하고 편안한 것이 좋다. 하지만 뇌는 자극이 없는 것을 가장 싫어한다. 그래서 관념화, 습관화되어 뇌 회로가 변하지 않고 고정되거나 현재에 안주하는 것은 뇌 기능의 발현을 막는 대표적인 요인이다.

대체로 어린 아이들은 고정된 뇌 회로가 적기 때문에 뇌가 유연하다. 하지만 초등학교 고학년만 되어도 새로운 것을 받아들이기 어려워하고 익숙한 습관대로 행동하려고 한다. 부모의 과보호 속에서 편리하고 수동적인 환경에 처한 아이들일수록 뇌 유연성이 더 떨어진다. 게다가 매일 집-학교-학원을 왕복하는 일상을 되풀이하는 것은 뇌를 점점 약화시키고 있는 것과 같다. 아이들의 뇌가 더 굳어지기 전에 뇌 유연화를 습득해야 하는 이유이다.

2단계 '뇌 유연화'는 문자 그대로 뇌를 유연하고 자유롭게 만드는 단계로, 굳어진 뇌 회로를 유연하게 하고 뇌 세포 간 커뮤니케이션을 활성화하는 것이다.[67] 굳어진 뇌 회로는 신경망이 고착화된 것으로 고정관념이나 습관이다. 즉 기존의 고정관념과 습관의 틀을 깨트리는 단계라고 할 수 있다. 고정관념은 관념의 틀에 갇혀서 새로운 것을 받아들이지 못하는 것인데, 관념은 사고하는 습관이기 때문에 바꾸기가 어렵다. 하지만 뇌에는 가소성이 있어 변화할 수 있으므로 아주 불가능한 일은 아니다. 오래된 습관들에 파묻혀 살다보면 나도 모르게 뇌가 굳어져 유연성이 떨어진다. 뇌가 유연하지 않으면 새로운 것을 수용하고 학습하는 기능이 떨어지며, 새로운 방식으로 뇌를 쓰는 것에 두려움이나 거부감이 들기도 한다.

> 67) 「뇌교육 원론」, 「뇌 안의 위대한 혁명 B.O.S」 이승헌, 국제뇌교육종합대학원 참고.

따라서 뇌 유연화의 목표는 새로운 자극을 받아들이고 학습하는 감각을 기르는 것이다. 이는 새로움에 도전하고 적응하는 힘을 기르는 과정이기도 하다. 편리하고 수동적인 환경에 익숙해질수록 뇌는 점점 더 약해지므로, 근육 단련을 위해 운동을 하듯이 뇌 운동이 필요하다. 뇌의 유연성은 두뇌 발달과 브레인 쉬프트를 위한 기본이라고 할 수 있다.

우리의 뇌는 몸과 밀접하게 연결되어 있는데다가 정신과 물질이 공존해 있으므로, 뇌를 유연하게 하기 위해서는 몸과 마음을 함께 다루는 프로그램이 필요하다. 뇌를 유연하게 하려면 먼저 몸이 유연해지도록 해야 한다. 뭉친 근육과 뻣뻣한 관절을 부드럽게 풀고 몸을 탄력 있게 하는 과정은 뇌신경에도 영향을 미친다. 운동을 통해서 일상에서 잘 쓰지 않던 근육을 쓰고 잘 안 되는 동작을 반복해서 연습하는 동안 뇌에 새로운 회로가 만들어지는 것이다. 그래서 운동을 하면 몸뿐만 아니라 감정에도 좋은 영향을 미친다. 기분이 좋아지고 의욕이 생기며 몸과 마음에 긍정적인 변화가 발생한다. 몸의 건강 뿐 아니라 정신의 유연성을 높이기 위해서도 운동은 꼭 필요하다.

집에서도 할 수 있는 뇌 유연화 프로그램으로는 간단한 팔굽혀펴기에서부터 시작해서 12단계별로 팔의 힘, 허리 힘, 몸의 균형을 잡는 법을 익히고, 마지막 단계인 물구나무서서 걷기에 이르는 'HSP 12단'이 있다. 이것은 앞서 살핀 벤자민인성영재학교의 학생들이 1년 동안 하는 프로그램이다. 쉬운 동작과 훈련으로도 충분히 의식이 확장되고 동작을 시도하고 있는 자신을 바라볼 수 있으며, 체력 향상은 물론 집중력과 자신감까지 키워준다. 이는 단계별로 몸의 근력을 기르고 유연성을 높이며 골격을 바로 잡아 좌우 균형을 맞추도록 구성된 동작이다. 1단계부터 차례대로 실시하고 성공하면 다음 단계로 넘어간다. 물구나무를 서서 걷는 12단까지 가려면, 보통 6개월에서 길게는 1년까지 걸리기도 한다. 그만큼 힘이 들지만, 몸이 오래도록 기억하면서 두고두고 자부심을 일깨워주는 성공체험을 할 수 있다. 남녀가 기준이 좀 다르다. 아이들은 여성의 기준으로 하는 것이 좋다.

1단계: 정자세 푸쉬업 30개

2단계: 머리 정중앙과 발바닥만 바닥에 대고, 양손은 허리에 붙인 채 몸 구부리기(앞/뒤) 2분

3단계: 머리 정중앙과 손바닥 바닥을 대고 뒤로 몸 구부려 푸쉬업 30개

4단계: 머리와 양손을 바닥에 대고 물구나무 서기 1분

5단계: 벽에 대고 머리가 바닥에 닿은 채 물구나무 서서 푸쉬업 40개

6단계: 머리와 양손을 바닥에 대고 물구나무 서기 2분

7단계: 양손만 바닥에 댄 채 벽에 대고 물구나무 서기 1분

8단계: 벽에 대고 물구나무 서서 푸쉬업 3개

9단계: 벽에 대고 물구나무 서서 손으로 제자리 걷기 50걸음

10단계: 벽 타고 옆으로 걸어가기 10걸음

11단계: 물구나무 서서 걷기 10걸음

12단계: 물구나무 서서 걷기 36걸음

아이들과 함께 12단계까지 도전해 보는 것은 좋은 경험이다. 서로 격려하면서 하다보면 온 가족의 체력뿐만 아니라 심력, 뇌력까지 좋아진다. 육체, 에너지체, 정신체 3가지의 몸에 골고루 그리고 긍정적인 영향을 미친다. 나는 평소에 운동을 좋아하고 잘하기도 하지만, 손목과 팔 힘이 약해서 이 12단계까지 성공해본 적은 없다. 그런데 이 책을 집필하면서 새로운 도전을 하기로 했다. 12단계까지 하기로 마음먹고 1단계부터 신경 써서 제대로 하고 있다. 6개월 안에 성공하는 것이 목표인데, 어떤 변화가 일어날지 기대가 된다. 안 되는 동작을 반복해서 연습하는 동안 새로운 뇌 회로가 생기고, 이어서 연쇄적으로 새로운 연결들이 일어나 예기치 않은 변화가 생길 수 있기 때문이다.

본래 뇌는 매우 유연한 속성을 지니고 있어서 새로운 정보를 넣으면 반응하게 되어 있다. 하지만 기존에 형성된 회로 때문에 변화가 쉽게 일어나지는 않는다. 오히려 지금까지 해보지 않았던 동작을 취하거나 새로운 도전을 하면 어색하거나 주저하는 감정, 장애 같은 반응이 뇌에서 생겨난다. 바로 이 순간이 중요하다. 이 단계에서는 인내심과 도전이 꼭 필요하다. 뇌는 상반된 두 가지 정보를 동시에 처리하지 못한다. 뇌에 새로운 정보를 넣으면 기존의 정보는 차단된다. 그리고 지속적으로 새로운 정보를 주면 그 정보가 기존 정보의 회로에 변화를 일으켜 새로운 뇌 회로가 형성된다. 그러면 고정된 습관과 관념이 사라지고 뇌의 유연성이 회복된다.

갓난아이의 뇌를 상상해보자. 해맑게 웃고 있는 아이의 뇌는 백지처럼 무한한 가능성을 향해 열려 있다. 하지만 아이가 자라면서 여러 환경의 제약에 따라 뇌가 정형화되고 구조화되기 시작하고, 종래에는 사람마다 다른 관념과 습관의 틀을 갖게 된다. 흔히들 나이가 들면서 뇌가 굳어지고 뇌기능이 떨어지는 것으로 알고 있지만, 뇌는 나이를 먹어감에 따라 함께 노화하는 기관이 아니다. 나이가 먹으면 뇌세포가 줄어드는 것은 사실이지만, 태어날 때부터 이미 충분한 뇌세포를 갖추고 있기 때문에 기억하고 학습하는 데는 지장이 없다.

나이와 상관없이 정신이 노화되면 뇌 기능이 떨어진 것으로 본다. 아이들이라 할지라도 탐구심과 호기심을 잃어 새로운 정보에 관심이 없고, 그저 익숙한 습관대로만 사는 것은 정신이 노화된 것과 마찬가지이다. 나이가 들어도 탐구심이 살아 있는 사람은 뇌가 젊다. 반면에 틀 속에 갇혀서 습관대로만 살아가는 것은 자신의 뇌 노화를 재촉하는 것과 같다. 뇌가 유연한 사람은 시간이 지날수록 지혜도 깊어진다. 뇌가 유연하지 못하면 고정관념에 매여 변화가 어렵다. 당연히 타인과 소통하는 데도 어려움이 있다. 유연한 뇌인가 굳은 뇌인가는 뇌의 주인이 어떻게 사용하느냐에 따라 달라진다.

2단계 뇌 유연화하기에서는 의식과 몸이 서로 긴밀하게 커뮤니케이션 할 수 있게 함으로써, 기존 정보에 종속되지 않고 정보의 주인으로서 선택하고 변화시킬 수 있는 힘을 기르는데 목적이 있다. 이 과정을 거치면 의식이 확장되고 뇌를 실제적으로 운영할 수 있는 자신감이 생긴다. 또한 이 힘은 다음에 나올 3단계 뇌 정화하기에서 뇌 안의 부정적인 정보를 정화시킬 때 필수적으로 작용한다.

3단계 뇌정화하기[Brain Refreshing]

어릴 때는 수박을 좋아하다가 어느 순간부터 수박을 먹을 수 없게 된 사람이 있다. 이유는 어릴 때 겪은 부정적인 기억 때문이었다. 어느 날, 몇 년 만에 나타난 아버지가 수박을 사들고 집에 왔단다. 당시에는 수박이 매우 비쌌기 때문에 쉽게 사먹기 힘든 과일이었다. 얼마나 좋았으랴. 그녀는 몇 년 만에 본 아버지보다 수박이 더 반가워서 배가 터질 만큼 먹었다. 그리고는 배탈이 나서 다음날 아버지가 집을 떠날 때까지도 구토와 설사에 시달렸다. 그때의 그 사건은 그녀에게 트라우마로 남았고, 다시는 수박을 먹을 수 없게 되었다고 했다.

이처럼 어릴 때 겪은 단 한 번의 경험으로 평생 무언가를 하지 못하게 되는 경우가 의외로 빈번하게 발생한다. 위의 사례는 바로 내

언니의 이야기이지만, 당시에 나는 너무 어려서 기억을 하지 못하고 있었다. 다만 무더운 여름에 시원하고 맛있는 수박을 권해도 절대로 먹지 않는 언니가 신기할 따름이었다. 어릴 적에 힘든 기억이 있었다고 하지만 그렇게까지 심하게 구는 언니를 이해하지 못했는데, 뇌교육을 접하고 나서야 비로소 그 심정을 이해할 수 있었다. 언니에게 단지 배탈로 고생했다는 기억만 있었다면, 수박을 거부하는 일은 없었을 것이다. 육체적인 고통에다 배탈로 인해 오랜만에 만난 아버지와 나눌 수 있었던 짧은 추억을 누릴 수 없었으며, 그에 따라 아버지에 대한 그리움의 감정기억이 더해져 평생 지우기 힘든 부정적인 기억으로 각인이 되어버렸던 것이다.

뇌에 있는 부정적인 정보, 즉 기억들은 컴퓨터 바이러스와 같다. 1,2 단계를 거쳐 뇌의 감각을 깨우고 유연화 시켜, 뇌의 본질적인 가치를 자각하고 육체적 건강을 회복하게 되어도 브레인 쉬프트를 제대로 할 수 있는 상태는 되지 못한다. 왜냐하면 살아오면서 형성된 피해의식 등의 부정적인 정보가 뇌 속에 자리하고 있기 때문이다. 고정관념과 습관이 뇌의 유연성을 떨어뜨린다면 뇌 속의 부정적인 정보들은 뇌가 정상적인 기능을 할 수 없게 한다. 따라서 3단계 뇌 정화하기는 뇌 기능의 활성화를 저해하는 부정적인 정보와 피해의식, 자신을 구속하는 기억이나 감정을 정화하는 것이 목표이다.[68]

뇌는 외부에서 오는 정보를 받아들여 기억을 저장할 때 정보와 함께 에너지도 받아들인다. 인간관계에서 받은 상처는 단순한 사실적 정보로 입력되지 않고, 하나의 에너지 형태로 함께 저장되어 오랫동안 뇌 속에 자리하게 된다. 대부분의 사람들의 뇌 속에는 그러한 정보들이 숱하게 쌓여 있는데, 부정적인 정보들이 많을수록 건강한 뇌기능이 제대로 작동하지 않는다.

68) 「뇌교육 원론」, 「뇌 안의 위대한 혁명 B.O.S」 이승헌, 국제뇌교육종합대학원 참고.

뇌에는 시시때때로 들어오는 수많은 정보들을 분류하고 저장하는 기준이 있다. 정보의 중요도를 판단하는 첫 번째 기준은 생존에 얼마나 필요한 것인가이다. 생존에 위협적인 상황은 뇌 깊숙이 저장해둔다. 그래서 육체적으로나 정신적으로 고통스러웠던 상황은 그것이 단 한번, 순간적이었다고 해도 잘 잊혀 지지 않는 것이다. 두 번째 기준은 정보 자극의 빈도이다. 자극이 한 두 번이면 그 정보가 단기기억으로 처리되지만, 빈도가 잦아지면 뇌가 중요한 정보라고 판단해 장기기억으로 분류한다.

그런데 이때 감정이 변수로 작용한다. 단 한 번의 자극일지라도 감정이 개입하면 그 정보가 중요해진다. 아버지를 그리워하고 아버지의 사랑에 목말라했던 언니의 경우가 바로 여기에 해당한다. 뇌에서 기억을 담당하는 부위는 해마이고 감정에 관여하는 부위는 편도체인데, 이 둘은 아주 가깝게 자리해 있어서 편도체의 감정적 반응이

해마가 기억을 처리하는 데 직접적인 영향을 미친다. 그래서 편도체의 감정 반응과 깊이 결합한 장기기억은 평생을 가기도 한다.

이러한 장기기억은 대게 고통스러운 경험에서 비롯되는 경우가 많다. 따라서 일부러 떠올리지 않아도 불쑥불쑥 나타나 과거의 고통스러운 감정을 되살리곤 한다. 뇌에도 컴퓨터의 'delete' 기능이 있어서 원하지 않는 기억을 삭제해 버릴 수 있다면 참 좋겠지만, 인간의 뇌에 그런 기능은 없다. 따라서 뇌를 정화한다는 것은 기억 자체를 지우는 것이 아니라, 감정적 기억으로부터 자유로워지는 것이다.

기억은 우리가 떠올릴 때마다 재편집되는 가변적이면서 불안정한 정보다. 즉 기억은 사실과는 다른 경우가 많다. 그저 뇌가 구성하고 편집해서 저장해 놓은 정보일 뿐이다. 기억이 나를 고통스럽게 한다기보다는 내가 그 기억을 자꾸 불러낸다고 하는 편이 맞다. 이 것을 멈추려면 감정과 결합되어 있는 기억에서 감정을 분리해내야 한다. 기억에 붙은 감정 에너지를 스스로 놓아버리면 된다. 뇌를 정화하면 감정적 기억에서 감정 에너지가 빠지고 새로운 기억으로 재편집 된다.

감정 에너지는 대부분 부정적이며, 이것을 빼내기 위해서는 먼저 그런 기억 정보가 내 안에 있다는 것을 인정해야 한다. 고통스러운 기억이 떠오르면 자기도 모르게 회피하거나 무시하려고 하는데 이는 좋은 방법이 아니다. 그럴수록 기억은 사라지지 않고 더 집요하게 떠오른다. 정화는 과거의 자신을 인정하고 용서하는 것에서부터 시작한다. 지나간 시행착오를 허용하고 자신을 격려하며 기억에 붙어 있는 감정들을 정면으로 바라본다. 그러다 보면 나를 괴롭히던 특별한 기억이 점차 평범한 기억으로 바뀌게 된다.

뇌 정화하기 과정에서는 이미지 연상법이 활용된다. 뇌의 변화 과정을 상상을 통해 생생하게 이미지화 하는 것이다. 아래에 소개된 '이미지 스크린' 법을 따라해 보자.

1. 편안하게 앉아 두 눈을 감은 채 코로 숨을 들이마시고, 입으로 천천히 내쉬는 호흡을 세 번 이상 반복한다.

2. 눈을 감은 상태에서 커다란 스크린을 띄워 본다. 종이나 도화지라고 상상해도 좋다.

3. 지우고 싶은 기억 하나를 떠올린다. 스크린에 영화나 사진처럼 띄워 놓고 바라본다.

4. 이제 그 기억을 지워본다. 지우개로 지우기, 흐르는 물에 씻기, 스크린을 찢어서 불에 태우기, 캡슐에 쌓아서 우주로 날려 버리기 등등 자신이 원하는 방법으로 없앤다.

5. 다시 스크린을 띄우고 지워 버렸던 기억을 떠올린다. 그것을 바라보고 아무런 감정이 느껴지지 않을 때까지 4번의 지우기 과정을 되풀이 한다.

이 프로그램은 뇌 속에 있는 많은 고정관념과 피해의식, 선입견 등을 걷어내고 본래의 '자아(自我)'를 바라보게 해준다. 이 체험을 하는 도중에 깊은 내면으로부터 눈물이 나오는 경우가 많다. 이때 눈물은 의식이 확장되면서 부정적 감정의 정보와 만날 때의 반응으로서, 바로 내면이 정화되는 순간이다. 필자의 경우, 뇌 정화하기를 제대로 체험했을 때 너무 많이 울어서 힘이 든 적이 있었다. 그런데 나를 붙잡고 있던 기억들에서 감정을 계속해서 빼내자, 신기하게도 내가 겪은 일이 아닌 다른 사람의 사진을 보는 것처럼 아무런 감정이 느껴지지 않았다. 그리고 기억을 객관적으로 바라볼 수 있게 되자, 그토록 나를 힘들게 했던 근본적인 이유를 깨달아 통찰할 수 있게 되었다.

정화하기 단계에서 자주 하는 또 다른 프로그램은 웃음 트레이닝이다. 위의 이미지 스크린이 정적이며 내면을 통하여 체험할 수 있는 것이라면, 웃음 트레이닝은 동적인데다가 어린 아이부터 노인까지 누구나 쉽게 할 수 있는 방법이다. 구체적인 방법과 효과는 제 5장에서 다루기로 한다.

아이들의 부정적인 기억을 정화하는 방법으로는 '신문지를 활용한 화풀이'가 있는데, 집안에서 부모와 아이들이 함께 놀이처럼 재미있게 할 수 있는 방법이다. 어린 아이들도 나름대로 스트레스와 부정적인 기억, 감정들을 갖고 있다. 그 감정들을 다른 친구들은 어떻게 대처하고 행동하는지 알아보게 한다. 먼저 관련된 동화책을 읽게 하는데, 초등학생 고학년 이상의 학생은 이 과정을 생략해도 된다. 다음으로는 신문지에 자신의 화를 비롯한 부정적인 감정들을 모두 그려 넣게 한다. 예쁜 그림, 보기 좋은 그림만이 아니라 자신의 감정과 기억을 느끼고 표현해 보도록 한다. 그러고 난 다음에는 마음껏 신문지를 뭉치거나 찢거나 날려서 부정적인 감정을 없애도록 한다. 부모님이 신문지를 마주 팽팽하게 잡고 아이에게 주먹으로 뚫어 보라고 하면 아이가 더 신나게 할 것이다. 마지막으로 상자 속에 신문을 넣어서 완전히 없애버린다. 이 프로그램을 하고 나면 아이들의 얼굴이 무척 환하고 밝아지는 것은 물론이고 한 단계 성숙한 아이로 재탄생한 느낌이 들 것이다.

때때로 아이들은 울음을 통해 감정을 표출하고 정화하기도 한다. 한바탕 울고 나면 답답했던 마음이 후련해지고 머리가 맑아지는 것은 울게 만든 감정이 어느 정도 해소되어 정화되었기 때문이다. 대게 부모들은 아이가 울음을 터트리면 "조용히 해. 뚝!"하면서 울지 못하게 하는데 그리 좋은 방법이 아니다. 특히 감정 표현에 서툰 아이들이 울고 싶을 때 울지 못하면 슬픔, 억울함, 분노, 화 등 부정적인 감정이 쌓여서 뇌에 안 좋은 영향을 미치기도 한다. 아이들이 울고 싶어 할 때는 마음껏 울 수 있도록 잠시 내버려 두자. 그리고 다 울고 나면 아이의 이야기를 들어주며 마음을 어루만져 주면 된다.

감정이나 정서는 기본적으로 뇌의 모든 활동에 영향을 미친다. 감정이나 정서에 심각하게 왜곡된 부분이 있으면, 뇌의 정보처리 전반에 문제가 생길 수 있다. 특히 어릴 때 새겨진 마음의 상처는 평생 동안 영향을 미치기도 한다. 따라서 뇌 정화는 뇌의 원활한 정보처리를 위해 반드시 거쳐야 하는 과정이다.

부정적인 정보를 씻어내면 마음이 가벼워지고, 의식이 자유로워지며, 자긍심과 자신감도 커진다. 뇌 정화하기 단계에서는 자아를 덧씌우고 있는 수많은 정보들을 바라보고 걷어내는 과정을 통하여, 자신의 뇌를 바라보는 통찰력을 키우는 동시에 의식을 확장시킨다. 정보를 끄집어내어 다루는 과정에서 자연스럽게 브레인 쉬프트의 기본 습관을 갖게 되며, 통찰력 있고 유연한 뇌를 만들 수 있게 된다.

아이들은 상대적으로 어른보다 부정적인 정보가 적으며, 기억이 형성된 지 오래 되지 않았기에 정화하기가 보다 용이하다. 어릴 때 뇌의 부정적인 정보들을 정화하는 습관을 들이면, 자신이 원하는 정보를 선택하는 힘을 기를 수 있다. 모든 감정과 기억이 정보에 따른 뇌의 현상임을 이해하고, 이를 객관화함으로써 희로애락의 감정에 휩쓸리지 않을 수 있게 되는 것이다. 내면의 감정이 정화되면 평소에 느끼거나 알지 못했던 본래의 나를 바라볼 수 있게 되면서, 뇌 안에 내재된 무한한 가능성에 눈을 뜨기 시작한다. 이어 뇌가 진정한 창조성을 발휘하는 단계로 나아가게 된다. 즉 3단계 뇌 정화하기는 무의식 차원에서의 부정적 정보를 정화하여 내 감정의 주인이 되는 단계이며, 무한한 가능성을 지닌 순수한 상태의 뇌를 회복하는 브레인 쉬프트의 핵심 단계이다.

4단계 뇌통합하기[Brain Integration]

우리는 크고 작은 선택을 수없이 하면서 살아간다. '오늘 저녁엔 어떤 음식을 먹을까?' 하는 사소한 선택에서 부터 꿈을 이루기 위한 중대한 선택까지 매순간 선택이 필요하다. 나의 매일은 내가 선택한 결과의 연속인 것이다. 사람은 살아가는 동안 인생의 향방을 가르는 중요한 선택을 몇 차례 하게 되는데, 첫 번째 관문이 바로 대입이다. 고등학교 때 공부를 곧잘 했던 나는 좋은 대학, 좋은 직장에 들어가는 것을 성공한 인생으로 여겼다. 당시의 사회와 학교 분위기가 그러했으며, 선생님과 부모님 역시 그런 말을 했다. 나의 인생 중 처음으로 맞이한 중대한 선택에서 나의 선택 기준은 안타깝게도 '사람들이 좋다고 생각하는 대학'이었다.

중요한 선택을 할 때 기준이 없으면 남들이 하는 대로 따라하게 마련이다. 하지만 그런 선택을 하게 되면 후회하거나 흔들리는 경우가 많다. 필자 역시 대학에 들어가서 한동안 방황의 시절을 보냈었다. 지금 보면 당연한 결과인데도 당시에는 그 이유를 알지 못했다.

3단계 뇌 정화하기가 선택하는 힘을 키우기 위한 것이었다면, 4단계 뇌 통합하기의 목표는 '선택하는 기준'을 세우는 것이다. 정보를 처리하는 강력한 기준이 있으면 그에 따라 정보가 통합된다. 뇌의 통합 상태는 의식 작용을 비롯하여 무의식 작용까지 정보 통합이 이루어진 상태이다. 어떻게 하면 정보 통합을 이룰 수 있을까?

뇌 통합은 크게 두 가지로 나타난다. 뇌의 가장 깊숙한 곳에 자리한 뇌간에서 그 위의 대뇌변연계, 가장 바깥에 위치한 대뇌피질까지 이어지는 '수직적 통합'과 좌뇌와 우뇌를 잇는 '수평적 통합'이 그것이다.[69] 수직적 통합은 무의식-의식-감정의 통합이고, 수평적 통합은 이성-감성의 통합이다.

> [69] 「뇌교육원론」 이승헌, 국제 뇌교육종합대학원 참고.

뇌의 통합은 곧 정보의 통합인데, 정보 통합을 할 때 중요한 것은 집중력이다. 의식과 감각을 흐트러뜨리지 않고 에너지를 하나로 모으면 복잡하고 불안정한 정보들은 사라진다. 뇌는 멀티태스킹이 가능해 보이지만, 실제로는 여러 가지 정보를 동시에 처리하지 못하고 한 가지씩 순차적으로 처리한다. 뇌의 메커니즘 상 멀티태스킹은 집중력을 떨어트리고 효율적이지 않다. 따라서 뇌의 효율성을 높이기 위해서는 한 가지에 집중하는 것이 좋다.

집중하려면 목표가 필요하다. 스스로 정한 목표가 있으면 강한 집중력이 발휘된다. 정보의 정화가 이루어진 뇌에 목표를 주고 그것에 집중하면 정보 통합이 이루어진다. 목표와 집중은 뇌를 통합하는 열쇠인 것이다. 누가 시켜서가 아니라 스스로 공부하고 자신이 원하는 진로를 찾은 아이가 놀라운 집중력을 발휘하여 좋은 결과를 나타내는 것은 이 때문이다.

여기에서 한 가지 짚고 넘어 가야 할 것이 있다. 집중에 대한 오해이다. 책상 앞에 꼼짝 않고 앉아서 몇 시간 동안 공부하는 것이 과연 집중하는 것일까? 이렇게 한 점에 고정하며 시야를 좁히는 것은 작은 집중이자 '긴장된 집중'이다. 이 상태는 오래 지속하기가 어려우며 뇌에 큰 영향을 주지 못한다. 뇌를 깨어나게 하려면 시야가 넓은 '이완된 집중'이 필요하다.[70] 이완된 집중 상태에서 뇌는 깊은 단계에 이르게 된다. 1~3단계를 거치면서 프로그램을 깊게 체험하면 뇌파가 안정된 이완된 집중 상태를 경험할 수 있다.

70) 「뇌안의 위대한 혁명 B.O.S」 이승헌, 국제뇌교육종합대학원 참고.

아이들의 정보를 통합하기에 가장 좋은 프로그램은 '자기 선언문'[71] 낭독이다. 좋은 정보를 입력하여 뇌를 활성화 시키고, 긍정적인 자기 선언을 함으로써 외부의 부정적인 정보로부터 지켜준다. 자기 선언은 내가 누구인지, 무엇

71) 「아이 안에 숨어 있는 두뇌의 힘을 키워라」 이승헌, 한문화 참고.

을 어떻게 할 수 있는지 자신에게 미리 약속하는 말이다. 이 말을 반복하고 되새기면 목표와 꿈이 아이의 잠재의식 속으로 파고 들어가 놀라운 힘을 발휘한다. 자기 선언과 그것을 이루는 과정은 결국 자기 자신에 대한 믿음을 실현하는 것이다.

아이들이 하는 자기 선언은 여러 가지 형태가 있다. 노트에 적어 놓고 감정을 살려 뇌에 생생하게 들려줄 수도 있고, 친구나 가족들 앞에서 선언을 할 수도 있다. 아이가 목표나 계획, 꿈 등을 사람들 앞에서 선언하고 나면, 명확하게 자신의 태도를 결정할 수 있게 된다. 누구나 자신이 한 말에 따라 스스로 행동을 통제하는 경향이 있다. 그래서 자기 선언의 효과는 매우 크다. 항상 '나는 할 수 있다', 나는 멋진 사람이다', '나의 뇌는 무한한 가능성이 있다' 등 긍정적인 말을 습관처럼 할 수 있도록 훈련하는 것이 좋다.

자기 선언문을 작성할 때는 주의 사항이 있다. 뇌는 단순하고 명쾌하며 긍정적인 말을 좋아한다. 아이에게 구체적인 꿈이나 목표가 있다면 이 세 가지 규칙을 고려해서 문장을 작성하게 해보자.

규칙 1 긍정적으로 말하기	올해 학급 회장 선거에서 떨어지지 않는다. (X)
규칙 2 단정적으로 말하기	올해 학급 회장 선거에서 당선되었으면. . . (X)
규칙 3 '나' 라는 주어 넣기	올해 학급 회장 선거에 반드시 당선된다. (X)

바른 예시 → 나는 올해 학급 회장 선거에서 반드시 당선된다. (O)

자기 선언문은 꼭 목표나 꿈이 아니어도 된다. 만약에 자신감이 없고 자신을 사랑하지 않는 아이라면 "나는 내가 정말 좋다.", 이기적인 아이라면 "나는 다른 사람을 항상 배려한다."는 식이 좋다.

자기 선언문이 제대로 작성 되면, 가족들 앞에서 소리 내어 말하게 한다. 큰 소리로 여러 번 낭독하도록 하는데, 한 번이 아니라 지속적으로 하는 것이 좋다. 위의 문장을 예로 들면, 학급 회장 선거 당일까지 매일 하면 더 효과적이다. 등교하기 전이나 잠자기 전처럼 일정한 시간을 정해 놓고 하면 더욱 좋다. 가족 구성원 각자가 자기 선언문을 작성해 돌아가면서 낭독하는 것도 좋은 방법이다. 온 가족이 함께 한 달에 한 번 그 달의 목표를, 일 년에 한 번 그 해의 다짐과 목표를 작성하고 낭독한다면 금상첨화다.

1단계로 뇌 감각을 깨우고, 2단계로 뇌를 유연하게 하며, 3단계로 정보를 정화하는 과정을 거치면서 뇌의 환경이 최적화되면, 4단계에서 정보 통합이 보다 쉽게 이루어진다. 뇌가 통합 상태에 이르면 일류두뇌의 핵심역량인 창조력과 통찰력이 깨어난다. 뇌의 무의식에는 무한한 정보가 들어있는데, 적절한 시기에 의식으로 끌어올리는 과정에서 그동안 생각지도 못했던 아이디어나 문제 해결에 대한 답이 나오기도 하는 것이다. 또한 깊은 내면 성찰을 통해서 '나는 누구인가?', '나는 어떤 삶을 살 것인가?'에 대한 답을 스스로 얻을 수 있다. 인간다운 삶과 가치에 대한 끊임없는 물음과 답이 미래경쟁력을 키워준다는 것은 앞서 수차례 강조한 바 있다.

한국교육개발원이 전국의 만 19~74세 남녀 4,000명을 대상으로 실시한 '2019년 교육여론조사'의 결과를 보면, '우리 사회에서 자녀교육에 성공했다는 것은 무엇을 의미한다고 생각하는가?'라는 질문에 전체 응답자의 25.1%가 '(자녀가) 하고 싶은 일, 좋아하는 일을 하게 되었다'고 대답했다.[72] 드디어 '명문대학과 좋은 직장'을 제치고 '하고 싶은 일, 좋아하는 일'이 처음으로 1위를 차지한 것이다. 좋은 직장

72) 한겨레 신문 '자녀 성공 기준은 하고 싶은 일, 좋은 직장 제치고 첫 1위' 2020.1.9. 최원형 기자.

과 명문대학이 각각 21%, 10.8%로 여전히 많기는 하지만, 놀라운 것은 '인격을 갖춘 사람으로 컸다'가 22.4%로 2위를 차지한 점이었다. 2015~18년 조사에서는 좋은 직장이 1위였다. 이에 보고서는 "교육의 가치에 대한 국민들의 인식이 사회적 위세와 더불어 주관적 성취와 안녕 등으로 다변화되어 가고 있음을 읽을 수 있다"고 했다.

그러나 역설적이게도 여전히 많은 부모들이 아이가 하고 싶은 것, 좋아하는 것들을 대입 이후로 미룬 채 '좋은 대학'을 보내기 위해 사교육에 많은 돈과 노력을 투자하고 있다. 앞서 살펴보았듯이 조사 결과를 보면, 사교육비의 비중과 부담이 해마다 증가하고 있다. 아이의 인생에서 중요한 것이 무엇인가에 대해 인식은 하지만, 현실은 그렇지 못하므로 사교육에 점점 더 열을 올리고 있는 것으로 풀이된다.

한 세대가 30년이 아니라 3년이라고 할 정도로 급속도로 빠르게 변화하고 있다. 하지만 아이의 인생의 향방을 가르는 중대한 선택의 기준은 20년 전 나의 경우와 지금이 크게 다를 바 없어 보인다. 이제부터라도 남들이 하니까 따라서 하는 선택의 기준을 버리고 내 아이만의 기준을 세울 수 있도록 도와주어야 한다. 뇌가 통합된 아이는 자신의 내면을 깊이 관찰하여 자신이 누구인지, 어떻게 살아야 하는지 스스로 판단하고 선택한다. 아울러 참된 자아를 찾고 스스로 명확한 삶의 목적과 비전을 세울 수 있게 된다. 그렇다면 이제 일류두뇌가 되기 위한 모든 준비는 끝이 났다.

5단계 뇌주인되기[Brain Mastering]

"Ready, Action!"

영화나 드라마를 찍을 때 감독이 이 말을 외친다. 이와 동시에 누군가가 클래퍼보드를 '딱' 하고 치면, 준비를 마친 배우들이 연기를 시작한다. 배우뿐만이 아니다. 드러나지는 않지만 음향, 조명, 촬영 담당자 등 모든 스텝들이 준비를 다 갖추고 있어야만, 감독이 제대로 '액션!'을 외칠 수 있으며, 성공적으로 녹화를 마칠 수 있다. 배우가 대사를 잊어버리거나 연기가 어색하고, 스텝 중 누군가가 실수를 하거나 장비에 문제가 생긴다면, 감독은 "NG[No Good]!"를 외칠 것이다. 그리고 원점으로 돌아가 모든 스텝들이 다시 준비를 해야 한다.

일류두뇌가 되기 위한 브레인 쉬프트 트레이닝 역시 마찬가지이다. 지금까지 4단계에 걸쳐 준비를 잘 마쳤다면 이제 남은 것은 '액션!' 이다. 그동안 익히고 연습한 것들을 보여줄 작품을 찍어 보는 것이다. 모든 것을 쏟아 부어야 영화 촬영이 성공적으로 끝나는 것처럼, 나의 모든 능력과 에너지를 쏟아 부어야 한다. 5단계 뇌주인 되기는 실전에 투입되어 현실적인 난관을 겪으면서 뇌 활용능력을 키우고, 뇌 속에 그 능력을 그대로 체득시키는 과정이다.

뇌주인 되기 단계의 목표는 '선택하는 주체' 가 되는 것이다. 1단계부터 4단계에 걸친 준비 과정을 통해 훈련한 것을 본격적으로 실행하는 과정이라고 할 수 있다. 뇌의 진정한 주인이 되려면 현실 속에서 자신의 뇌를 운영해가며 온 몸과 세포에 깊이 체율, 체득해야 한다. 깊은 체험을 통한 내면의 성찰과 이를 통해 삶의 진정한 목표를 설정하고 구체적으로 실천할 때 뇌의 진정한 주인이 될 수 있다.

이때 중요한 것이 PDCA이다. PDCA는 Plan, Do, Check, Action의 약자이다. 계획을 세우고, 행동하고, 체크해 가면서 브레인 쉬프트 프로그램을 지속적으로 활용하는 것을 말한다. 뇌의 주인이 되기 위해서는 체험과 자신감이 필요하다. 자신감은 체험을 통해서 나온다. 다른 사람의 경험을 보고 듣거나 책을 통하여 축적한 간접경험보다는 자신이 직접 체험하는 것이 더 좋다. 체험을 위한 선택을 하지 않으면 뇌의 작동은 멈추고 만다. 따라서 4단계까지가 자격증을 따

Plan(계획하고) − Do(실행하고) − Check(평가, 점검하고) − Act(개선하고)

는 과정이었다면, 5단계는 필드에 나가서 직접 부딪히는 과정이다. 현실 속에서 자신의 뇌를 운영하면서 매일 뇌를 관리하고 체크하며 습관을 형성해 나가는 것이다.

통합된 뇌의 창조력을 100% 활용하려면, 뇌를 움직이게 하는 정보를 지속적으로 공급해주어야 한다. 그것이 바로 '비전'이다. 뇌를 살아 움직이게 하는 강력한 비전에는 다음의 네 가지 요건이 있다.73)

73) 「뇌교육원론」, 이승헌, 국제 뇌교육종합대학원 참고.

- 생각을 복잡하게 할 필요가 없을 만큼 '단순' 할 것
- 오해의 여지가 없을 만큼 '명료' 할 것
- 시간과 에너지를 투자할 만큼의 '현실성' 이 있을 것
- 100% 에너지를 쏟을 만큼 '매력적' 일 것

이 네 가지를 염두에 두고 아이가 스스로 비전을 세울 수 있도록 도와주면 된다. 비전을 정했다면 이제 구체적으로 PDCA를 하며 계획을 세워 실천하고 체크해가는 것을 습관화하도록 한다. 예를 들어, 사람들에게 행복을 주는 음악을 작곡하는 것이 꿈인 아이가 있다고 가정하자. 이 아이의 비전은 단순하고 명료하며 현실성이 있고 매력적이다. 그렇다면 이제 구체적인 계획을 일별, 주별, 월별, 연도별로 세워 실천하고 체크해 나가도록 한다. 실천 여부를 체크할 수 있도록 도표로 만들거나 노트나 기기에 기록해도 좋다. 제대로 실천이 되지 않을 때에는 언제든지 계획을 수정하고 보완하면 된다.

목표를 세우고 실천하여 뇌의 주인이 되면, 삶의 목표와 인생의 비전을 찾는 눈이 뜨이게 된다. 자신의 인생을 디자인하는 감각이 생성되는 것이다. 자동차가 목적지를 향해 경로를 벗어나지 않고 나아가듯이, 주인이 있는 뇌는 모든 기능을 그 목표에 맞춰 가동시킨다.

명확한 비전을 가지고 PDCA를 잘 지켜도, 아이가 목표를 실천하

는 과정에서 더러 장애가 생길 수 있다. 그럴 때는 자신에게 이렇게 이야기하면 된다. "나에게 얼마나 좋은 일이 생기려고 이런 어려움이 닥치나?" 이런 긍정적인 마음으로 견디면 실제로 감사한 일이 생긴다. 나는 그동안의 경험을 통해 행복에도 질량보존의 법칙이 있다고 믿는다. 힘든 일이 생겨도 포기하지 않고 꾸준히 하면 원하는 결과를 얻을 수 있게 된다.

우리의 뇌는 방향성이 있을 때 움직이는 대표적인 복합계이다. 뇌를 움직이게 하는 비전은 굳이 거창하지 않아도 된다. 내 아이에게 당장 필요하고 우리 가족에게 도움이 되는 작은 것부터 정해서 실천하는 것이 좋다. 이 책에 나온 것들 중에서 한두 가지를 정해 실천하는 것도 비전이 될 수 있다. 뇌는 체험을 통해 트레이닝 되기 때문에 도중에 멈춰 버리면 포기하는 습관만 익히게 된다. 따라서 거창하게 시작하는 것보다 작은 것부터 성공하는 습관을 들여 뇌의 가능성을 깨워 주어야 한다. 그런 경험들이 쌓이면 내 삶의 주인으로 살 수 있게 된다.

일류두뇌가 되기 위한 과정은 쉽기도 하고 어렵기도 하다. 마음을 먹고 하나씩 차근차근 체험을 해나가면 쉽고, 꾸준히 오래 지속해야 한다는 점에서는 어렵다. 5단계의 핵심 트레이닝 방법이 어렵다면 다음에 나오는 상황별 브레인 쉬프트 트레이닝과 성공적인 팁을 중

점적으로 해보기를 권한다. 최대한 실생활에서 활용할 수 있는 방법
들로 구성했으니 유용할 것이라 믿는다.

이럴 땐
이렇게!
상황별 브레인
쉬프트 방법

아이가 지루해하고 심심해할 때가 바로 아이의 뇌를
골고루 활성화시키기 위한 절호의 기회이다.

활기찬 하루를 시작할 때
'세로토닌 활성법'

아이가 아침에 일어났을 때 가장 먼저 하는 말이 무엇인가?

"아 상쾌하다. 오늘도 신나는 하루!"

이렇게 하루를 시작하면 참 좋겠지만, 잠자리에서 일어나기 힘들어하고 피곤해 하거나 짜증을 낼 수도 있다. 숙면을 하고 아침에 일어나서 세로토닌이 정상적으로 분비되면 몸과 마음에 활기가 생긴다. 그러나 세로토닌 신경이 약해져 있으면 하루를 순조롭게 시작하기 힘들어진다. 신체기능이 활동수준에 도달하지 못했기 때문인데, 이런 상태가 지속되면 온종일 사고력이 떨어지고 공부의 효율성도 낮아진다. 세로토닌은 활기찬 하루를 여는 열쇠와도 같다.

행복호르몬이라고도 불리는 '세로토닌[serotonin]'은 우리의 몸과 마음을 건강하게 하는 신경전달물질로, 햇빛과 의식적인 운동에 의해 활성화된다.[74] 그러나 요즘 아이들의 생활은 이 두 가지와 점점 멀어지고 있기 때문에 세로토닌 신경도 서서히 약해져 간다. 햇빛을 받으면서 했던 놀이는 줄어들고, 건물 안에서 대부분의 생활이 이루어지고 있기 때문에 어느새 세로토닌은 시간을 내어야 얻어지는 호르몬이 되고 만 것이다. 세로토닌이 부족하면 피로를 달고 살게 된다. 또 매사에 끈기가 없으며 자주 우울해진다. 이미 우울증을 겪고 있을지도 모른다. 전두엽의 기능도 떨어지는데, 이는 창조성, 감정 조절, 문제 해결력 등의 저하를 초래한다. 특히 장시간 실내에 있거나 온종일 스마트 폰이나 컴퓨터와 마주하고 있다면, 그 폐해는 더 심각해진다.

74) 「세로토닌 뇌활성법」 아리타 히데호, 전나무숲 참고.

세로토닌은 뇌에만 있는 것이 아니라 몸속에도 있다. 뇌에서 분비되는 세로토닌은 5%에 불과하다. 90% 이상이 소장 점막에서 생성된다고 알려져 있다. 따라서 장이 안 좋은 사람은 감정 상태가 안 좋아지고 심하면 우울증에 걸리게 된다. 세로토닌 부족으로 인해 미주신경을 따라 연결된 대뇌변연계를 부정적으로 자극하기 때문이다. 우리가 장 건강에 신경을 써야 하는 이유이기도 하다. 세로토닌을 활성화하는 구체적인 방법에는 크게 두 가지가 있는데, '햇빛'과 '규칙적인 리듬운동'이다.

첫 번째는 '햇빛' 을 받는 것이다. 햇빛은 반드시 필요하다. 눈으로 빛이 들어왔을 때 세로토닌 신경이 활성화되기 때문이다. 빛의 밝기도 중요하다. 일반 실내등으로는 부족하기 때문에 밖으로 나가 빛을 받는 것이 가장 좋다. 30분~1시간 정도면 적당하다. 실내에 있을 경우, 날씨가 좋으면 창문과 커튼을 열고 햇빛이 들어오도록 해야 한다. 아침에 일찍 일어나면 여유 있게 햇빛을 받을 수 있어서 세로토닌 신경을 활성화하는데 좋다. 또 건강한 생체리듬과 생활 습관까지 갖게 되므로 꼭 아침에 일찍 일어날 것을 추천한다.

두 번째는 '규칙적인 리듬운동' 이다. 몸을 움직이는 것만 운동이 아니다. 호흡, 씹기도 운동에 해당된다. 아이에게 가장 맞고 쉽게 할 수 있는 운동이라면 무엇이든 좋다. 대표적인 리듬 운동으로 걷기, 호흡, 씹기가 있다. 밖에서 걸으면 햇빛과 리듬운동이라는 두 가지 조건을 동시에 갖추게 되므로 매우 효과적이다. 세로토닌 활성화에 효과적인 걷기에도 요령이 있다. 다소 빠르고 리듬 있게 걷되 걸음에 의식을 집중하는 것이 좋다. 다른 사람과 잡담하지 말고 열심히 걸어야 한다. 운동에 집중하지 않으면 세로토닌 신경의 활성화 수준이 매우 낮아진다.

씹는 운동은 가장 쉽고 간편한 방법이다. 밥을 먹을 때 꼭꼭 씹어 먹으면 소화가 촉진되고 세로토닌 신경도 활성화된다. 따라서 아이가 밥 먹을 때 씹는 것을 의식하도록 해야 한다. 의식하면서 씹는 좋은 방법은 한 숟가락의 밥을 씹어 삼키는 횟수를 정해놓는 것이다. 예를 들어 천천히 30~40번 숫자를 세도록 하면 의식적으로 씹는 것이 가능해진다. 우유나 주스로 식사를 대신할 경우에도 그냥 삼키지 말고 꼭꼭 씹는 것이 좋다. 천천히 식사할 시간이 없다면 아침에 껌을 200회 정도 씹는 것도 좋은 방법이다. 쉽게 화를 내고 공격적이거나 문제 행동을 일으키는 아이들은 저작력(씹는 힘)이 매우 약하다고 한다. 따라서 평소에 밥을 먹을 때 그 힘을 길러주는 것이 좋다.

마지막으로 호흡법이 있다. 평소에 하는 일반적인 호흡과는 좀 다르다. 세로토닌 신경을 활성화하려면 의식적으로 배의 근육을 수축시켜 배를 안으로 집어넣으면서 숨을 내뱉는 복근 호흡법을 이용해야 한다. 가장 효과적인 호흡법은 '단전호흡'이다. 단전은 배꼽 아래 10cm 되는 곳이다. 이 부분에 의식을 집중해서 하는 호흡이 단전호흡이다. 순서에 따라 함께 단전호흡을 해보자.

1. 바닥이나 의자에 앉아 아랫배에 두 손바닥을 갖다 댄다.
2. 아랫배의 근육을 의식적으로 수축시키며 입으로 천천히 숨을 내쉰다. 거의 다 내쉬었을 즈음에 항문을 조인다.
3. 숨을 끝까지 뱉어 내고 조였던 항문을 풀면서 복근에 힘을 빼고 자연스럽게 코로 숨을 들이쉰다. 이때 아랫배부터 부풀도록 한다.

4. 들숨보다 날숨을 2배 정도 길게 내쉰다.

단전호흡은 어린 아이들이 하기에는 쉽지 않지만 초등학교 고학년이나 중학생은 천천히 설명해주면 곧잘 따라한다. 저학년도 복근호흡까지는 무리 없이 할 수 있다. 배에 집중한 뒤 코로 숨을 천천히 들이 마시고 입으로 길게 내쉬는 것만 해도 좋다. 풍선처럼 배가 부풀어 올랐다 꺼지는 것에 집중시키면 된다. 세로토닌 호흡은 긴장을 다스려 집중력을 높여주는 효과도 있기 때문에 배워두면 유용하게 사용할 수 있다.

현대인들의 생활습관은 세로토닌 신경이 약화될 수밖에 없도록 만든다. 더욱 심각한 것은 어른들보다 미래사회의 주인공이 될 아이들의 세로토닌 수치가 낮다는 점이다. 아이들이 밖에서 뛰어 노는 것은 신체적인 성장뿐만 아니라 세로토닌 신경의 발달에도 꼭 필요하다. 어쩌면 우리는 그동안 내 아이의 행복호르몬을 낮추는 일을 서슴지 않고 있었는지도 모른다. 방과 후에는 운동장에서 뛰어 노는 아이들이 거의 없다. 대부분 늦게까지 학원을 돌다가 집에 와서는 디지털 기기로 시간을 보내다가 늦게 잠든다. 햇빛을 받을 시간도 없고 운동을 할 시간도 절대적으로 부족하다. 또 늦은 시간까지 전자파에 노출됨으로써 숙면을 취하기가 어려워진다. 이렇게 되면 활기찬 하루와

는 점점 거리가 멀어지게 되는 것이다. 아이의 행복호르몬을 만들어
내는 신경을 약화시키면서 행복하게 자라기를 바라는 것은 어불성설
이다. 세로토닌 활성법을 통해서 아이에게 활기차고 행복한 하루를
선물해주자.

집중력이 필요할 때 '에너지 집중명상'

공부를 하거나 악기를 연주하는 등 무언가에 집중해야 할 때 아이들에게 가장 큰 방해물은 무엇일까? 그것은 바로 뇌 안에서 끊임없이 일어나는 잡념과 온갖 감정들일 것이다. 특히 아이가 하기 싫은 것을 억지로 해야 할 때는 '이것을 왜 해야 하지?', '오늘 친구랑 놀기로 했는데', '공부는 지겨워', '아, 피아노 연습하기 싫다', '대충하고 게임해야지'와 같은 부정적인 생각과 감정이 끊임없이 일어나 집중을 방해한다. 이럴 때는 아이와 함께 1단계 뇌 감각 깨우기에 나왔던 '에너지 집중명상(지감)'을 하면 좋다.

에너지 집중명상에서 사용하는 방법은 끊임없이 일어나는 온갖 잡념과 감정을 그치게 하는 것이다. '지감(止感)'은 감정을 그치게 한다는 뜻으로, 감정의 동요 없이 마음 상태를 고요하게 하는 것을 말한다. 신체 중에 가장 민감한 부위인 손에 의식을 집중하면 에너지의 흐름을 느끼고 자신의 내면에 집중할 수 있게 된다. 계속해서 손에 의식을 집중하면 생각이 사라지고 에너지 감각을 느끼게 되며 뇌파가 떨어진다. 지감은 뇌파 조절을 통해 뇌의 상태를 변화시킬 수 있기 때문에 매우 중요하다. 뇌파는 대표적인 생체신호이다. 긴장, 집중, 이완, 수면 등의 상태에 따라 다양한 뇌파 변화가 일어난다. 잡념을 멈추고 손에 의식을 집중하면 뇌파가 떨어지면서 뇌가 안정된 상태에 놓이게 된다.

먼저 설명을 읽은 후에 차례대로 따라해 보자. 한 번의 시도로 제대로 체험하기는 쉽지 않으니 반복적으로 여러 번 해야 한다. 시작하기 전에는 몸을 최대한 이완시켜 주어야 한다. 목을 돌리는 운동을 하거나 스트레칭을 하는 것이 좋다. 어깨를 위아래로 들썩들썩하면서 어깨와 가슴을 이완시켜 준다.

1. 허리를 곧게 펴고 바르게 앉아서 천천히 호흡을 고른다.
2. 두 손을 가슴 앞에 놓고 열 손가락 끝을 맞대어 손끝 부딪치기를 50번 정도 한 다음, 손바닥을 맞대고 10초 정도 비벼준다.
3. 눈을 감고 양 손바닥 사이를 조금 띄워서 마주보게 하고, 천천히 벌렸다 천천히 모은다. 호흡을 마실 때 두 손을 벌리고 내쉴

〈사진1. 에너지 집중명상〉 　　　　〈사진2. 에너지 집중명상〉

　　때 천천히 모은다. 두 손바닥이 완전히 닫지 않게 반복해서 움직인다.

4. 손과 호흡에만 의식을 집중한다. 손끝에서 시작하여 두 손바닥 사이에서 밀고 당기는 자력과 같은 느낌, 따뜻하고 뭉클한 느낌, 간지러운 느낌 등이 느껴진다.

5. 느낌이 커지면 손바닥 사이의 거리를 점점 멀어지게 한다.

6. 두 손을 무릎에 대고 호흡을 길게 내쉬며 마무리 한다. 더 깊은 체험을 원할 경우 이어서 실시한다.

7. 두 손을 머리 옆으로 가져가 뇌를 사이에 두고 양 손을 천천히 벌렸다 오므렸다 한다.

8. 숨을 들이킬 때 뇌가 커진다고 상상하고, 내쉴 때는 뇌 속에 부정적인 생각, 감정이 빠져 나간다고 상상한다. 머릿속이 맑아

질 때까지 여러 번 반복한다.

9. 호흡을 고르고 천천히 눈을 뜬다.

지감은 보통의 명상에서 활용하는 의식의 집중과 호흡에 기 감각을 더하는 것이 특징이다. 눈을 감고 가만히 앉아 있으면 머릿속에 생각이 꼬리에 꼬리를 물고 이어진다. 이때 생각하지 않으려 애쓰지 말고 기 에너지를 느끼는데 집중해야 한다. 그 느낌을 키우다 보면 저절로 생각이 끊어지고 몰입의 상태에 들어가게 된다.

에너지 집중명상을 하면 이완된 집중상태가 되는데, 이 상태일 때 고도의 집중력이 발휘된다. 또한 뇌를 조절할 수 있는 기본방법을 터득하게 되며, 아이 뇌의 인지 능력이 눈에 보이는 물리적인 차원을 넘어서서 보이지 않는 차원으로까지 확대된다. 또 뇌파에 변화가 일어나게 된다. 일상생활을 할 때의 뇌파는 보통 베타파 상태이지만, 에너지 집중명상을 하면 베타파였던 뇌파가 알파파로 떨어지고 더 깊이 체험하면 세타파로 떨어져 깊은 안정감에 도달한다. 세타파는 수면과 각성 사이에 나타나는 뇌파로서, 깊은 내부의식으로 들어가

75) 「커넥트」 이승헌, 한문화 참고. 통찰력과 창의력, 문제해결 능력을 키운다.[75]

에너지 집중명상은 짧은 시간 안에 집중력을 필요로 할 때 활용한다. 아이와 엄마가 함께 하다가 익숙해지면 아이 혼자서 하도록 한

다. 처음에는 아이가 손에만 의식을 집중할 수 있게 도와주어야 한다. 공부나 연습 등의 집중력이 필요한 것을 '하기 전'에 실시하는 것이 좋다. 또는 평소에 시간을 정해놓고 꾸준히 하면 더 효과적이다. 등교하기 전이나 저녁에 매일 하게 되면 뇌 감각을 깨우고 집중력을 기를 수 있다. 반복해서 습관적으로 하면 점점 깊은 체험을 하게 되어 문제해결력, 통찰력, 창조력 등 미래 인재에게 필요한 역량들까지 키울 수 있다. 물론 최소 몇 개월 이상의 반복된 체험이 쌓여야 가능하다.

시험이나 발표, 대회를 앞두고
'무한대 그리기'

무한대 그리기는 무한대를 나타내는 상
징기호인 '∞'를 그리는 것이다. 이 기호는 볼텍스[vortex] 문양 중의
하나이다. 볼텍스는 지구 파장의 에너지가 나선형으로 분출되는 소
용돌이, 회오리바람을 뜻한다. 자연에서 볼텍스 현상은 흔하게 존재
한다. 솔방울이나 옥수수 낱알이 들어찬 모양, 커피의 크림이 녹는
모양, 변기의 물이 빠져 나가는 모양, DNA 이중나선 구조나 은하계
의 운동에 이르기까지 매우 다양하다. 자연이 이와 같은 볼텍스 운동
을 하는 이유는 에너지의 내부응집운동으로 에너지가 외부에서 내부
로 흡입되어 개체 시스템을 더 강렬하게 만들기 때문이다. 무한대나
8자 역시 입체적인 볼텍스 운동을 평면으로 구
현한 것이다.76) 사람 또한 자연의 일부이므로

76) 「아이 안에 숨어 있는 두뇌
의 힘을 키워라」, 이승헌, 한문
화 참고.

산만하거나 긴장될 때, 또는 집중력이 약할 때 볼텍스 운동을 하면 외부로 향하거나 흩어져 있는 에너지를 내부로 강하게 붙잡아 둘 수 있다.

무한대 그리기를 하면 손과 팔, 어깨의 긴장이 풀어지고 눈동자의 움직임도 자연스러워진다. 또 단절되어 있던 좌뇌와 우뇌가 연결된다. 이 동작을 통한 좌뇌와 우뇌의 통합 효과는 말이나 글을 통해 자신의 생각을 전하고자 할 때 확실하게 나타난다. 따라서 발표를 앞두거나 글을 쓸 때 이 동작을 하면, 언어적인 사고의 흐름이 원활해져서 기대 이상의 성과를 낼 수가 있다. 직접 무한대 그리기를 하기 어려운 상황에서는 상상으로만 그려도 뇌의 피로가 풀리고 막혀 있던 사고의 흐름이 원활해진다. 무한대 그리기는 시험이나 발표, 대회를 앞두고 긴장을 푸는 워밍업으로 매우 좋다.

〈그림2. 무한대 그리기〉

1. 서거나 앉아서 척추를 바르게 세우고 어깨의 힘을 뺀다.
2. 오른손 엄지손가락을 눈높이로 들어 얼굴 한가운데에 놓는다. 손과 얼굴 사이의 거리는 팔 길이의 절반 정도가 되도록 한다.
3. 이 자세에서 엄지손가락으로 무한대 그리기를 시작한다.
4. 머리는 고정시키고 시선은 손가락의 움직임을 따라간다. 빨리 그리면 의식이 분산되기 쉬우므로 집중한 상태에서 천천히 그린다.
5. 3차례 이상 반복한다.
6. 같은 방법으로 손을 바꿔서 왼손으로 무한대를 그린다.

무한대 그리기를 처음 할 때는 좌우 동그라미의 크기가 다르거나 속도가 다를 수도 있다. 하지만 하면 할수록 좌우의 크기가 동일해지고 속도도 일정해진다. 좌뇌와 우뇌가 통합되어 가는 과정인 것이다. 단순하지만 직접 해보면 의외로 쉽지 않다는 것을 알 수 있다. 하지만 단순한 동작임에도 에너지가 정화되고 저절로 에너지가 충만해지는 느낌이 든다. 볼텍스 운동이 에너지의 내부응집운동이기 때문에 하면 할수록 에너지가 내부로 채워지기 때문이다.

어린 아이는 허공에 바로 무한대를 그리는 것이 어려울 수 있다. 도화지 크기의 종이에 먼저 무한대를 크게 그려놓고 그것을 따라 여러 번 그려보게 하는 것이 좋다. 그리고 나서 밑그림 없이 무한대를 그려보게 한 후 모양이나 속도가 일정하게 나오면 허공에 실시하면 된다. 아이의 머리가 눈을 따라 움직이거나 무한대 모양을 그리기가 어려운 경우에는 엄마가 한손으로 아이의 턱을 붙잡고 다른 한손으로는 무한대를 천천히 그려서 보게 한다. 학교나 집에서 공부하다가 집중력이 흐트러졌을 때 책이나 공책 귀퉁이에 무한대를 몇 번 그리다 보면 금세 집중할 수 있게 된다. 종이에 그릴 때도 시선은 무한대 모양을 따라 가야 한다는 것을 잊지 말아야 한다.

필자는 이 책을 쓸 때 새벽에 일어나 여러 가지 브레인 쉬프트를 했는데, 글을 쓰기 직전에 마지막으로 했던 것이 바로 이 무한대 그리기였다. 글 읽기를 어려워하는 둘째 아이와 국어 공부나 책읽기를 하기 전에도 무한대를 그린다. 그러면 신기하게도 아이가 집중을 잘해서 시간이 훨씬 단축된다. 무한대를 그리면 집중력은 물론이고 좌뇌와 우뇌가 통합되어 기억력과 창조력을 높일 수 있기 때문에 시험이나 대회, 발표에서 좋은 결과를 얻을 수 있게 된다. 이렇게 하기 쉽고 효과가 좋은 무한대 그리기, 모든 이들에게 꼭 해보기를 권한다.

아이를 꾸짖어야 할 때 '항아리 연단'

　　　　　　　　형제자매들끼리 싸우고 아이가 약속을
어기거나 말을 안 들었을 때 참고 참았던 화가 폭발한 적이 있을 것
이다. 그렇다면 이 편을 유심히 살펴보길 바란다. 아이가 잘못했을
때 부모가 감정적으로 대응하면 안 된다는 걸 잘 알고 있지만, 막상
그런 상황이 닥치면 감정 조절을 하기 쉽지 않다. 특히 부모의 스트
레스가 극심한 상태라면, 아이의 사소한 행동 하나에도 풍선처럼 쉽
게 터지고 만다. 나 역시 아들 둘을 키우면서 감정조절을 잘 하지 못
했던 적이 있었는데 지금 생각해도 아찔하다.

　아이들이 잘못했을 때 부모가 잘못을 꾸짖거나 가르치려고 하면
감정적으로 대응하기 쉽다. 대신 앞으로는 아이에게 연단을 시켜보
길 바란다. 다음 어학사전의 정의에 따르면 '연단(鍊鍛)'은 '쇠붙이를

불에 달구어 두드려서 단단하게 함'이다. 사람한테 적용할 때는 '어려운 수련을 통해 몸과 마음을 굳세게 함'이라는 뜻이 된다.

연단을 시작하기 전에는 아이에게 벌을 주는 이유와 연단을 하면서 지켜야 할 규칙에 대해 알려 주어야 한다. 먼저 아이가 충분히 버틸 수 있는 시간을 정하고, 그 시간 동안 아무 말도 하지 않을 것과 자세를 흐트리지 않아야 한다고 알려 준다. 만약 벌을 서면서도 산만하게 굴면 반쯤 눈을 감게 하는 것도 좋다. 연단을 처음 하는 아이들에게 적합한 '항아리 연단'을 따라해 보자.[77]

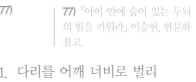

77) 「아이 안에 숨어 있는 두뇌의 힘을 키워라」, 이승헌, 한문화 참고.

〈사진3. 항아리 연단〉

1. 다리를 어깨 너비로 벌리고 무릎을 살짝 굽힌다.
2. 엉덩이 꼬리뼈를 안으로 만다는 느낌으로 엉덩이를 당겨준다.
3. 양손을 가슴위로 끌어 올린 다음, 큰 항아리를 안듯이 두 팔을 구부린다.
4. 10분에서 시작해 20분으로 시간을 늘려간다.

5. 몸의 느낌에 집중하고 자세가 앞으로 기울거나 팔이 내려가지 않도록 주의한다.

6. 20분쯤 지나면 천천히 무릎을 펴면서 손을 내린다.

항아리 연단은 에너지를 아랫배로 모음으로써 몸의 중심 감각을 살려 주는 동시에 집중력을 길러준다. 또 하체를 튼튼하게 하고 참을성과 끈기를 길러준다. 이 자세로 5분이 지나면 아무리 산만한 아이라도 평온하고 차분한 상태가 된다. 산만한 에너지가 아랫배로 모이기 때문이다. 이어 점차 배가 따뜻해지며, 10분 후에는 몸에서 열이 나면서 막혀 있던 에너지 통로가 열리기 시작한다. 진행할수록 땀이 흐르게 되니, 20분쯤 지나면 기혈순환이 원활해지면서 몸이 오히려 가뿐해진다. 벌이 아니더라도 아이가 화가 나서 감정조절이 안될 때나 산만할 때 연단을 통해 생각을 정리하고 인내심을 기르게 해주는 것도 좋다. 연단이 끝난 뒤에는 아이가 무엇을 느꼈는지 물어보고 따뜻하게 안아주는 걸 잊지 말자.

아이가 큰 잘못을 했더라도 감정적으로 대응하는 것은 서로에게 좋지 않다. 심하게 화를 내거나 때리거나 감정적으로 아이를 대하는 부모는 지나고 나면 후회와 죄책감을 가지게 마련이다. 부모가 자제력을 잃고 욕설 등 심한 말을 퍼붓거나 때릴 경우에는 아이들은 복수심과 모욕감만 느끼게 된다. 또한 자신이 쓸모없는 존재라는 무기력감을 가지거나 자존감을 잃게 되어 결국에는 의욕까지 상실하게 된다. 감정에 상처를 입으면 잘못을 뉘우치기 보다는 반항심만 키울 수 있으며, 사춘기가 되어 큰 문제로 표출될 수 있다. 또 억울한 감정이 뇌 속에 기억되어 위축되거나 자신의 생각을 마음대로 표현하지 못하는 등 오랫동안 뇌에 나쁜 영향을 미칠 수 있다.

연단을 통해 벌을 주게 되면 아이들은 스스로 잘못을 뉘우치고 반성한다. 굳이 부모가 나서서 혼을 내거나 잔소리를 할 필요가 없다. 그래도 아이가 무엇을 잘못했는지 모를 경우에는 연단을 마치고 아이와 엄마 모두가 차분해진 상태에서 대화하면 된다. 이렇게 하면 부모도 감정조절이 되어 정답게 대화할 수 있게 된다. 더욱 좋은 점은 연단을 하고 나면 아이가 너무나 밝아진다는 것이다. 부정적인 에너지가 정화되고 온몸의 기혈이 순환되니 혈색이 좋아지는 것이다.

아이에게 시키기 전에는 부모가 먼저 이 자세를 꼭 해보기를 바란다. 채 1분도 유지하기가 어려울 정도로 힘들다는 것을 느낄 것이다. 아이들 역시 처음엔 자세를 유지하기가 어렵겠지만 몇 번 하다보면 금방 익숙해진다. 참을성이 부족한 아이에게 연단을 또 하자고하면 거부할 수도 있다. 이럴 때는 '엄마나 아빠가 지금 몹시 화가 나 있고, 연단을 통해 벌을 주겠다.' 는 표정과 분위기를 끝까지 유지하면 된다. 잘못했을 때는 항상 연단을 한다는 규칙을 정해 놓는 것이 좋

다. 형제자매가 함께 잘못했을 경우에 나란히 서서 시키면 서로 견제
도 되고 다 하고 났을 때 자연스럽게 화해도 된다. 우리 아이들의 경
우는 연단이 너무 힘들어서 하고 나면 왜 싸웠는지 조차 잊어버린다
고 한다. 형제애가 더 끈끈해지는 것은 물론 연단을 피하기 위해 싸
움을 조절하는 요령까지 생기는 것은 덤이다.

심심할 때 '손 놀이'

　　두 손을 마주 잡고 깍지를 껴보자. 어느 엄지손가락이 위에 있나 보고, 다음에는 반대로 해본다. 무의식적으로 할 때와 다르게 익숙하지 않고 어색할 것이다. 나는 항상 왼손가락이 위에 오도록 깍지를 끼는데 반대로 하면 왠지 어색하고 잘 되지도 않는다. 왜냐하면 우리는 평소에 몸을 쓸 때 늘 쓰던 방향대로 늘 쓰던 부분만 쓰는데, 뇌도 마찬가지로 그와 연관된 부분만 쓰기 때문이다. 그러나 몸의 움직임이 한정되어 있으면, 그만큼 뇌기능도 떨어져 단순화되고 충분히 개발되지 않을 수 있다. 따라서 아이들이 심심해하거나 지루해할 때, 딱히 할 일이 없을 때, 평상시 잘 하지 않던 손동작을 놀이처럼 함께 해주면 좋다. 특히 왼쪽과 오른쪽을 골고루 움직이는 동작을 하면 좌뇌와 우뇌가 골고루 깨어나고 뇌기능이 활성화 된다. 아래에 소개하는 손 놀이는 몸과 마음과 의식을 한 곳에 모으는 데 가장 빠르고 쉬운 방법이다. 머릿속에 잡념이 많

78) 「아이 안에 숨어 있는 두뇌의 힘을 키워라」 이승헌, 한문화 참고.

고 졸음 등으로 집중력이 떨어졌을 때 해도 효과적이다.78)

● 손바닥–주먹 박수

〈사진 4. 손바닥–주먹 박수〉

1. 한 손은 주먹을 쥐고 다른 한 손은 손바닥을 친다.
2. 한 손씩 주먹과 손바닥을 번갈아 가며 박수 친다.
3. 천천히 하다가 점점 속도를 빠르게 한다.

● 손 두드리기와 비비기

〈그림 3. 손 두드리기와 비비기〉

1. 서거나 앉는다.
2. 왼손은 주먹을 쥐고, 오른손은 손바닥을 편다.
3. 손바닥을 위아래로 움직여 가슴을 비비고 동시에 주먹을 쥔 손으로 가슴을 두드린다.
4. 익숙해지면 양손의 동작을 바꾸어 준다.

● 약지–엄지손가락 놀이

〈사진 5. 약지–엄지 손가락놀이〉

1. 어깨의 긴장을 풀고 두 손을 가슴 앞으로 올린다.

2. 오른손은 약지를 왼손은 엄지를 동시에 편다.

3. 반대로 오른손은 엄지를, 왼손은 약지를 동시에 펴면서 교대로 동작을 바꾸어 준다.

4. 처음에는 천천히 하다가 동작이 익숙해지면 4박자 동요에 맞추어 리듬을 타고 신나게 해본다.

● 양손 가위바위보

〈사진6. 양손 가위바위보〉

1. 편안하게 앉거나 선다.

2. 오른손은 바위(묵), 가위(찌), 보(빠) 순으로 왼손은 보(빠), 바

위(묵), 가위(찌) 순으로 양손을 동시에 낸다. 왼손이 계속해서 이기는 동작이다.

3. 처음에는 천천히 양손의 느낌을 익히다가 점점 속도를 빠르게 한다.

4. 익숙해지면 양손의 동작을 바꾸어 오른손이 이기도록 해준다.

이 동작들은 강의 중에 뇌의 유연성을 테스트 할 때 자주 사용한다. 청중들이 지루해 하면, 분위기 전환용으로도 한다. 사람들이 가장 어려워하는 것은 '양손 가위바위보' 이다. 머릿속으로 계산해서 하려고 하기 때문이다. 손이 저절로 박자에 맞춰 움직일 때까지 지속적으로 반복해 주는 것이 요령이다. '약지-엄지손가락 놀이' 역시 처음에는 하기 쉽지 않은데, 이것 역시 천천히 시작해서 손이 저절로 움직일 때까지 반복해주면 된다. 한번 익숙해지면 뇌 회로가 생성이 되어 나중에는 저절로 리듬을 타고 움직이게 된다. 아이들과 함께 할 때는 4분의 4박자인 동요를 부르면서 하면 재미있게 할 수 있다. '산토끼' 나 '곰 세 마리', '아기 상어' 등이 적당하다. 아이한테 직접 노래를 선택하라고 해도 좋다.

우리의 몸과 뇌는 유기적으로 연결되어 있다. 따라서 몸의 유연성은 사고의 유연성과 밀접한 관련이 있다. 뇌신경 세포들 간에 정보

교류가 신속하고 원활해지면, 신체의 유연성과 사고의 통합 능력도 커진다. 뇌가 유연해야 신체도 유연해지고 융통성이 생기는 것이다. 균형 잡힌 신체, 이성과 감성의 조화 등은 모두 뇌의 유연성에서 비롯되는 것이다. 따라서 평소에 안 쓰던 동작들을 자주 해주면, 단절되었던 뇌의 연결 부위가 균형을 찾고 나아가 정신적인 문제도 개선시킬 수 있다. 습관적인 일을 할 때는 뇌가 거의 움직이지 않지만, 새로운 일을 할 때는 뇌의 여러 영역에 불이 켜진다는 사실이 밝혀졌다. 아이가 지루해하고 심심해할 때가 바로 아이의 뇌를 골고루 활성화시키기 위한 절호의 기회이다.

자신감이 부족할 때 '나는 할 수 있다'

"나는 할 수 있다! 할 수 있다! 할 수 있다!"

2016년 리우 올림픽 펜싱 에페 경기 결승전, 13:9로 지고 있던 박상영 선수가 마지막 라운드를 남겨놓고 계속해서 스스로에게 되뇌었다. 박 선수는 마법의 주문을 계속해서 외우며 상대를 찌르고 또 찔러 5점을 연속으로 얻어 14:14 동점 상황을 만들었다. 그리고 마침내 한 점을 더 얻어 기적처럼 역전승을 거뒀다. 그 순간 경기를 보고 있던 나의 온몸에 전류가 흐르는 듯 했으며 이내 코끝이 찡해졌다. 리우올림픽의 하이라이트를 장식한 그 순간은 그 어떤 영화나 드라마보다도 더 감동적이었다. 불굴의 의지로 생애 첫 올림픽에서 금메달을 획득한 박 선수의 강한 정신력과 놀라운 집중력은 과연 어디에서 나온 것일까?

캐나다 맥길 대학의 연구팀은 노인 92명을 대상으로 15년에 걸쳐 뇌 기능을 조사한 결과, '자신감이 결여된 사람들이 자신감이 강한 사람들에 비해 기억력, 학습력 테스트에서 더 낮은 점수를 받았으며, 뇌의 크기가 20퍼센트나 작았다'는 놀라운 연구 결과를 발표했다.[79] 자신감이 기억력과 학습력은 물론이고 뇌의 크기에까지 영향을 미친다는 사실이 밝혀진 것이다.

79) SBS 뉴스 '자신감 없으면 뇌기능 축소' 2003. 11. 21. 참고.

성장기 아이들에게 제일 중요한 것은 자신감을 잃지 않도록 격려하는 것이다. 부모로부터 받은 격려는 아이에게 평생의 자산이 된다. '나는 할 수 있다'는 자신감은 뇌에 있는 긍정적인 회로를 활성화시켜 뇌 기능을 좋게 한다. 그러나 스트레스나 분노, 실망감은 뇌에 부정적인 영향을 미쳐서 정상적인 방법으로 감정이나 욕구를 표현하는 데 어려움을 겪게 할 수 있다.

자신감의 사전적 정의는 어떤 일을 해낼 수 있다거나 꼭 그렇게 되리라는 데 대해 스스로 굳게 믿는 마음이다. 아이들의 자신감은 자아상이 어떻게 형성되어 있느냐에 따라 달라진다. 건강한 자아상을 가진 아이들은 실패나 어려움이 닥쳐도 포기하지 않는다. 자아상은 보통 만 6세~12세 사이에 발달한다. 보통 타인에게 비친 자신의 모습을 보며 자아상을 갖춘다. 따라서 이 시기에는 부모의 긍정적인 말과 칭찬이 매우 중요하다. 아이가 실패했을 때에도 부모는 아이의 경험을 긍정적으로 바라보고 정보처리를 할 수 있도록 도와주어야 한다. 그래야 아이의 건강한 자아상이 형성되고 자신감이 향상되기 때문이다.[80]

80) BR 뇌교육 네이버 포스트 '자신감과 뇌의 관계' 2019. 10. 2. 참고.

아이들의 자신감을 키우는 가장 쉽고 효과적인 방법은 자주 "나는 할 수 있다"라는 말을 큰 소리로 내뱉어 뇌에 각인시키는 것이다. 이는 4단계 뇌 통합하기의 자기 선언문 낭독과 같다. 이 방법 역시 부모가 먼저 해보기를 바란다. 집이나 차안에 혼자 있을 때 하면 좋다. 이 낭독의 효과가 얼마나 강력한지 나의 체험 사례를 보면 알 수 있다.

'나는 할 수 있다'는 말을 큰 소리로 말해본 것이 30대 초반이었으니, 처음엔 쑥스러워서 책 읽듯이 작고 건조하게 내뱉을 수밖에 없었다. 교육장으로서 주위 사람 눈치도 보이고 어린아이도 아닌 어른이 이 말을 한다는 것이 너무 어색하고 민망했기 때문이다. 하지만 참가한 여러 사람들이 모두 이 말을 외치자 어색함은 곧 사라지고 두 손과 몸에 점점 힘이 들어가는 것이 느껴졌다. '어? 어? 이거 뭐지?' 생경한 느낌에도 목소리는 점점 커지고 기분도 좋아졌다. 얼마 지나지 않아 나는 두 주먹 불끈 쥐고 "나는 할 수 있다!"라는 말을 크게 그리고 진지하게 소리치고 있었다. 마치 내가 엄청난 능력을 가진 히어로가 된 것 같았다. 급기야 신이 나서 "나는 할 수 있어! 뭐든지 다 할 수 있다구!!" 하며 자리에서 방방 뛰며 크게 웃기까지 했다. 정말 그 순간만큼은 무엇이든지 다 할 수 있다는 자신감이 온몸에서 솟아나는 것만 같았다.

바로 이것이 뇌간에서 나오는 순수한 자신감이다. 어떤 계획이나 생각, 의도나 감정이 들어가지 않은 순수하게 생명 뇌인 뇌간에서 나오는 내가 가진 본래의 자신감이다. 이와 같은 체험을 반복적으로 하게 되면 자신감을 뇌간에 깊이 새길 수가 있다. 이 체험을 하고 며칠 후에 도저히 불가능할 것 같은 일을 남편한테 부탁하자 선뜻 수락해 주었는데, 남편은 내 순수함과 간절함이 너무나 크게 느껴져서 도저히 거부할 수 없었다고 한다.

어른들이 '나는 할 수 있다' 는 말을 크게 외치는 것이 쉽지는 않다. 강의에서 청중들에게 종종 이 말을 외치게 해 보지만, 다들 머뭇거린다. 그럴 때는 먼저 몸을 충분히 움직여 마음을 열게 유도한다. 그런 분위기가 형성되고 일단 시작하면 에너지가 커지고 집중되면서 나의 체험에서 묘사한 것 같은 상태가 된다. 눈물을 흘리는 사람도 더러 있다. 물론 준비 단계를 거쳐야 하지만, 우리가 앞서 살펴보았던 뇌 통합하기가 된 상태에서라면 자신감을 뇌간에 새겨 넣기가 더욱 쉬워진다.

그렇다면 이와 같은 체험을 하면 자신감을 완전히 회복하고 다른 삶을 살게 될까? 안타깝게도 아닐 확률이 높다. 한 번의 체험으로 오랫동안 지속되어온 고정관념과 습관을 없애는 것이 어렵기 때문이라는 것을 우리는 이제 알고 있다. 그래서 나는 강의에서 사람들에게 체험을 시켜주고 나면 항상 이렇게 말한다. "지금의 이 기분, 이 상태를 계속 느끼고 필요할 때마다 꺼내 쓰고 싶으세요? 그렇다면 매일 시간을 정해놓고 외치세요. 운전 중 차 안에서도 좋고 집에서 아이들과 함께 해도 좋습니다. 아침에 일어나서 또는 자기 전에 온 가족이 함께 하면 효과가 더 좋아요."

크게 말하는 것이 어려운 상황이라면 박상영 선수가 그랬던 것처럼 속으로 다짐하는 것도 방법이다. 중요한 것은 뇌에 얼마만큼 강력하게 입력을 하고 뇌간에 새기는가가 문제인데 해보기도 전에 '할 수 없다, 될 수 없다'고 결론지으면, 아무리 시간이 지나도 실현되지 않을 뿐더러 자신감과는 멀어지게 된다.

아이들은 어른들과 달리 몇 번만 말해도 금세 자신감을 얻는다. 아이들의 뇌는 어른들처럼 이성이나 논리가 발달하지 않은 상태이므로 정보에 대한 분별력이 없다. 질 좋은 정보를 제공해주면 그것을 모방하기 위해 아주 깊은 잠재의식부터 움직이기 시작한다. 두뇌생리학에 따르면 잠재의식에 입력된 것은 무엇이나 실현된다. 그리고 유아기, 특히 어릴 때는 무엇이든지 잠재의식에 들어가기가 쉽다고 한다.[81] 어떤 정보가 잠재의식에 입력된다는 것은 뇌 통합하기가 된 상태, 생명 뇌인 뇌간에 입

81) 「아이 안에 숨어 있는 두뇌의 힘을 키워라」 이승헌, 한문화 참고.

력되는 것을 말한다. 계속해서 반복적으로 체험하면 잠재의식 속에 깊게 뿌리를 내린다. 따라서 최대한 어릴 때 아이의 잠재의식에 자신감을 심어주는 것이 좋다.

장애로 인해 발달이 매우 느린 둘째 아이가 어렸을 때부터 "나는 할 수 있다"는 주문을 자주 외우게 했다. 다섯 살에 걷기 시작한 아이는 자주 넘어졌으며, 오래 걸을 수도 없었다. 운동을 하거나 책을 보거나 공부를 할 때에도 어김없이 힘들어했다. 그럴 때마다 여러 번 큰소리로 "나는 할 수 있다"고 말하게 하면 신기할 정도로 놀라운 힘을 발휘하곤 했다. 심지어 힘들어하지 않고 즐거운 마음으로 공부나 운동을 하기도 했다. 덕분에 아이는 학교에서 발표 왕이 되었다. 친구도 곧잘 사귀며 항상 자신이 행복하다고 말한다. 뭐든지 또래보다 느리지만 포기하거나 두려워하지 않는다. 무엇이든지 "저도 해볼래요. 저 할 수 있어요."라고 말하는 자신감 넘치는 아이. 그 비법은 어릴 때부터 엄마와 가족이 함께 외친 "나는 할 수 있다."라는 한 마디에 있었다.

친구관계가 어려울 때 '스마일 브레인'

항상 밝게 웃는 친구와 좀처럼 웃지 않는 친구가 있다. 아이들은 어떤 친구를 좋아할까? 당연히 잘 웃는 친구를 더 좋아할 것이다. 학창시절에 주위에 친구가 많고 인기가 있던 아이를 떠올려 보면, 대부분 잘 웃거나 유머러스한 친구였다. 요즘 아이들 역시 마찬가지다. 늘 밝고 활기 넘치는 아이가 친구를 잘 사귀고 친구들도 많다. 이들을 요즘말로 '인싸'라고 한다는데, 예나 지금이나 '웃으면 복이 온다'라는 말은 진리이다.

내 아이가 학교에서 친구관계에 문제가 생겼거나 친구 사귀기를 어려워한다면 부모가 어떻게 해야 할까? 문제가 심각하다면 반드시 개입하여 함께 해결을 해야 한다. 아이의 이야기를 들어주고 마음을 어루만져 주는 등 부모의 역할이 꼭 필요한 것이다. 그러나 아이가 자라 사춘기가 되면, 점점 친구 관계가 복잡해지지만, 부모의 도움을 받지 않으려 한다. 아이 스스로 문제를 해결하는 것이 바람직하기도 하다. 그렇다면 부모가 할 수 있는 최선의 역할은 문제를 해결하는 힘을 길러주는 데 있다. 사회에서 요구하는 인재 역시 인간관계를 잘 풀어가는 리더 형이다. 아이의 사회성을 기르고 인간관계를 좋게 하는 쉬운 방법으로는 웃는 뇌 만들기, 일명 '스마일 브레인'이 있다.

어린 아이는 하루에 300~500번 정도 웃는데 비해 성인들은 하루에 7~10번 정도 웃는다고 한다. 이처럼 사람은 나이가 들면서 웃음을 잃어 가는데, 사실 나이를 먹을수록 더 웃어야 한다. 웃음은 건강에도 매우 도움이 되기 때문이다. 한번 박장대소하면 하루 수명이 연장되고 45초 정도 웃으면 혈압이 안정된다는 주장도 있다. 5분의 웃음은 3시간의 스트레칭 효과가 있으며, 15초간 박장대소하면 100m 달리기를 한 것과 같다는 말도 있다. 웃음이 다이어트와 심장병에 도움이 된다는 것은 이미 정설로 받아들여지고 있다.[82]

82) 「아이 안에 숨어 있는 두뇌의 힘을 키워라」 이승헌, 한문화 참고.

한번 웃기 위해서 뇌는 엄청난 운동을 해야 한다. 온 몸이 다 웃기 위해서는 평소에 쓰지 않던 신경과 얼굴 근육까지 모두 써야 하기 때문이다. 웃음은 최고의 뇌 운동이다. 15개의 안면 근육을 동시에 수축시키고 우리 몸속에 있는 650여 개의 근육 가운데 230여 개를 움직여야 한다. 다음에 나오는 '스마일 브레인'을 따라해 보자.

〈사진7. 스마일 브레인〉

1. 웃기 전에 입과 턱 근육을 움직여 얼굴 근육을 가볍게 풀어
   준다.

2. 입은 다물고 입 꼬리만 살짝 올린다.

3. 마음속으로 10번을 세며 느낌에 집중한다.

4. 가슴에서 머리로 편안한 느낌이 확산되는 것을 느껴본다.

5. 다시 얼굴 근육을 풀어주고 이번에는 온몸이 흔들릴 정도로
   큰소리로 격렬하게 웃는다.

6. 고개를 뒤로 젖혀도 좋고 손으로 손바닥이나 방바닥을 치며
   웃어도 좋다.

7. 처음에는 얼굴만 웃다가 가슴이 웃고 점점 배꼽이 웃고 나중에는 발가락까지 웃도록 온몸을 흔들면서 마음껏 웃어본다.

8. 초보자는 20초간 웃는 것을 목표로 하고, 차츰 시간을 늘려 3~5분간 본격적으로 웃는다. 몸에 열이 나고, 땀이 나면서 뇌가 시원해지고 상쾌한 느낌으로 가득찰 것이다.

처음 해보면 20초간 웃는 것이 의외로 어렵다는 것을 알 수 있다. 특히 가슴이 답답하거나 에너지가 막혀 있는 사람에게는 웃음이 잘 나오지 않고 큰 소리로 몇 초만 웃어도 기침이 나온다. 큰 소리로 웃는 것은 해보지 않은 사람에게는 어색하다. 혼자서는 잘 안되니 가족이 함께 하면 좋다. 식사하기 전이나 가족모임을 할 때 한바탕 웃고 시작하면 분위기가 훨씬 좋아진다. 웃음이 안 나올 때는 옆 사람이 간지럼을 태우면 된다. 서로 간지럼을 태우면 아이들과 재미있게 할 수 있다.

'웃음 버튼'을 활용하면 온 가족이 즐겁게 할 수 있다. 웃음 버튼은 우리 신체 중의 한 곳을 정하면 되는데, 대게는 관자놀이로 한다. 누군가가 "웃음 버튼 꾸욱!" 하고 신호를 주면 자기의 웃음버튼이나 옆 사람의 웃음 버튼을 누르면서 함께 신나게 웃는 것이다. 아이들이 어렸을 때 나는 배꼽을 웃음버튼으로 활용했었는데, 덕분에 중학교 2학년인 큰아들은 지금까지도 내가 배꼽을 누르면 활짝 웃는다. 집안 분위기가 무겁거나 가족 중 누군가의 기분이 별로일 때, 우리 집에서 가장 잘 웃는 막내의 배꼽을 꾹 누르면 순식간에 분위기가 바뀌기도 한다.

웃음은 두뇌회전을 빠르게 하고 문제해결력을 기르는 효과도 있다. 웃으면 혈액과 뇌에 대량의 산소가 공급됨으로써 두뇌 회전이 빨라진다. 미소만 지어도 긴장하던 뇌가 이완하게 되는데, 뇌가 이완되면 정보를 받아들이기에 좋은 조건이 된다. 이를 뒷받침하는 연구 결과가 있다. 독일의 게르트 뤼에 교수는 명랑한 그룹과 우울한 그룹에게 자연과학 학술도서를 읽게 한 후 '내용을 반복해 옮기기'와 '내용을 응용해서 풀기'라는 두 가지 실험을 했다. 그 결과 읽은 것을 그대로 옮길 때는 두 그룹 간에 별 차이가 없었지만, 기억한 내용을 토대로 문제를 푸는 두 번째 실험에서는 명랑한 그룹이 훨씬 우수한 성적을 보였다. 기분이 좋을 때는 두뇌의 제어 관리에 막힘이 없어 문제해결을 위한 모든 처리 능력을 동원할 수 있기 때문이다. 의학적으로도 우울할 때는 신경세포를 연결해주는 시냅스에서 신경전달물질의 분비가 더디고, 기분이 좋을 때는 신경전달물질의 분비가 왕성해져서 뇌의 정보흐름이 가속화 되는 것으로 알려져 있다.[83] 엄마의 잔소리나 억압으로 마지못해 우울하게 공부하는 것 보다 스스로 즐겁게 공부하는 것이 학습효과가 높을 수밖에 없다.

[83] 에듀동아 '긍정적인 가치관 형성해야 학습능률이 오른다' 2018.1.17 김효정 기자/ 「아이 안에 숨어 있는 두뇌의 힘을 키워라」 이승헌, 한문화 참고.

웃음은 이렇듯 건강에 좋을 뿐만 아니라 공부나 친구 관계 등 삶의 문제들을 해결하는데 도움을 준다. 어른들이 보기에는 사소한 문제 같지만 학창시절에는 친구가 매우 큰 비중을 차지한다. 가족 외에 맺는 관계의 첫출발이 친구로부터 시작되므로 학창 시절의 친구 맺기는 사회성을 형성하는데 중요한 토대가 된다. 아이를 위하는 마음으로 부모가 친구를 사귀는데 크게 관여하거나 개입하기보다는 아이가 친구 관계에서 발생하는 문제를 스스로 해결할 수 있게 해주는 것이 좋다. 그것은 바로 스마일 브레인을 통해 아이를 복 받는 체질로 만드는 것이다. 웃음은 우리가 살아가면서 사회적 유대 관계를 형성하는데 중요한 역할을 하기 때문이다.

'행복해서 웃는 게 아니라 웃으니까 행복해진다' 는 말이 있다. 우리는 이 말을 잘 알고 있음에도 불구하고 힘들거나 슬픈 일이 생기면 웃음이 잘 나오질 않는다. 필자의 경험상, 그럴 땐 억지로 입 꼬리라도 올려야 한다. 눈물이 나오더라도 입 꼬리를 올리면 눈물이 점차 웃음으로 바뀌고 조금씩 가벼워지면서 이겨낼 힘이 생겨난다. 웃으면 뇌에서 베타엔도르핀과 같은 호르몬이 분비되어 통증을 없애주며 유쾌한 기분이 들게 한다. 우리의 뇌는 웃는 시늉만 해도 실제로 웃는 것과 비슷한 생리 작용을 보인다. 웃을 일이 없어도 아이들과 함께 활짝 웃어보길 바란다. 누구나 우울한 사람보다는 유쾌한 사람을 좋아한다. 어릴 때부터 웃는 것이 체질이 되면 주위에 사람들이 많아

진다. 또한 어떤 어려운 일이 닥쳐도 용기를 잃지 않고 잘 대처해 나
갈 수 있게 된다. 스마일 브레인은 자기 자신은 물론 주변의 에너지
까지 바꾸는 강력한 힘이 있다.

감정조절이 필요할 때 '하나 되기'

얼마 전에 TV 방송에서 한 여자 연예인이 소위 '불멍(불을 보면서 멍때리기)' 하는 모습이 소개되었다. 집 테라스를 캠핑장처럼 꾸며놓고, 직접 만든 난로에 피운 '불'을 보면서 '멍때리는' 장면이었다. 캠핑장에서 타오르는 불꽃을 보다가 마치 불속에 빨려 들어갈 것 같은 경험을 해 본 사람이 많을 것이다. TV에서는 잠깐 보여주고 말았으나 불멍을 오래 지속하면 마음이 평화로워지고 생각과 감정을 잠재울 수 있으며 깊은 내면으로 들어갈 수 있게 된다. 미세하게 일렁이는 불을 보면서 생각과 감정을 비우는 방법이다. 방송 이후로 남녀노소를 불문하고 불멍이 유행하고 있는 것은 코로나19 사태로 인한 '코로나 블루'의 영향도 있을 것이다. 바야흐로 우리는 갈수록 마음을 다스리기 힘들어지는 시대에 살고 있는 것이다.

유난히 감정 조절하는 것을 힘들어하는 아이들이 있다. 성장기 아이들의 감정조절이 쉽지 않은 것은 뇌 발달 단계에서 보면 당연하다. 감정 뇌인 대뇌변연계의 발달이 이루어지는 시기이므로, 아이들은 예민하고 불안해하거나 쉽게 짜증을 내고 화를 잘 내는 등 감정조절에 어려움을 겪는다. 특히 사춘기가 되면 대부분의 아이들은 하루에도 몇 번씩 감정의 파도에 휩쓸린다. 사춘기에 이르면 대뇌변연계는 완성단계에 도달하지만, 이를 통제하는 전두엽이 아직 덜 발달했기 때문에 순간적으로 욱하거나 공격적인 성향을 보이기도 한다.

감정은 모든 정신작용 가운데서 가장 일차적으로, 가장 강렬하게 드러나는 반응이다. 마치 배고픈 아기의 울음처럼 즉각적이며 잘 달래지지 않는다. 어른들도 때론 자신의 감정에 곤혹스러워하는데 하물며 아이들은 어떻겠는가? 흔히들 감정을 부정적으로 생각하는데, 감정 그 자체는 인간의 생존에 필요한 뇌의 작용일 뿐이다. 감정은 없앨 수 있는 반응이 아니다. 그래서 감정을 억누르거나 무시하는 것은 소용없는 일이다. 오히려 건강과 두뇌 발달에 악영향을 미친다. 부모가 아이의 감정을 억압하면 관계를 그르치기도 한다.[84] 부모는 아이가 스스로 감정을 객관적으로 바라보고 조절할 수 있도록 도와주는 것으로 만족해야 한다.

84) 『뇌를 알면 행복이 보인다』 신희섭 외, 브레인월드 참고.

감정을 상대로 우리가 할 수 있는 일은 감정을 인정하고 조절하는 것이다. 이는 감정 자체에 빠지지 않아야 가능하다. 감정은 전체가 아닌 표면의 반응, 즉 바다가 아니라 파도이다. 바다에 늘 파도가 일듯이 감정도 매순간 일어난다. 감정이 생기는 것은 당연한 일이다. 따라서 우리는 그것을 인정하고 지켜보며 처리 방식을 선택하면 된다. 자신이 뇌의 주인이 되지 않으면 감정이 주인 노릇을 하게 된다.

감정을 인정하고 조절하는 효과적인 방법으로 '하나 되기'가 있다. 이는 의식성장 프로그램의 하나로서 일반적인 브레인 트레이닝 방법은 아니다. 말하자면 고급 코스인 셈이다. 하나 되기는 움직이지 않거나 미세하게 움직이는 사물을 바라보며 그것과 주파수를 맞추고 하나가 되는 것이다. 앞서 3가지 차원의 몸을 살펴볼 때 에너지 바디에서 모든 물체는 진동하는 하나의 에너지 덩어리라고 했던 것을 떠올려보자. 에너지는 고유의 주파수를 갖고 진동하므로 물체에 내 주파수를 맞추면 하나 되기가 가능해진다.

'하나 되기'를 이 책에 실어야 하나 말아야 하나 많은 고민을 했다. 왜냐하면 초보자가 활자로만 보고 따라 하기가 어렵고, 깊게 체험하는 것이 가능할지 의문이 들었기 때문이다. 또 처음에는 많은 시간이 소요될 것이니만큼 혼자서 끝까지 해낼 수 있을지도 알 수 없었다. 하지만 분명히 반나절 이상을 투자하는 독자가 있을 것이고, 깊은 체험은 못하게 되더라도 최소한 감정을 조절할 수는 있기에 소개하기로 한다.

하나 되기의 방법은 매우 쉽고 간단하다. 그저 식물이나 강 위에 떠있는 배 또는 촛불 등의 물체를 선정해서 계속해서 바라보기만 하면 된다. 그러나 제대로 체험하기는 매우 어렵다. 왜냐하면 우리의 뇌 구조와 기능이 그러하기 때문이다. 생각 뇌에서는 끊임없이 생각이 떠오르고, 감정 뇌에서는 쉴 새 없이 감정이 일어난다. 훈련이 안 된 대부분의 사람들은 단 몇 초도 아무런 생각과 감정 없이 사물을 바라보는 것을 힘들어한다. 일단 한번 해보면 무슨 말인지 수긍이 갈 것이다.

집에서 하나 되기를 할 때는 화분 식물이 가장 좋다. 딱딱한 물체보다는 살아있되 움직이지 않는 식물이 가장 적합한 상대이다. 앞서 이야기한 '불멍'도 좋은 방법이다. TV에 나온 방법대로 재료들을 구해 직접 만들어서 해보길 바란다.

내가 처음 하나 되기를 경험했던 순간은 지금도 생생하다. 십년도 더 지났지만 너무나도 충격적인 체험이었던 지라 그날의 감동과 놀라움은 여전히 남아 있다. 의식성장 프로그램에 참여한 어느 날, 내가 하나 되기로 선정한 대상은 작은 나무였다. 나는 1미터 정도 되는 거리에 떨어져 앉아서 4~5시간 동안 나무를 바라보았다. 시작한지 얼마 지나지 않아 머릿속에서는 오만가지 생각이 떠올랐다. 시간이 흐를수록 몸 여기저기가 쑤시기까지 했다. '내가 왜 이런 짓을 해야 하나' 하는 의문이 떠오르자 포기하고픈 생각이 커졌다. 하지만 모든 생각과 감정을 바라보며 흘려보내는 데에 주력했다. 하나 되기 활동을 하기 싫다는 마음까지 놓아버리고 계속해서 나무를 바라보았더니, 결국에는 나라는 존재 자체가 없어진 것 같은 느낌이 들었다. 아니 그 어떤 느낌조차 나지 않았다는 것이 옳은 표현일 것이다. 주위의 모든 움직임이 슬로우 비디오처럼 재생되면서 동시에 다 느껴지는 기이한 현상이었다. 세상 모든 것이 연결되어 있는 느낌을 그날 처음으로 느껴 보았다.

이후 그룹 토의를 하는 중이었다. 내 머릿속에서 떠올라서 하고 싶었던 말을 다른 누군가가 하고 있는 것이 아닌가. 그것도 여러 번이나. 전에는 내 생각을 얘기하고 싶어서 쉴 새 없이 말하기에 바빴는데, 조용히 앉아 사람들의 말에 귀 기울이며 바라보니 말하는 사람의 숨은 의도, 느낌까지 모두 다 느껴졌다. 말하자면 의식이 한 차원 높아진 것이었다. 눈에 보이는 것 이상을 꿰뚫어 보는 통찰력이 생겼으며, 어떤 일이 일어나도 흔들리지 않을 것 같은 완전한 내면의 평화를 경험한 것이다.

훗날 나는 데이비드 호킨스 박사의 저서 『의식혁명』을 읽으며 그때의 경험이 잠시나마 의식이 높아진 것이었음을 확인할 수 있었다. 인간의 잠재의식을 20에서 1,000까지 나눈 의식지도를 보면 가장 높은 '깨달음'의 이전 단계인 '평화'가 있다. 600수준의 평화 상태에서는 있는 그대로의 완전함, 지극한 행복, 모든 일의 수월함, 모든 존재의 일체성을 경험할 수 있다.[85]

85) 「의식혁명」, 데이비드 호킨스, 판미동/「놓아버림」, 데이비드 호킨스, 판미동 참고.

하나 되기를 할 때는 그저 멍하게 있는 것이 아니라, 나의 뇌에서 일어나는 모든 것들을 의식적으로 바라본 후에 거기에 빠지지 않고 흘려보내야 한다. 그리고 계속해서 대상을 바라보며 호흡하고 교감한다. 생각이나 감정이 일어나면 호흡과 함께 흘려보내고 다시 대상과 주파수를 맞춘다. 나를 괴롭히던 감정과 그로 인한 생각이 무의해질 때까지 계속해야 한다. 처음에는 몇 시간이 걸릴 수도 있다. 계속하다 보면 '나'라는 존재마저 잊어버릴 정도가 되는 깊은 체험을 할 수 있게 된다. 오래 하기 힘들 때는 30분~1시간 정도만 해도 마음이 편안해지고 의식이 명료해져서 감정조절에 탁월한 효과가 나타난다.

감정이라는 것은 파도와 같아서 바람이 불면 일어난다. 그러니 굳이 감정에 빠지지 않기 위해서 바람을 잠재울 필요는 없다. 바라보고 인정하면 된다. 뇌 속에서 감정이 안 일어나도록 할 수는 없기 때문이다. 그냥 내버려두면 감정이 점점 커져서 내가 감정인지 감정이 나인지 모를 정도로 빠져 버린다. 따라서 감정이 일어나면, 첫 번째 '아 바람이 부는구나' 하고 재빨리 알아차릴 것, 두 번째 파도의 높이가 어느 정도인지 가늠해볼 것, 이 과정만 거쳐도 이미 감정은 나와 분리된다. 바라보기가 되면 객관화가 가능해진다. 객관화가 되면 감정에 빠지지 않고 내 의지대로 조절할 수 있게 된다.

아이들한테 감정이 외부에서 부는 바람에 의해 나의 내면인 바다에 파도가 일어나는 것이라고 설명하면 쉽게 이해한다. 바람과 파도는 실체가 없으며, 그냥 지나가는 것일 뿐이라는 것 그리고 바람이 지나가면 파도도 잠잠해지는 것이라고 일러주자. 감정은 바다가 아니라 파도이며 전체가 아닌 표면의 반응일 뿐이다.

하나 되기를 체험하면 내면에 끝없이 넓고 깊으며 고요한 바다가 펼쳐져 있는 상태가 된다. 모든 것을 품을 수 있고 어떤 일이든 감당할 수 있는 완전한 평화의 세계가 내 안에서 펼쳐진다. 그 상태에서는 감정조절이 쉽게 되는 것은 물론이고, 고도의 집중력을 발휘할 수 있으며, 통찰력과 창조력이 깨어난다. 사물과 주파수 맞추는 것이 익숙해지면 사람에게도 그것이 적용이 된다. 상대방과 주파수를 맞추고 하나가 되면 타인의 입장에서 생각하고 배려할 수 있다. 공감능력을 키우는 효과적인 방법인 것이다. 이렇듯 하나 되기를 깊게 체험하면 일류두뇌의 필수역량이 두루 깨어나게 된다. 그동안 표면적으로 일어나는 반응을 처리하느라 집중되었던 에너지가 생명 뇌에 집중됨으로써 본래 뇌가 가지고 있는 잠재적 가능성들이 깨어나는 것이다.

원하는 것을 이루고 싶을 때
'브레인 명상'

무엇인가를 이루고 싶을 때 우리에게 가장 방해되는 요인은 무엇일까?

잘되면 내 탓, 못되면 남 탓이라는 말이 있듯이, 실패했을 경우에 대부분은 외부에서 그 요인을 찾는다. 시간이 없어서, 누가 방해를 해서 또는 돈이 없어서 등등. 물론 어떤 일을 할 때는 환경적인 영향에 의해서 어쩔 수 없는 상황이 생기기도 한다. 하지만 가장 크고 주된 원인은 바로 나 자신, 좀 더 자세하게는 나의 뇌에 있다.

그것은 바로 의심과 두려움이다. 뇌의 메커니즘이 그렇게 작동을 하기 때문인데, 뇌의 3층 구조를 떠올리면 이해가 쉽다. 크게 대뇌피질-변연계-뇌간으로 이루어진 우리의 뇌는 무언가 큰 결심을 했을 때 가장 먼저 대뇌피질에서 생각이 일어난다. '이것이 과연 될까?' 하는 의심이 그것이다. 생각을 거듭하고 나면 변연계에서 감정도 고개를 든다. '안 되면 어떡하지? 실패하면 지금보다 더 나빠질 텐데.' 라는 불안과 두려움이다.

앞서 여러 번 이야기하고 강조했듯이, 이런 생각이나 감정에 빠져 있으면 정보에 뇌의 주인 자리를 내주게 된다. 원하는 것을 이루어 내려면, 대뇌피질에 있는 의심과 변연계의 두려움이라는 장애물을 통과하고 뇌간까지 뇌 통합이 되어 내가 진정한 뇌의 주인이 되어야 한다. 그러나 생각과 감정에 사로잡혀 계속해서 의식이 뇌의 바깥쪽에 머물러 있으면 생명 뇌인 뇌간에 숨어 있는 잠재력을 끄집어 낼 수 없다. 생각 뇌와 감정 뇌를 잠잠하게 하고 우리의 의식을 생명 뇌로 불러들이는 '브레인 명상'을 하면, 뇌간의 잠재력을 끌어내어 원하는 것을 이룰 수 있게 된다.

브레인 명상에는 여러 가지 트레이닝 방법이 있다. 간단한 호흡법에서부터 우리 몸의 힐링 포인트를 눌러서 아주 빠른 시간 안에 기혈 순환을 활발하게 해주는 BHP명상, 머리끝 정수리에 있는 천문(天門)에 집중하는 천문명상까지 있다. 또 뇌파를 변화시키고 자연치유력을 높여주는 뇌파진동, 원하는 것을 끌어당기는 명상 등도 있다. 이 편에서는 아이들과 함께 쉽고 효과적으로 할 수 있는 뇌파진동과 원하는 것을 끌어당기는 명상 두 가지를 살펴보기로 한다.

뇌파진동은 고개를 좌우로 움직이는 단순하고 규칙적인 리듬을 반복함으로써 불필요한 생각을 일시정지 시킨다. 분석하고 판단하는 생각이 끊어지면 감정도 함께 사라진다. 생각과 감정이 사라진 자리에는 텅 빈 고요가 깃드는데, 이때 자신의 깊은 내면과 마주하게 된다. 이는 우주의 근원적인 에너지와 연결되는 것이기도 하다.

단순하고 규칙적인 리듬을 타다 보면, 어느 순간 의식이 오감에서 육감으로 즉, 생각의 세계에서 느낌의 세계로 이동한다. 이것은 복잡하게 얽힌 뇌파가 하나로 통일되었다는 신호로서 뇌파가 안정되었음을 의미한다. 이런 느낌이 좀 더 깊어지면 자기만의 고유한 리듬을 만나기도 하는데, 이때 놀라운 치유 현상이 일어난다. 뇌간의 생명력이 몸을 건강하게 하고, 마음을 행복하게 해주며, 숨겨져 있던 잠재능력이 발현되기도 하는 것이다.[86]

[86] 「뇌파진동」 이승헌, 브레인월드 참고.

뇌파진동의 동작은 매우 단순해서 아이들과 함께 언제 어디서든 쉽게 할 수 있다. 집이나 학교에서 피로가 쌓이거나 집중력이 떨어졌을 때 활용하면 좋다. 마무리로 원하는 것을 끌어당기는 명상까지 이어갈 수 있다. 그림과 설명을 잘 보고 뇌파진동과 원하는 것을 끌어당기는 명상을 이어서 해보자.

● 뇌파진동

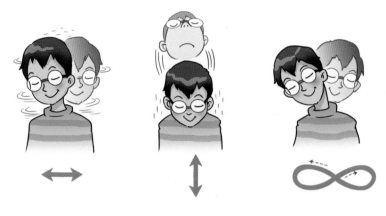

〈그림 4. 뇌파진동〉

1. 반가부좌나 책상다리를 하고 편안히 앉아서 눈을 감는다. 의
   자에 앉을 경우, 허리를 등받이에 기대지 말고 반듯하게 세
   운다.
2. 어깨와 목에 힘을 빼고 '도리도리' 하듯이 고개를 좌우로 흔
   든다. 처음 시작할 때는 한번에 3초쯤 걸릴 정도로 천천히
   한다.
3. 같은 동작을 의식적으로 반복하면 몸이 리듬을 타고 진동이
   점점 강해진다. 고개가 좌우, 상하, 무한대 모양으로 자유롭
   게 움직인다.

4. 계속 집중하면 진동이 목을 타고 척추를 따라 온몸으로 퍼진다.
5. 5분 정도 동작을 반복한 후 멈춘다. 움직임이 서서히 잦아들면 마음을 아랫배에 집중한다.
6. 내쉬는 숨을 세 번 길게 내쉰다.

● 원하는 것을 끌어당기는 브레인 명상

〈그림 5. 원하는 것을 끌어당기는 명상〉

1. 뇌파진동이 끝나면 바로 눈을 뜨지 말고 온몸으로 퍼지는 진동을 느낀다.
2. 혈액 순환이 원활해지고 세포의 미세한 감각이 느껴진다.
3. 뇌 전체에 찌릿찌릿한 전율이 느껴지고 머릿속이 환해진다.

4. 자신이 원하는 것이 이루어진 모습을 뇌에 새기자. 좋은 습관으로 변화된 모습, 목표를 이룬 모습 등을 가능한 구체적이고 생생하게 상상한다. 이루어졌을 때의 느낌도 상상하고 떠올려서 온 몸에 새겨 넣는다.

뇌파진동을 처음 실시할 때는 3~5분 정도로 시작해서 점점 시간을 늘려주는 것이 좋다. 가볍게 목과 어깨를 풀어주고 서서히 온 몸을 풀어준다는 느낌으로 움직이면 된다. 진동의 강도나 방법은 정해진 것이 없으니, 자신의 몸에 집중하고 반복되는 동작 속에서 고유한 리듬을 찾는 것이 좋다. 호흡처럼 단순한 동작도 의식적으로 반복하면 지금 여기 '현재'에 집중할 수 있게 되고 스스로 몸과 마음을 조절하는 능력이 생긴다.

뇌파진동을 하고 나면 마무리로 원하는 것을 끌어당기는 명상을 짧게라도 하는 것이 좋다. 아이들은 생생하고 구체적인 상상을 잘하기 때문에 원하는 것이 이루어진 모습을 마치 영화를 보는 것처럼 상상하라고 하면 된다. 이루어졌다는 확신으로 온 몸이 짜릿해지고 전율이 일어날 정도의 느낌을 느껴야 한다. 이 과정이 반복되면 어느 날 상상했던 그 모습 그대로 이루어지게 된다.

사물을 가까이에서 보면 한쪽 면은 잘 보이지만 전체 모습은 알

수가 없다. 사물과 좀 더 떨어져 높은 눈높이에서 바라보아야 전체의 모습이 잘 보이게 된다. 이와 마찬가지로, 우리가 문제를 해결하기 위해서는 보다 높은 의식수준이어야 가능하다. 아인슈타인은 "어떤 문제도 그 문제를 만들어 낸 의식과 같은 수준의 의식으로는 해결할 수 없다."고 했다.[87] 현재의 문제를 해결하기 위해서는 지금보다 더 높은 의식으로 올라가야 문

87) 『커넥트』이승헌, 한문화 참고.

제의 원인과 해결책이 보인다는 뜻이다. 더 높은 의식으로 올라가기 위해서는 생각과 감정에서 벗어나야 하는데, 이는 브레인 명상으로 가능하다. 브레인 명상으로 자신의 내면에 집중하다 보면, 생각과 감정이 사라지고 문제의 본질이 명확히 보이게 된다. 원인을 알면 해법을 찾을 가능성도 커지는 것이다.

문제가 있을 때뿐만 아니라 원하는 것을 이루고 싶을 때도 마찬가지다. 브레인 명상은 자기 자신을 객관적으로 바라보는 관찰자 의식을 깨움으로써, 현실의 문제를 해결하고 삶을 변화시킬 수 있는 힘을 키워준다. 최적의 두뇌 컨디션을 유지시켜 집중력을 높여주며, 뇌의 노화를 방지하고 스스로 감정을 조절해 긍정적인 선택을 할 수 있게 된다. 또한 뇌 통합으로 직관력, 통찰력, 창조력이 증가함으로써 문제 해결 능력이 향상된다. 무엇보다도 뇌의 주인으로서 원하는 것을 현실에서 실현하는 힘이 커진다. 이 능력들은 21세기 핵심 역량이자 인간 고유의 능력으로 일류두뇌의 자질이다. 다른 특별한 교육 없이

도 일상에서 하는 브레인 쉬프트를 통해서 아이가 미래경쟁력을 갖출 수 있는 것이다.

성공적인
브레인
쉬프트를 위한
TIP

엄마나 아빠가 먼저 브레인 쉬프트를 해서 자신의 뇌와
친해지고 뇌의 주인으로서 살아가야 한다. 그렇게 되면 아이들의 거울신경이
작동하여 자연스럽게 배우고 익히게 된다.

루틴이 되게 하라

책을 집필하고 있는 요즘 나의 하루는 이렇게 시작한다. 새벽 5시에 기상, 30분 동안 103배와 브레인 명상을 한 후 컴퓨터 앞에 앉는다. 그리고 '무한대 그리기'를 1분 정도 한 후에 컴퓨터를 켜고 글을 쓴다. 3시간 정도 쓰고 나면 아이들이 기상하고 나의 아침 글쓰기는 끝이 난다. 그리고 가족들 식사 챙기기 등 집안일이 시작된다. 두 달 째 거의 매일 하고 있는 일상이다.

대부분 사람들의 평일 아침은 거의 비슷한 시간과 비슷한 순서로 같은 일이 진행될 것이다. 이것을 흔히 쓰는 말로 루틴이라고 하는데 '루틴[routine]'의 사전적 정의는 '규칙적으로 하는 일의 통상적인 순서와 방법'을 뜻한다. 근래에 들어서는 10분 복근 루틴, 하체 단련 루틴과 같이 일반인들도 많이 쓰게 되었지만, 원래는 스포츠심리학 용어로서, 운동선수들이 최고의 수행능력을 발휘하기 위해 습관적으로 하는 동작이나 절차를 의미한다. 예를 들어, 축구 선수 호날두가 프리킥을 차기 전에 뒤로 크게 5걸음 물러난 후 심호흡을 크게 하면서 골대를 노려보는 것도 바로 루틴이다.

아이와 부모가 함께 집이라는 편안한 공간에서 지속적이고 효과적으로 브레인 쉬프트를 하기 위해서는 이 루틴이 반드시 필요하다. 그렇지 않으면 한번 해봐야겠다고 마음먹은 것을 뇌 회로가 자리 잡기도 전에 포기하게 되거나 일시적인 시도로 그치게 될 수도 있다. 루틴은 어떠한 변수가 생기더라도 흔들리지 않고, 마인드 컨트롤 하여 습관을 잘 유지할 수 있게 도와준다.

"반복적으로 무엇을 하느냐가 우리를 결정한다. 그렇다면 탁월함은 행위가 아닌 습관이다." 아리스토텔레스의 말이다. 매일 습관적으로 하거나 중요한 일을 앞두고 하는 루틴을 통해서 탁월한 성과를 낸 사람들이 있다. 세계적인 대문호들은 저마다의 창작 습관을 가지고 있었다. 빅토르 위고는 매일 차가운 얼음물로 샤워하고 이발을 했다. 톨스토이는 무려 60년간 꾸준히 일기를 썼고, 헤밍웨이는 하루에 꼬박꼬박 500단어씩 썼다. 이런 반복적이고 규칙적인 습관은 운동선수에게도 중요하다. 테니스 스타 나달은 서브를 넣기 전에 엉덩이, 양어깨, 코, 귀를 차례대로 만진다. 피겨 여왕 김연아 선수는 경기 전

몸을 풀 때 항상 경기장을 반시계 방향으로 한 바퀴 돈 다음에 뒤로 서서 S자를 그리며 활주했다. 메이저 리거 류현진 선수는 경기 전에 고온 사우나를 30분 이상 즐기는 것으로 유명하다.[88]

88) 미래한국 '신간 루틴의 힘, 흔들리지 않고 끝까지 계속하게 만드는' 2020.2.23. 김민성 기자 참고.

이처럼 수많은 예술가와 운동선수가 최상의 역량을 발휘하기 위해 루틴을 사용한다. 적절한 루틴은 글쓰기나 스포츠는 물론이고, 업무와 학업에서도 불안을 해소하여 평정심을 유지할 수 있게 해주며 집중력을 높여 준다. 무엇보다 하기 싫을 때에도 할 수 있게 해주고, 도중에 포기하지 않고 끝까지 해내게 만들어 준다. 그래서 루틴을 잘 활용하면 다이어트, 운동, 금연, 독서 등 작심삼일로 그치기 쉬운 일상의 결심들을 얼마든지 완수할 수 있게 된다.

필자가 아이들과 매일 함께하는 브레인 루틴은 이렇다. 아침에 일어나면 "뇌야 잘 잤니?"라고 인사한다. 그리고 간단한 뇌 체조 몇 가지를 같이 한다. 시간적인 여유가 있으면 웃음버튼을 눌러 스마일 브레인을 짧게 한다. 각자 하루를 보낸 후에 저녁 10시가 되면, 온 가족이 거실에 모여 전신 두드리기를 한다. 그리고는 서로 뇌가 좋아하는 말을 해준 후 "뇌야 잘 자" 인사하며 잠자리에 든다. 뇌가 좋아하는 말은 '오늘 하루도 수고했어요, ○○뇌가 환하게 웃고 있네, 고마워, 사랑해' 등 듣기 좋은 말이지만 평소에 잘하지 않는 말이면 된다. 이 브레인 루틴을 특별한 일이 없는 한 매일 실시하는데, 이 별 것 아닌 루틴이 우리 가족 모두를 건강하고 행복하게 해주고 있는 것만은 확실하다.

우리가 어떤 일을 하려고 하면 항상 시작이 문제이다. 도중에 쉬었다가 다시 시작하면 처음에 겪었던 어려움을 또 겪어야 한다. 그러나 매일 반복하게 되면 그 감각을 계속 유지할 수 있다. 시작하는 어려움이 없다는 것은 시간과 노력 등 에너지 차원에서 매우 효율적이다. 게다가 매일 하면 잘해야 한다는 부담도 줄어든다. 일주일에 한 번만 한다면, 그만큼 결과에 대한 부담감이 클 수밖에 없다. 그날 실패하면 일주일 뒤에나 기회가 오기 때문이다. 그러나 매일 하면 하루 정도는 별로 중요하지 않다. 어떤 날은 잘 되고 또 어떤 날은 안 되기도 하지만, 꾸준히 하고 있기 때문에 불안감이 사라지고 더 즐겁게 할 수 있다. 또 새로운 시도를 해볼 수 있는 힘도 생긴다. 실패하더라도 시간이 많기 때문에 다시 다른 방법으로 해보면 되기 때문이다. 89) 이것이 바로 루틴이 가지고 있는 힘이다.

89) 「루틴의 힘」 댄 애리얼리 외, 부기 참고.

루틴은 부모와 아이가 함께 하는 것과 각자 따로 하는 것을 정하는 것이 좋다. 내가 따로 하는 루틴은 아침에 하는 103배, 브레인 명상, 자기 전에 하는 뇌파진동이 있다. 그날 아이들한테 부정적인 에너지를 준 것 같으면, 아이들이 잠들었을 때 에너지 주기를 하기도 한다. 큰 아이는 본인의 뜻대로 자기 전에 자기 선언문 낭독과 브레인 명상을 한다. 둘째 아이는 공부나 운동을 하기 전에 '나는 할 수 있다'를 크게 몇 번 외치며, 글씨를 쓰거나 읽기 전에는 무한대 그리기를 한다. 아이들이 크게 잘못하거나 심하게 싸웠을 때는 연단을 하게 한다. 각자 본인에게 맞고 필요한 것들을 선택하기 때문에 크게 힘들이지 않고 일상에서 자연스럽게 브레인 쉬프트를 실천하고 있다.

내 강의를 듣거나 상담을 받은 사람들은 금방 브레인 쉬프트가 가능하다는 희망과 자신감을 안고 돌아간다. 그러나 앞서 여러 번 이야기했듯이 실패하는 이유는 대부분 너무 거창하고 크게 마음을 먹기 때문이다. 그렇게 하면, 의지가 약하거나 우선순위에서 밀려난 경우에 뇌가 저항을 일으키면 금방 포기하게 된다. 또 그만큼 뇌 회로에 습관으로 자리 잡기가 어려워진다. 어렵게 시작해서는 안 되는 까닭이 여기에 있다. 우선 가장 쉬워 보이는 한두 가지를 정하여 밥을 먹고 잠을 자는 것처럼 생활리듬에 맞춰 그냥 하면 된다. 말 그대로 '그냥' 해보길 바란다. 굳이 시간을 내서 마음을 다잡고 집중해서 하려다보면 에너지를 많이 쏟아야 하기 때문에 무척 힘이 든다. 처음부터 잘 할 필요는 없다. 매일 일정한 시간에 하다보면 어느새 되는 때가 오기 마련이다.

선택과 집중

학창시절에 한 번쯤 이런 경험을 해 보았을 것이다. 한참 놀다가 공부하려고 막 마음을 먹었는데 엄마가 "그만 놀고 공부 좀 해"라고 한다. 갑자기 공부하고픈 마음이 저 멀리 사라지고 만다. 급기야 엄마의 잔소리가 이어진다. 잔소리가 길어질수록 공부하고 싶다는 마음이 점점 사라진다.

나는 학창시절에 공부는 스스로 알아서 했지만, 방 정리나 청소는 하기 싫어했다. 그래서 엄마의 잔소리를 자주 들어야 했다. 고등학생이 된 어느 날이었다. 어지럽고 지저분한 내 방을 보자 청소해야겠다는 생각이 문득 들었다. 평소에는 청소하라는 엄마의 잔소리 때문에 어쩔 수 없이 대충하고 말았다. 하지만 그날은 청소해야겠다고 '스스로 선택'했기 때문에 오랜 시간을 들여 구석구석 깨끗하게 청소했다. 쓰레기를 모아서 버리고, 책상도 깔끔하게 정리하여 안 보는 책들은 따로 빼놓았다. 책상 서랍도 내용물을 찾기 쉽게 정리했으며, 처음으로 옷 서랍장까지 정리했다. 심지어 엄마보다 더 깔끔하게 옷들을 차곡차곡 정리했다.

누군가가 시켜서 하면 하기 싫고 재미가 없지만, 스스로 선택해서 하면 아무리 오래 해도 즐겁다. 게다가 창의성이 발휘되어 최선을 다하게 된다. 선택은 나의 의지이며 뇌의 상태를 내 스스로 변화시키는 힘이다. 요즘 아이들에게 자기주도 학습능력과 창의력이 부족한 것도 선택하는 힘을 키워주지 못했기 때문이다.

1989년에 미국 UCLA 대학병원의 프리드 박사는 간질병을 앓고 있는 한 소녀를 치료하던 중 웃음을 유발시키는 이른바 '웃음보'를 발견했다.[90] 왼쪽 뇌에 위치한 이 부위를 자극하자 소녀는 우습지 않은 상황에서도 웃음을 터

90) 「뇌 안의 위대한 혁명 B.O.S」 이승헌, 국제뇌교육종합대학원 참고.

트렸는데, 약하게 자극하면 미소를, 강하게 자극하면 폭소를 터트렸다. 뇌 속의 웃음보를 자극하면 웃음과 관계된 안면근육들이 움직여 웃음이 시작된다는 것이 과학적으로 증명된 것이다. 그렇다면 웃을 일이 없는데도 웃거나 미소를 지어 얼굴 근육을 움직였을 때에도 뇌 속에는 똑같은 변화가 일어나는 것일까?

이미 여러 번 강조했듯이 뇌는 상상과 현실을 구분하지 못한다.

그래서 웃을 일이 없어도 웃어 버리면 뇌에서는 엔도르핀이나 세로토닌과 같은 호르몬이 분비되어 실제로 기분이 좋아지는 것이다. 여기서 중요한 점은 능동적인 웃음과 수동적인 웃음에는 차이가 있는데 바로 '선택'이라는 의지의 작용이다. 웃을 만한 일이 있어서 웃는 것은 누구나 다 할 수 있지만, 웃을 상황이 아닐 때 웃을 수 있는 사람은 별로 없다. 하지만 뇌를 잘 쓰는 사람은 도저히 웃을 수 없는 상황에서도 '웃음을 선택'해서 자신과 뇌의 상태를 스스로 변화시킨다.

이렇듯 선택은 브레인 쉬프트에 있어서 매우 중요한 의미를 가진다. 앞서 '선택하면 이루어진다.'라는 법칙도 살펴보았다. 아이에게 선택의 힘을 키워주기 위해서는 일상에서 선택하는 연습을 자주 해야 한다. 이 책을 다 읽고 나면 분명히 '이것만은 꼭 해봐야겠다.'라는 생각이 들 것이다. 우선 아이와 함께 실천해 볼 만한 것을 최소 2~3개 정도 선정을 해보자. 그리고 부모가 먼저 일정 기간 동안 체험을 해보자. 익숙해지면 이제 매일 루틴으로 실천할 것을 아이에게 스스로 선택하게 한다. 반드시 아이가 선택하게 해야 오래 지속하여 습관으로 정착시킬 수 있으며, 성공적인 브레인 쉬프트가 가능하다. 만약 아이가 어려서 자신에게 필요한 것이 무엇인지 선택하기가 어려울 경우에는 부모가 선택할 수 있다. 하지만 이때에도 최종 선택은 아이가 한 것처럼 연출해야 한다.

선택한 후에는 그것에 집중해야 한다. 뇌는 집중된 상태를 좋아하며, 그런 상태에서 에너지가 나와 눈에 띄는 결과를 얻을 수 있다. 사소하게 생각하지 말고 무엇이든 한 가지를 선택해 매일 집중해서 실천하기만 하면 큰 변화가 생긴다.

생각이 매우 많고 소심한 10살 여자 아이가 있었다. 그 아이의 엄마가 강의 후에 내게 상담을 요청했는데, 엄마와 딸의 성격이 정반대였다. 사연을 듣고 나서 아침저녁으로 하루에 두 번 스마일 브레인 트레이닝을 아이와 함께 해보라고 권했다. 한 달 이상 해보고 나서 변화가 없다면 연락하라고 했는데, 한 달이 지나자 연락이 왔다. 학교 가기 전과 잠자기 전에 1분 정도씩 했는데, 초반 일주일 정도가 힘들었지만 2주째부터는 딸의 얼굴이 점점 밝아지더니 한 달이 지나자 거짓말처럼 아이의 목소리가 커지고 자신감도 부쩍 생겼다고 한다. 무엇보다도 생각이 많아 매사에 주저하던 아이가 피아노 콩쿠르에 나가기로 스스로 선택하고 열심히 연습 중이라며 기뻐했다.

선택과 집중의 힘은 언제 어디서나 발휘되는데, 아이들이 스스로 시간과 감정을 관리하여 이른바 자기주도적인 아이가 될 수 있게 한다. 바쁜 현대 사회에서 아이들의 하루 역시 정신없이 바쁘다. 바쁘다는 것은 뇌가 처리해야할 정보가 그만큼 많다는 것이니, 우선순위를 정하고 선택하는 것이 당연히 힘들어진다. 또한 감정 조절이 되지 않으면 집중이 안 된다. 특별하게 바쁜 날을 보내고 나면 뿌듯하기보다는 하루가 어떻게 지나갔는지 모를 정도로 혼란스럽듯이, 스케줄이 너무 많은 아이는 시간과 감정을 관리하는 것이 더욱 어려워진다. 그런 즉, 아이들의 뇌에 과부하가 걸릴 정도로 많은 선택지를 주어서는 안 된다. 뇌는 단순하고 명쾌한 것을 좋아한다. 어릴 때 많은 경험을 할 기회를 준다는 구실로 각종 학원에 보내는 것은 선택과 집중에 크게 위배되는 행동이다. 학원도 아이가 스스로 선택해서 다니도록 해야 한다. 그래야만 중, 고등학교 때까지 지속할 수 있으며 평생 취미로 삼을 수도 있다. 요즘 20대들치고 어릴 때 피아노 학원을 안 다녀본 사람이 드물다. 그러나 피아노가 취미인 사람은 별로 없는 이유가 있다. 자신이 그것을 선택하지 않았기 때문이다.

배우고 싶으며 하고 싶은 것을 아이 스스로 선택해서 에너지를 쏟아 집중할 수 있도록 도와주어야 하는 것이 부모의 역할이다. 선택과 집중도 연습이 필요하다. 먼저 한 가지 브레인 트레이닝을 선택해서 집중하는 것부터 시작해보자.

엄마 아빠가 먼저 변화를 보여주자

만날 때마다 인사를 하는 동네 아이가
있다. 하루에 세 번 만나면 세 번 다 정중하고 반갑게 인사를 한다.
처음에는 나를 몰라봐서 그러는 줄 알았는데, 알고 보니 아이의 엄마
아빠가 '인사 왕'이었다. 그 부모 역시 모르는 사람이라도 같은 아파
트 주민이면 친절하게 인사를 하는 분들이다. 아이는 어릴 때부터 부
모의 그런 모습을 보고 자랐기에 자연스럽게 인사하는 습관을 들인
것이다. 그 아이를 만난 후, 우리 부부는 주위 사람들에게 인사를 더
욱더 열심히 했다. 우리 아이들도 그 아이처럼 부모를 보고 인사성을
배우길 바랐기 때문이다.

'부모는 아이의 거울이다'라는 말이 있다. 아이는 부모의 말과 행
동을 보고 배우면서 자란다. 아이를 보면 그 부모가 어떤 사람인지

알 수 있다는 뜻이기도 하다. 이 말은 과학적으로도 입증이 되었다. 그것은 바로 뇌에 존재하는 '거울신경 시스템'의 발견이다.

거울신경은 1990년대 중반 이탈리아의 신경생리학자인 리촐라티 [G. Rizzolatti]에 의해 발견되었다. 연구팀은 원숭이가 물건을 잡거나 다룰 때 조절하는 신경을 연구하기 위해 뇌에 전극을 설치했다. 그런데 한 연구원이 음식을 집는 모습을 본 원숭이의 신경세포가 자신이 음식을 집을 때와 똑같이 반응하는 것이었다. 원숭이가 물건을 잡을 때 활성화되는 특정 영역의 세포가 다른 사람이 물건을 잡는 것을 관찰하기만 해도 활성화된 것이다. 이후 인간에게서 이러한 거울신경 세포가 존재한다는 것이 밝혀졌는데, 소리만 들어도 반응이 나타난다고 한다. 타인의 행동과 감정을 관찰하거나 이야기를 듣기만 해도 자신이 그것을 하는 것처럼 뇌의 신경세포가 작동한다. 따라서 거울신경은 학습에서 매우 중요한 역할을 한다. 거울신경을 통해 공감을 해야 상대방의 행동을 이해할 수 있으며, 이를 토대로 다른 기능들을 수행하게 되는데 그중 하나가 모방이다. 모방은 인간이 성장하는 동안에 가장 많이 사용하는 학습 방법이다.[91]

91) 「인간의 모든 감정」 최현석, 서해문집 참고.

아이 둘을 키우면서 거울신경이 자녀교육에서 얼마나 중요한 작용을 하는지 실감하고 있다. 부모들이 집에 있는 아이들에게 가장 많이 하는 잔소리가 무엇일까? 그것은 아마 "휴대

폰 그만 보고 공부해."일 것이다. 그런데 그 말을 하고 있는 엄마, 아빠 역시 종일 스마트 폰을 손에 들고 있다면, 아이들이 과연 부모 말을 듣게 될까? "책을 많이 봐야 한다. 학교에서 발표를 많이 해라." 이렇게 행동으로 보여주지 않고 말로만 하는 부모의 교육은 아이들에게 그저 잔소리일 뿐이다.

첫째 아이가 네다섯 살 무렵일 때 나는 대학원에 다녔다. 당시 아이는 엄마를 소개할 때 항상 "우리 엄마는 공부하는 엄마"라고 했었다. 내가 공부를 하거나 과제를 할 때면 아이도 옆에 앉아 책을 읽곤 했다. 아이가 책을 많이 읽기를 바란다면, 엄마 아빠가 먼저 책을 읽는 모습을 지속적으로 보여주면 된다. 우리 네 가족은 동시에 각자 책을 읽고 있을 때가 종종 있다. 엄마 아빠가 책을 좋아하고 자주 읽으면, 아이들에게 책 좀 읽으라는 잔소리를 할 필요가 전혀 없다.

아이가 발표를 잘하기를 원한다면 그 또한 부모가 보여주면 된다. 아이의 학급에서 실시하는 학부모 공개수업이 좋은 기회이다. 적극적으로 선생님께 질문을 하거나 수업에 참여한 소감을 발표해보자. 아이들의 거울신경이 작동되어 부모를 보고 자연스럽게 그런 습성을 익힌다.

우리 아이들이 갖고 있는 좋은 습관 중 하나는 생일이나 특별한 날에 항상 엄마 아빠께 손 편지를 주는 것이다. 그것 역시 우리 부부가 아이들이 어릴 때부터 직접 손 편지를 써서 축하해주던 것을 보고 배운 결과이다. 이 책에 소개된 브레인 쉬프트 방법들 역시 내가 집에서 시시때때로 해온 것들이다. 먼저 체험한 후 변화를 느끼고 아이들한테 보여주면서 자연스럽게 함께 해 왔다.

아이에게 가르쳐 주고 싶은 것이 있다면 꼭 엄마 아빠가 먼저 체험해 보아야 한다. 그렇지 않으면 제대로 알려줄 수 없을 뿐만 아니라 지속적으로 하기도 힘들다. 최소한 21일 정도는 해볼 것을 권한다. 하나의 습관이 완전히 뇌 회로로 자리 잡는 데는 최소 21일의 시간이 소요되기 때문이다. 한 가지라도 꾸준히 하다보면 분명히 변화가 올 것이다. 부모의 변화를 아이들이 피부로 느끼면, 가르쳐 주려고 하지 않아도 먼저 관심을 보이게 된다. '우리 아이가 달라졌어요.' 라고 말하고 싶다면 아이로부터 '우리 엄마 아빠가 달라졌어요.' 라는 말이 먼저 나오도록 해야 한다.

다시 거울신경으로 돌아가 보자. 사람의 거울신경은 동물의 행동을 볼 때보다 사람이 하는 행동을 관찰할 때 더욱 활성화된다. 즉 거울신경은 관찰자와 행위자가 서로 닮았을 때 더욱 활성화되는 것이다. 아이가 성장하면서 타인보다는 자기와 닮은 가족을 더 모방하는 것도 바로 이런 이유 때문이다. 부모가 하는 자녀교육과 가정 내에서의 교육이 중요한 이유이기도 하다.

아이가 어떤 습관을 갖기를 바란다면 부모가 먼저 그 습관을 들이도록 매일 연습해보자. 내 아이가 어떤 삶을 살기를 원한다면, 내가 먼저 본보기를 보여주면 된다. 변화를 보여주면 억지로 시키지 않아도 아이가 관심을 보일 것이다. 엄마나 아빠가 먼저 브레인 쉬프트를 해서 자신의 뇌와 친해지고 뇌의 주인으로서 살아가야 한다. 그렇게 되면 아이들의 거울신경이 작동하여 자연스럽게 배우고 익히게 된다. 가족 전체가 일류두뇌가 되는 방법이다.

멍 때리기로 휴식하기

'제1회 멍 때리기 대회'

2014년에 현대인들의 뇌를 쉬게 하자는 취지로 서울광장에서 열린 대회이다. 참가자들은 심박측정기를 지닌 채 아무 말도 하지 않고 가만히 앉아 시간을 보내야 한다. 대회가 진행되는 3시간 동안 휴대전화 확인, 졸거나 잠자기, 시간 확인, 잡담 나누기, 주최 측 음료 외의 음식물 섭취(껌 씹기 제외), 노래 부르기 또는 춤추기, 독서, 웃음 등이 금지된다. 심박수는 15분마다 측정되며 경기를 관전하는 시민들이 인상적인 참가자들에게 스티커로 투표를 하는데, 관객 투표 최다 득점자 중에서 가장 안정적인 심박그래프를 보인 이들이 1~3등이 된다. 대회 우승자에겐 로댕의 '생각하는 사람' 형상의 트로피와 상장이 수여된다. 주최 측은 '빠른 속도와 경쟁

사회로 인한 스트레스에서 멀리 떨어지는 체험을 하는 것'이 대회의 취지라고 밝혔다.[92] 당시 이 뉴스 기사를 보고, 무슨 이런 대회가 다 있지? 하면서 웃었던 기억이 난다.

92) 네이버 시사상식사전/ 경향신문 '제1회 멍때리기 대회 성황리 개최, 우승자는?' 2014. 10. 27. 박홍두 기자 참고.

멍 때리기는 사전적 정의로 '정신이 나간 것처럼 아무 반응이 없는 상태 즉 넋을 잃은 상태'를 말한다. 그동안 멍한 상태로 있는 사람을 다소 부정적으로 받아들였는데, 앞서 '하나 되기'에서 보았듯이 '불멍'이 유행을 하고 있으며 매년 멍 때리기 대회까지 개최되는 것을 보면 멍 때리기의 위상이 달라지고 있음에 틀림없다.

2001년 워싱턴대 의대 뇌과학자 마커스 라이클[Marcus Raichle] 교수는 사람이 눈을 감고 아무런 생각을 하지 않는 '멍 때리는' 상태에 있을 때, 뇌의 특정 부위가 작동한다는 것을 확인했다. 전전두엽, 측두엽, 두정엽에 해당하는 이 부위는 'DMN[Default Mode Network]'이라고 불리는데, 뇌 활동에서 중요한 역할을 한다. 컴퓨터를 리셋하면 초기 설정으로 돌아가는 것처럼 아무런 생각도 하지 않고 쉬면 DMN이 활성화되면서 뇌가 초기화되고 이후 일이나 공부의 효율성이 높아진다. 이 부위의 발견으로 평상시에도 뇌가 전체 에너지의 20%를 차지한다는 사실이 증명되기도 했다.

또한 멍 때리기가 기억력, 학습력, 창의력에 도움을 준다는 연구

결과도 있다. 미국 코넬대 연구팀은 유명인과 일반인의 얼굴 사진을
차례대로 보여준 후, 전 단계에서 보았던 사진의 인물과 동일한지 맞
추는 'n-back' 테스트를 실시했다. 그 결과, 아무것도 하지 않고 가
만히 있었던 참가자는 다른 활동을 하고 있었던 참가자보다 더 빠르
고 정확하게 인물의 얼굴을 구별했다. 아무런 생각을 하지 않고 휴식
을 취하는 상태에서 뇌 혈류의 흐름이 원활해지고 아이디어도 빠르

93) 헬스조선 '현대인에게 멍
때리기가 필요한 과학적 이유'
2020.4.15. 전혜영 기자 참고.

게 떠오른다는 일본 학자의 연구도 있다.[93]

아이가 자주 멍해지고 딴 생각에 빠진다면,
집중력이 약하거나 산만하다고 걱정할 것이다. 하지만 오히려 이런
아이들이 동시에 두 가지 일을 할 수 있는 능력이 있다는 연구 결과
가 있다. 미국 위스콘신 메디슨 대학의 다니엘 레빈슨 교수는 참가자
들에게 스크린에 나타나는 특정한 문자를 보고 버튼을 누르게 했다.
연구팀은 실험 중간 중간 참가자들이 다른 생각을 하고 있는지를 체
크했다. 실험 마지막에는 간단한 수학 문제와 함께 제시된 문자들을
기억하는지를 조사해 '워킹 메모리' 능력을 측정했다. 작업 기억이
라는 뜻의 '워킹 메모리[Working Memory]'는 한번 들은 이야기를 머
릿속에 그대로 유지해 놓고, 그 이야기를 띄워놓은 상태에서 한 번
더 조작하여 문제를 해결하는 이중 작업 능력이다. 연구팀은 워킹 메
모리 수치가 높은 참가자들이 산만한 현상을 보이는 것을 발견했다.
공상에 잠기거나 딴 생각에 빠지는 아이들의 기억력 점수가 더 높게

나온 것이다. 별도의 정신적 작업공간이 기능하고 있기 때문이라는 것이 다니엘 교수의 설명이다. 이 같은 능력은 지능이나 독해력에도 관련이 있는 것으로 알려져 왔다.[94]

94) 코메디닷컴 '자주 멍해지는 아이, 실은 머리 좋다' 2012.3.19 이무현 기자 참고.

멍 때리기는 뇌에 휴식을 줄 뿐만 아니라, 평소에 해결하지 못했던 문제를 해결할 아이디어나 영감이 떠오르게도 한다. 사과나무 아래에서 멍하게 누워 있던 뉴턴이 만유인력의 법칙을 발견했고, 수학자 아르키메데스가 머리를 식히러 들어간 목욕탕에서 부력의 원리를 깨닫고 '유레카'를 외친 것처럼 말이다.

그렇다면 어떻게 멍을 때려야 효과적일까? 멍 때리기를 과도하게 자주해서 뇌를 사용하지 않으면, 오히려 뇌세포의 노화를 빠르게 할 수 있다. 하루 1~2번, 15분 정도 아무 생각 없이 휴식을 취하는 게 적당하다고 한다.

그러나 대부분의 사람들은 아무 생각 없이 가만히 있기를 힘들어한다. 특히 쉴 새 없이 바쁘게 움직이는 현대인들의 경우, 의도적으로 뇌를 쉬려고 해도 계속해서 떠오르는 생각이나 감정 때문에 더욱 쉽지 않다. 이럴 때는 앞 장에서 이미 소개한 '에너지 집중명상'이나 '호흡하기'를 먼저 해볼 것을 권한다. 의식적으로 하는 호흡으로는 복식호흡과 단전호흡이 있다. 그것도 귀찮으면 그저 코로 숨을 들여마시고 입으로 내쉬기만 해도 된다. 그러다가 아무 생각이 없어질 때가 오면, 자연스러운 호흡이 가능해진다. 그렇게 생각과 감정을 비워내면 십분 이상 멍하게 있는 것이 서서히 가능해질 것이다. 나중에는 연습 없이도 바로 할 수 있게 된다.

생각이 너무 많아서 생각하지 않는 법을 생각한다는 사람이 있었다. 생각이 많은 것은 뇌의 입장에서 효율적이지 못하다. 왜냐하면 우리의 뇌는 부정적 편향성을 갖고 있어서 부정적인 생각이 많을 수밖에 없다. 생각이 많은 것도 뇌를 그렇게 사용하는 습관이기 때문에 얼마든지 조절할 수 있다. 생각하지 않는 법은 생각으로 되는 것이 아니라, 지금 여기, 현재에 집중할 때 가능해진다. 아이가 생각이 많다면 먼저 호흡으로 현재에 집중하는 연습을 수시로 하도록 하고 가능하면 멍 때리기를 시켜보자. 꼬리에 꼬리를 무는 생각 속에서 '잠깐 멈춤'의 시간을 갖는다면, 생각을 아이디어로 활용하고 다양한 각도로 문제 해결의 방법을 찾는 등 많은 생각을 긍정적으로 이용하는 힘도 생기게 된다.

아이가 스마트 폰이나 IT 기기를 접하는 시간이 많으면, 수시로 시선을 멀리 두거나 잠시 멍을 때리게 해야 한다. 디지털 스크린에 노출이 많이 될수록 강한 외부자극으로부터 벗어나 뇌가 쉴 시간을 주어야 한다. 공부하다가 잠깐 쉴 때조차 스마트 폰과 디지털 화면을 통해 쉴 틈 없이 뇌에 자극을 주는 우리 아이들과 함께 하루에 한번 멍 때리는 시간을 꼭 가져보자.

자연에서 놀게 하라

학교수업이 끝나면 밖에서 마음껏 뛰어 노는 아이가 있는가 하면, 부모가 시키는 대로 여러 개의 학원을 다니며 놀지도 못한 채 종일 무언가를 배우러 다니는 아이가 있다. 둘 중에서 자연친화 지능이나 문제해결력이 높은 아이는 누구일까? 나아가 더 행복한 아이는 누구일까? 아마도 마음껏 뛰어 노는 아이일 것이다. 아이들은 놀면서 생긴 에너지로 다른 것에도 집중할 수 있게 된다. 특히 자연에서 놀면서 자연을 도구로 놀이를 할 때, 정서가 안정되고 창의력이 길러진다. 또 문제가 발생했을 때 스스로 해결할 수 있는 기회와 시간이 주어진다. 사람도 자연의 일부분이기 때문이다.

'자연친화 지능'은 하워드 가드너가 제시한 다중지능이론의 여덟 번째 지능으로, 자연을 분석하고 상호작용하는 능력이다. 이 지능이 높으면 자연에 관심이 많아진다. 동식물 채집 등의 활동을 선호하거나 다양한 동식물 종류에 대해서 해박하다. 자연친화적인 사람은 인공적인 환경보다는 자연적인 환경을 선호하고 대체로 정서가 안정되어 있다. 또 사람과 사물에 대한 관찰력이 뛰어나고 사회성이 좋은 것으로 알려져 있다. 하지만 요즘 아이들은 자연과 점점 멀어지는 환경에서 살고 있는 만큼 자연친화 지능이 떨어질 수밖에 없다. 학교와 아파트 놀이터에는 흙 대신 우레탄이 깔려 있고 도로에는 시멘트와 사람이 심어 놓은 가로수 몇 그루만 있을 뿐이다. 학교와 학원, 자동차, 아파트 건물에 주로 있다 보니 넓은 하늘을 마주할 기회도 적다. 아이들이 자연과 자꾸 멀어지다 보면 본래 뇌가 가지고 있는 자연치유력도 점점 힘을 잃어갈 수밖에 없다.

자연을 접할 기회가 많은 시골 아이들이 대체로 도시 아이들보다 자연친화 지능이 높기 마련인데, 도시에서 태어나 자란 필자의 아들 둘은 매우 자연친화적이다. '아이들은 자연에서 뛰어 놀아야 한다.'라는 나의 강한 신념 때문일 것이다. 평소에도 나는 아이들을 데리고 산과 숲, 바다에 자주 다니고 있으며, 캠핑도 많이 한다. 그런데 얼마 전 아이들에게 크게 놀라고 감동받은 적이 있었다.

코로나 19가 우리나라에 막 퍼지기 시작하던 2020년 2월 초, 우리 가족은 일본 오키나와로 여행을 갔었다. 당시만 해도 사람들이 공항

〈사진 8. 오키나와 해변〉

과 비행기에서 내내 마스크를 쓴 채 여행을 다녔던 때라 조심하자는 생각으로 주로 야외로만 다녔다. 당시 일정을 보면 하루에 해변을 서너군 데는 기본으로 다녀왔다. 비록 공기가 깨끗하고 맑은 에메랄드 빛 바다였지만 좋은 것도 하루 이틀이다. 우리처럼 5일 내내 해변에서 놀기는 쉽지 않은 일이다. 하지만 두 아들은 물놀이를 하지 않아도 무척이나 즐거워했다. 해변에서 맨발로 뛰어놀기, 모래사장에 글씨 쓰기, 땅 놀이, 모래성 쌓기 등을 즐겼다. 또 여기저기 돌과 조개껍질을 주워서 즐겁게 놀았다. 마치 누가 더 창의적인가 내기라도 하듯이 아이디어를 내가며 자연에서 얻은 도구로 장난감 없이도 정말 잘 놀았다. 바다를 배경으로 한 노을을 보기 위해 한 시간을 넘게 조용한 해변에 앉아 있을 때도 '심심하다, 지겹다'는 불평 한마디 없이 자연이 주는 아름다움을 감상할 줄 알았다. 평소에 친구들과 어울려 놀기에 바쁜 중학교 2학년인 큰아들마저 자연에서 마음껏 노는 모습이 놀랍기도 하고 감동적이기까지 했다. 그래서 큰아들은 그 또래의 대부분이 겪는다는 '중 2병'을 앓지 않는지도 모른다.

누구나 한번쯤은 흙길이나 해변에서 맨발로 걸어본 적이 있을 것이다. 혹시 아직 경험해보지 못했다면 최대한 빨리 아이들과 함께 맨발로 걸어보기 바란다. '맨발학교'를 운영하는 권택환 교수는, 맨발걷기를 하면 맨발이 흙에 닿으면서 세로토닌이 분비되어 기분이 좋아진다고 말한다. 또 뇌를 자극해 오감을 일깨워 혈액순환이 잘 되고 두통, 불면증 해소, 치매예방, 고혈압, 당뇨 개선에 효과가 있다고 한다. 흙 속에 있는 많은 미생물과 접촉함으로써 질병에 대한 면역력이 길러지는 것이다. 벤자민인성영재학교의 멘토인 그는 벤자민 학교의 '5무(無)'에 영감을 받아 맨발학교를 설립했다고 한다. 맨발학교에도 벤자민 학교처럼 건물, 교사, 교재, 시험, 시간표가 없다.

SNS를 중심으로 한 성인들의 맨발학교를 비롯해 전국 100여개 학교가 맨발걷기에 동참하고 있는데, 무엇보다 아이들이 학교 수업 전에 운동장을 맨발로 걸으면 집중력이 높아지고 학업성취도도 2배

이상 높아진다. 권교수 역시 실제 맨발 걷기를 하자 사고가 유연해져 고정관념의 틀에서는 풀리지 않았던 문제들의 해결책이 떠오르기도 했다고 한다.[95] 아인슈타인이 연구소 근처를 맨발로 걷다가 상대성 이론을 떠올렸다는 이야기가 신빙성이 느껴지는 대목이다.

95) 「맨발학교」 권택환, 만인사 참고.

411명을 대상으로 한 덴마크의 한 연구에서는 면역력이 약한 아이와 면역력이 강한 아이를 비교 조사한 결과, 장내에 다양한 세균이 있어야 오히려 건강하다는 것이 밝혀졌다. 다양한 세균과 접촉할수록 면역계는 유용한 세균을 가려낼 수 있게 된다. 그렇지 않으면 면역계가 위험하지 않은 세균에도 민감하게 반응하게 되어 좋은 박테리아까지 공격함으로써 천식 등의 질환에 쉽게 걸리게 된다.[96] 따라서 건강한 아이로 키우려면 흙 속에 있는 다양한 세균과 가까워져야 한다. 흙 속에는 유해한

96) 「자연지능」 권택환, bookk 참고.

세균보다 유익한 세균이 더 많다. 옛날에는 어린이들이 자연 속에서 흙투성이가 되도록 놀았지만, 오히려 면역력 관련 질병 없이 건강했던 것은 이런 이유에서가 아닐까.

정신분석학자이자 사회심리학자인 에리히 프롬은 '만약 아이들이 병들었다면 그것은 아이들이 마음껏 놀지 못한 복수'라고 했다. 갈수록 늘어나는 ADHD(주의력결핍과잉행동장애), 자폐, 소아우울증 등과 같은 마음의 병 역시 여러 가지 원인이 있겠지만, 아이들이 자연에서

마음껏 놀지 못한 것이 원인일 수 있다. 아이의 정서가 안정되길 바라고 인성과 창의성을 키워 주고 싶다면 자연에서 마음껏 뛰어 놀게 해야 한다.

　건물의 천장을 조금만 높여도 아이들의 창의성이 높아진다고 한다. 한 연구에서 천장 높이가 3m인 경우와 2.4m인 경우에 창의력 문제 풀이에서 2배 가까운 차이를 보인 것이다.[97] 천장의 높이가 무한대인 자연 속에서 산책하면서 꽃향기를 맡고 나무를 안은 채 나무와 교감하다 보면 어느새 마음이 평화로워지는 것은 당연한 일이다.

97) 「어디에서 살 것인가」 유현준, 을유문화사 참고.

　일본인들이 기르는 관상어 중에 '코이'라는 잉어가 있다. 이 잉어의 특징은 자라는 환경에 따라 크기가 달라진다. 작은 어항에 넣어 두면 5~8센티미터 밖에 자라지 않지만, 커다란 수족관이나 연못에 넣어 두면 15~25센티미터까지 자란다고 한다. 그리고 강물에 방류하면 90~120센티미터까지 크게 성장한다. 코이 뿐만 아니다. 대부분의 물고기가 어항의 크기에 따라 크기가 달라진다고 한다. 하물며 사람은 어떻겠는가? 비좁고 답답한 실내에서 주로 생활하는 아이의 뇌와 마음이 크게 성장하지 못하는 것은 어쩌면 당연한 결과이다.

　아이가 공부를 못해서 또는 더 잘하길 바라는 마음에 놀지도 못하게 한다면, 그것만큼 아이의 뇌 발달에 치명적인 것은 없다. 어른들 역시 자신이 원하는 데로 하지 못하면 힘들어하고 스트레스를 받는데, 한참 뛰어놀 시기의 아이들이라면 어떻겠는가? 인공적으로 주어진 상황에 반응하도록 훈련된 두뇌는 소통, 공감 능력은 물론 문제해결력과 창의력까지 떨어진다. 이런 환경에서는 미래 경쟁력을 키울수 없다. 다른 집 아이가 부모의 말을 고분고분 잘 듣는 것을 보고 부러워 한 적이 있을 것이다. 배우지 않고서는 스스로 하지 못하는 아이, 시키는 대로만 하는 말 잘 듣는 아이가 마음껏 뛰어 놀며 부모 말을 듣지 않는 아이보다 위험하다. 따라서 현명한 부모라면 아이가 자연에서 놀 권리를 빼앗지 말아야 한다. 내 아이가 자연 속에서 사색하는 힘을 얻고 자연을 통해서 지혜를 얻도록 해주자.

뇌가 좋아하는 대화를 하라

말이 별로 없는 / 우리 아빠 / 술만 취하면 / 한 말을 또 한다
그런데 / 우리 엄마는 / 술 한 모금 먹지 않고 / 한 말을 두 번도 더 한다

　　　　　　김갑제의 '잔소리'라는 동시이다. 평소
에 말이 없는 아빠와 잔소리가 많은 엄마에 대한 불만을 재치 있게
표현하여, 읽다 보면 웃음이 절로 난다. 부모는 도움이 되라고 하는
얘기지만 아이한테 "또 그 소리?"가 된다면 이미 아이의 뇌에는 그
말이 입력되지 않는다. 듣기 싫은 잔소리가 되고 마는 것이다. 잔소
리는 철저하게 아이가 기준이다. 아무리 듣기 좋은 말도 듣는 아이가
싫으면 잔소리가 된다. 아이한테 했던 이야기를 또 하거나 같은 것으
로 여러 번 혼낸 적이 있는 부모라면 대화의 기술을 터득할 필요가

있다.

부모와의 관계는 모든 인간관계의 시작이다. 부모가 아이와 얼마나 의미 있고 친밀한 대화를 나누는가에 따라 아이의 정서 발달은 물론 두뇌 발달에도 큰 영향을 미치게 된다. 그런데 의외로 많은 부모들이 아이와 대화를 나누는 데에 어려움을 겪고 있다. 아이한테 잔소리를 자주 하거나 대화가 잘 안 된다면, 지금까지와는 다른 접근법이 필요하다. 몇 가지 기술을 익히면 잔소리도 약이 되게 할 수 있다. 아이의 말을 중간에 끊지 않고 잘 들어주는 것만으로도 대화의 질이 높아지게 된다. 무엇보다도 아이와 정서적인 교감이 잘 이루어질 때 친밀한 대화가 가능해진다. 나아가 뇌가 좋아하는 말을 하고 뇌를 살리는 대화를 통해 아이의 잠재력과 가능성까지 키워줄 수 있다. 유대인들의 천재교육법은 다름 아닌 대화법에 있다.

뇌는 말의 뉘앙스에 매우 민감하게 반응한다. 아이의 잘못된 버릇을 고치기 위해 지적한 말이 오히려 아이에게는 상처가 될 수도 있다. 잘못을 지적할 때 "너는 왜 또 그 모양이니"하며 비난하거나 무시하면, 부모가 의식하지 못하는 사이에 아이의 인격 자체를 깎아 내리는 잘못을 범하는 것과 같다. 아이는 자신이 무엇을 잘못했는지를 인식하지 못하는 경우가 많다. 따라서 잘못된 행동을 하면 우선 그 행동을 멈추게 한 다음에 왜 그런 행동을 하면 안 되는지에 대해 설명해 주고, 대신해야 할 행동을 가르쳐주면 된다.

계속 스마트 폰 게임을 하고 있는 아이를 보고 화가 나서 "또 스마트 폰 보니? 그만 해! 너는 왜 종일 게임만 하는 거야?"라고 하는 대신, "스마트 폰 게임 그만해. 30분만 하겠다고 했잖아. 자신이 한 약속은 지켜야지."와 같은 식으로 표현해야 한다. 이때 하는 말은 쉽고 간단명료할수록 좋다. 부모의 기분에 따라 어떤 때는 되고 어떤 때는 안 되는 일이 있어서는 안 된다. 그렇게 하면 아이에게 혼란만 준다. 일관성을 유지하는 것이 중요하다.

98) 「아이 안에 숨어 있는 두뇌의 힘을 키워라」 이승헌, 한문화 참고.

뇌가 좋아하는 대화를 하려면 다음의 네 가지 기술을 익혀서 적용해보자.98)

1. 혼내는 대신 상태를 설명하고 정보를 알려준다.

"공부는 언제 할 거야! 커서 뭐가 되려고 그러니?"

→ "지금 00시야. 취침 시간 전에 모든 일을 끝내야 해."

2. 나 전달법: '너' 대신 '나' 라는 말을 사용한다.

"너 자꾸 엄마 말 안 들을래?"

→ "내가(엄마가) 이야기하면 귀 기울여서 말을 들어줬으면 좋겠어."

3. 아이가 알 수 있는 쉬운 언어를 사용한다.

"자기가 할 일은 스스로 해야지."

→ "옷장에서 옷을 찾아 입고 책과 준비물은 가방에 챙겨 넣어."

4. '절대'라는 말을 자주 사용하지 않는다.

"너는 절대 잘못을 인정하지 않는구나."

→ "누구나 실수할 때가 있단다."

아이의 실수나 잘못에 대해서 즉각적으로 반응을 하다보면 부모가 감정적으로 대응하기 쉽다. 이때는 '타임아웃'을 실시해 아이가 스스로 반성하는 시간을 주는 것이 좋다. 앞서 살펴본 연단이 좋은 방법이지만 상황이 여의치 않을 때는 '뇌와 대화하기'를 통해 문제를 해결해보자. "어떻게 하는 게 좋을지 뇌한테 물어봐"라고 조용히 혼자서 시간을 보내게 해준 다음 "뇌가 뭐라고 이야기했어?"라고 물어본다. 그러면 대부분은 자신이 무엇을 잘못했고 어떻게 해야 하는지 답을 찾아낸다. 이때 부모는 잘 들어주고 아이의 의견을 존중해주면 된다.

부모가 아이와의 대화에서 실패하는 이유는 대부분 아이의 이야기를 잘 듣지 않기 때문이다. 아이의 말을 제대로 듣는 대신 평가하거나 충고하려고 한다. 또 말하는 중간에 끼어들거나 끊어버리기도 한다. 부모가 말을 잘 들어주는 것만으로도 아이에게 신뢰감을 줄 수 있고 이를 바탕으로 인간관계에서도 자신감을 가질 수 있게 된다. 아이는 부모와의 대화를 통해 자기를 표현하는 방법을 익히므로 대화를 할 때는 자유롭게 아이가 자신의 생각을 말할 수 있는 분위기를 만들고 중간 중간 질문을 던져 좀 더 구체적인 사고를 할 수 있도록 유도해 주는 것이 좋다. 또한 진심으로 아이를 믿어 주고 아이가 말을 할 때는 정성껏 들어주며 아이의 말 뿐만 아니라 표정과 몸짓을 보고 감정까지 읽도록 노력해야 한다.

아이의 뇌가 좋아하는 말들에는 어떤 것이 있을까?

"사랑해, 고마워, 행복해, 넌 착해, 너는 용감해, 할 수 있어."와 같은 말일 것이다. 어렸을 때 부모로부터 들었던 말은 뇌 속에 저장되어 어른이 되어서까지 지속적으로 영향을 미친다. 아이들은 아직 자기 자신이나 세상에 대해서 잘 알지 못하기 때문에 주변에서 심어주는 인식이나 평가로 자신을 판단하기 때문이다. 아이가 부모로부터 들은 칭찬이나 긍정적인 말들은 아이의 마음을 편안하게 해주며 정서를 안정시켜 준다. 그리고 무엇보다 세상을 긍정적으로 살아갈 힘을 얻게 해 준다.

아인슈타인은 만4세가 될 때까지 말을 잘 하지 못했다. 학교에서는 수학, 과학을 제외한 모든 과목에서 낙제를 받았으며, 담임 선생님은 그의 어머니에게 다른 아이들의 공부에 방해가 되니 더 이상 그를 가르칠 수 없다고 했다. 그런데도 아인슈타인의 어머니는 "넌 다른 아이들과 다르게 매우 특별해. 너는 평범하지 않으니까 틀림없이 훌륭한 사람이 될 거야."라고 매일 말해 주었다. 결국 학교에서는 낙제생이자 문제 학생이었지만, 현명한 어머니로부터 뇌가 좋아하는 말들을 끊임없이 들으며 자란 어린이는 훗날 천재 물리학자가 되었다. 아이의 뇌가 가장 좋아하는 말은 부모의 절대적인 사랑이 담긴 따뜻한 격려의 말이다.

아이의 현재 모습이 마음에 들지 않고 미덥지 못하더라도 사랑을 가득 담아 이렇게 이야기 해주길 바란다. "너는 무엇이든 할 수 있어. 엄마는 너를 사랑하고 믿어. 너는 무한한 가능성과 창조성을 갖고 있단다."

최고의 두뇌를 위한
브레인 푸드[Brain Food]

　　　　　　몇 년 전 TV에서 부모의 식습관이 아이
들에게 어떤 영향을 미치는지 한 가정의 모습을 통해 보여준 적이 있
다. 엄마와 아이들 모두 비만이었는데, 마트에서 돈가스를 비롯한 냉
동식품과 소시지, 과자, 라면 등을 잔뜩 사와서 그것들로 식사를 했
다. 신선한 야채, 고기, 생선 등의 재료를 넣어 직접 조리한 음식이
없는 식탁 위의 풍경은 건강식과는 거리가 멀어 보였다. 매번 기름에
튀긴 냉동식품과 가공식품 위주로 식사를 한다니, 온 가족이 비만이
되는 것은 당연한 결과였다.
　부모의 식습관은 부모의 언행만큼이나 아이들의 건강과 두뇌 발
달을 좌우하는 중요한 요소이다. 갈수록 요리하기 편하고 맛까지 좋
은 간편식이 인기를 끌고 있지만, 성장기 어린이의 두뇌 발달을 위해

서는 번거롭더라도 좋은 재료로 만들어서 먹이는 것이 필요하다. 아이의 발육과 영양상태에 따라 부족한 영양분을 보충해주고, 두뇌에 좋은 음식을 먹으며 건강을 위한 운동까지 한다면, 아이는 부모들이 바라는 대로 건강하고 총명하게 자라날 것이다. 사람의 뇌와 몸은 유기적으로 맞물려 조화를 이루고 유지가 된다. 아이한테 아무리 좋은 교육을 시켜도 기본적인 식습관이 바르게 잡히지 않으면 소용이 없다. 요즘에는 학원 시간 때문에 제때 식사하지 못하거나 편의점에서 대충 때우는 아이들이 많은데 이런 식습관은 몸 어딘가에서 조화와 균형을 깨트리고 두뇌에까지 영향을 미친다. 따라서 아이들의 성장과 뇌에 좋은 영양소가 골고루 함유된 브레인 푸드로 건강한 식단을 꾸미는 것이 매우 중요하다.

뇌는 몸무게의 2%에 불과하지만 우리가 소비하는 산소와 혈액의 20%나 차지하는 중요한 기관이다. 뇌는 생명 유지 기능을 비롯한 고도로 복잡한 기능을 수행하는데, 이를 위해서는 혈액을 통해 주요 영양소가 제대로 공급되어야 한다. 좋은 영양소가 음식을 통해 뇌에 균형 있게 공급될 때 두뇌는 최적의 능력을 발휘할 수 있게 된다. 건강한 뇌세포를 만들고 두뇌 활동을 위한 에너지를 공급하기 위해서는 과자나 사탕, 가공 육류 대신 고품질의 음식이 필요하다. 고품질 음식에는 신선한 과일과 채소, 생선과 자연산 육류, 껍질을 제거하지 않은 곡물, 견과류, 씨앗류, 콩류 등이 있다. 이 음식들에는 신체적 · 정신적 활동을 유지하고 촉진하는 주요 영양소인 단백질, 탄수화물, 지방, 비타민, 미네랄, 수분 등이 함유되어 있다.[99] 최적의 두뇌 상태를 위한 다섯 가지 영양소와 그 영양소가 함유된 식품들을 차례대로 살펴보자.

99)「브레인 푸드」로레인 프레타, 현문미디어 참고.

먼저 단백질은 두뇌의 신경전달물질을 생성하는 데 필요한 영양소로서, 육류나 생선, 우유, 치즈, 콩과 곡류 등에 있다. 음식에 함유된 단백질은 필수 아미노산을 모두 함유했는지에 따라 완전 단백질과 불완전 단백질로 나뉜다. 대부분의 육류와 생선류, 낙농식품들은 완전 단백질로 불리지만, 곡물과 채소, 과일은 불완전 단백질 음식이다. 완전 단백질은 포화지방의 비율이 높기 때문에 과도한 섭취는 피해야 한다. 완전 단백질과 불완전 단백질 음식을 다양하게 골고루 섭취하는 것이 가장 좋은 방법이다.

탄수화물은 두뇌 활동을 위한 에너지를 제공하는 역할을 하는데, 현미, 통밀 빵, 과일과 채소 등에 함유되어 있다. 신체와 두뇌의 연료가 되는 포도당은 집중력과 민첩성을 향상시키기 때문에, 아침을 먹은 후 규칙적인 운동을 하며 서서히 방출되는 복합 탄수화물 음식을 섭취해야 한다. 사탕이나 정제된 시리얼, 흰 빵 등과 같은 정제된 탄수화물은 혈액으로 빠르게 방출되어 다량의 에너지를 내며 포도당의 급격한 저하를 초래하기도 한다. 그 결과 에너지 공급이 감소하고 집중력이 저하되기도 한다. 그래서 두뇌를 위한 최상의 당분이 함유된 현미나 통밀, 옥수수, 콩류 그리고 신선한 과일이나 채소 같은 복합 탄수화물을 섭취하는 것이 좋다.

다음으로 지방이 몸에 해로운 것으로 인식되고 있으나, 필수 지방 산은 말 그대로 필수적인 영양소이다. 육류와 치즈, 버터 같은 동물 성 식품에 있는 포화지방은 비만과 뇌졸중 등의 심장혈관 질환의 위 험을 높이기 때문에 영양 면에서 불필요하다. 포화지방 비율이 높은 음식은 혈관 벽을 두껍게 하여, 두뇌에 주요 영양소와 산소를 운반하 는 혈관 흐름에 차질이 발생하기 때문이다. 필수지방은 액체 상태로 오메가6 지방으로 불리는 견과류, 씨앗류 등과 오메가 3로 불리는 등 푸른 생선이 함유하고 있다. 지방은 두뇌의 60% 이상을 차지하고 있 으며, 정신 활동에서도 결정적인 역할을 하기 때문에 매우 중요한 영 양소이다. 신경세포들이 접촉하는 지점에 필수지방들의 층이 존재한 다. 필수지방산 비율이 높은 음식물은 신경세포들 간에 메시지 전달 을 원활하게 함으로써, 학습 능력을 향상시키고 지능과 두뇌 능력에 까지 영향을 미친다. 따라서 필수지방산은 성장기 아이들에게 꼭 필 요한 영양소이다. 견과류, 생선 등을 아이들이 좋아하는 음식에 활용 해서 반드시 섭취할 수 있도록 해주자.

우리의 신체는 대부분의 비타민을 스스로 생산할 수 없기 때문에 음식물을 통해 섭취해야 한다. 'B복합체'라고 불리는 B1, B2, B3,

B5, B6, B12, 엽산 등은 세포의 에너지 생산에 주요 역할을 하기 때문에 중요하게 취급된다. 비타민 B군이 부족하면 에너지 부족으로 쉽게 피로와 무기력을 느끼고 집중력이 떨어진다. 또 비타민 A, C, E는 산화방지 역할을 한다. 뼈, 치아, 근육 그리고 혈액과 신경 세포를 구성하는 미네랄은 심장과 두뇌의 활력을 유지하는데 중요한 역할을 한다. 연구에 의하면 주요 비타민과 미네랄 중 하나만 부족해도 주의력이 저하될 수 있다고 한다. 비타민과 미네랄을 위해서는 신선한 과일과 채소 그리고 백설탕보다는 갈색 설탕을, 백색 밀가루보다는 통밀가루를 섭취하는 것이 좋다.

마지막으로 인체의 70%를 차지하는 수분은 거의 모든 신체 과정에서 핵심적인 역할을 한다. 수분은 체온을 유지시키고 노폐물을 몸 밖으로 운반한다. 또 혈액 속의 수분은 신체의 각 부위와 두뇌로 영양소를 운반한다. 하지만 이러한 중요성에도 불구하고 대부분의 사람은 충분히 수분 섭취를 하지 않는다. 일반적인 사람들은 하루에 1~2리터의 물을 마셔야 한다. 과일과 채소를 통해서도 인체에 필요한 수분을 공급할 수 있다. 최소한 하루 1리터 이상의 물은 꼭 마시고, 나머지는 음료수나 인공 탄산수가 아닌 과일 차나 천연 탄산수로 보충하는 것이 좋다. 커피와 홍차, 알콜은 탈수 현상을 일으켜 노년기에 정신집중과 기억력 감퇴를 유발할 수 있으므로 과도한 섭취는 피해야 한다. 아이들에게는 평소에 물을 자주 마시게 함으로써 습관을 들이도록 하는 것이 좋다. 필자의 경우에는 물 마시는 것을 잊지 않기 위해 매일 830ml의 텀블러에 두 번씩 물을 받아서 마시고 있다. 또 아이들 역시 전용 병으로 매일 물을 마시게 하고 있다.

건강을 위해서는 다양한 음식을 섭취하는 것이 좋은데, 아이들의 지능을 향상시키는 식품에는 어떤 것들이 있을까? 붉은 고추는 비타민 C와 베타카로틴, 나트륨과 칼륨 같은 미네랄을 함유하고 있어 산화방지와 신경 정보의 전달을 촉진하는 기능을 한다. 양파는 면역력을 향상시키고 두뇌와 신경세포를 보호한다. 또 브로콜리는 두뇌와 신체 세포를 산화로부터 보호해준다. 다만 오래 두면 영양소가 감소할 수 있으므로 구입 후 바로 조리해야 한다. 살짝 익히는 것이 좋다. 그 외에도 두뇌에 중요한 영양소를 많이 함유한 비트 뿌리, 두뇌와 신경계를 보호하는 강력한 산화방지제인 리코펜이 함유된 토마토, 단백질과 미네랄이 풍부한 콩류를 섭취하는 것이 좋다. 아몬드는 오메가 6와 단백질, 비타민 E, 칼슘을 다량 함유하고 있어서, 아이들에게 가장 좋은 견과류로 취급된다. 오메가 6와 오메가 3를 함유한 호두와 호박씨도 좋다. 견과류는 불포화지방산이 풍부하고 뇌 발달에 필요한 비타민 A, B, 미네랄이 풍부하며 뇌신경을 안정시키는 칼슘과 비타민 B군도 많이 들어 있어서 브레인 푸드로는 가장 이상적인 식품이다. 아이가 견과류를 싫어하면 분쇄해서 시리얼이나 주먹밥, 소스 등에 활용해보자. 8가지 필수 아미노산을 함유한 육류역시 두뇌에 꼭 필요한 식품으로서 지방이 적은 살코기를 선택하는것이 좋다.

대표적인 두뇌의 노화방지 음식으로는 안토시아니딘이 풍부한 블랙베리, 블루베리, 크렌베리, 건포도 등이 있다. 당근과 고구마 역시베타카로틴과 두뇌를 보호하는 산화방지제를 다량 함유하고 있는 식품이다. 오메가 3 지방은 두뇌를 보호하는데 매우 중요한 역할을 하는데, 고등어, 정어리, 청어, 연어, 참치 등의 생선에 함유되어 있다.생선에는 인체의 구성 성분에서 가장 중요한 양질의 단백질이 풍부하고, 두뇌발달과 치매예방에 좋은 DHA가 풍부하므로 훌륭한 브레인 푸드라 할 수 있다.

아이들이 스트레스를 많이 받았을 때는 항스트레스 영양소인 비타민 B, C, 철, 마그네슘, 칼슘이 풍부한 음식을 섭취하는 것이 좋다.한 개의 아보카도에는 항스트레스 영양소인 비타민 B5 일일 권장량의 1/3이 함유되어 있는데, 익자마자 바로 섭취해야 영양소 유실을막을 수 있다. 그리고 버섯, 양배추, 시금치도 스트레스로부터 두뇌를 보호해주는 영양소를 함유하고 있기 때문에 섭취하는 것이 좋다.

지금까지 살펴본 브레인 푸드는 성장기 아이들뿐만 아니라 성인에게도 필요한 식품들이다. 유전적, 환경적 요인으로 아이들은 부모의 식습관을 그대로 따라가기 때문에 부모가 바람직한 식습관을 가지는 것이 중요하다. 바쁘고 시간이 없다는 핑계로 냉동식품, 가공식품, 간편식 등의 섭취를 주로 하고 있다면 깊이 반성해야 한다. 요리를 못하더라도 조금만 신경 쓰고 관심을 기울이면 영양소가 골고루 함유된 식품들을 섭취할 수 있다. 요즘은 스마트 폰으로 언제든지 요리법을 검색할 수 있기 때문에 다양한 재료들로 직접 만들어 먹는 습관을 들이는 것이 좋다. 내 아이의 두뇌를 위한 영양 만점 요리를 한다고 생각하면 즐겁게 할 수 있을 것이다.

브레인 푸드는 만드는 사람이나 먹는 사람 모두가 감사하는 마음으로 임하는 것이 반드시 필요하다. 제아무리 풍부한 영양소가 함유된 좋은 재료라도 억지로 음식을 만들거나 먹기 싫어하면 효과가 제대로 나타나지 않는다. 부모가 즐겁게 요리해서 아이들과 함께 감사한 마음으로 먹는다면 영양소들은 두뇌를 더할 나위 없이 좋은 최적의 상태로 유지시켜 줄 것이다.

일상에서 뇌와 친해지는 깨알 tip

"뇌야, 잘 자"

"뇌야, 잘 잤니?"

우리 가족이 자기 전과 아침에 일어나서 가장 먼저 하는 말이다. 큰아이가 말을 배울 때부터 시작했으니 십년 넘게 일상적인 인사가 되어준 셈이다. 굳이 이름 대신 '뇌'를 집어넣는 것은 아이들이 일상에서 자연스럽게 뇌와 친해지기를 바라기 때문이다. 그리고 '뇌야' 하고 부르면 한번이라도 더 자신의 뇌를 인식할 수 있기 때문이다. 이 외에도 뇌와 친해지는 여러 가지 방법이 있는데, 나의 바람대로 우리 아이들은 뇌와 꽤 친하다.

뇌와 친하다는 것은 뇌 감각이 깨어 있으며 뇌 속에 들어오는 정보를 자신의 의지대로 조절할 줄 안다는 것이다. 그리고 자신이 원하는 것을 이루면서 뇌의 주인으로 행복하게 살 준비가 되어 있다는 뜻이기도 하다.

아이가 자연스럽게 뇌를 인식하게 하려면 일상적인 상황에서 '뇌'라는 단어를 자주 사용해서 대화하면 된다. 특히 아이들이 어릴수록 효과가 좋다. 예를 들어 아이가 웃거나 기분 좋을 때 이름을 넣어서 "우리 OO 뇌가 웃고 있네."라고 하는 것이다. 반대로 울거나 기분이 나쁘거나 화가 났을 때는 "지금 뇌가 까매지고 있어. 계속 이러면 아파질 거야."라고 얘기해준다. 매우 즐거워하거나 행복해 할 때는 "반짝 반짝 빛이 나는 황금 뇌다." 라고 말한다. 또 자기 할 일을 잘했거나 좋은 아이디어를 내거나 감정 조절을 잘하는 등 칭찬받을 만한 일을 하면 "뇌를 아주 잘 쓰네."라고 칭찬해 준다.

초등 고학년이나 중학생 이상이면 웃음이나 기쁨 등 긍정적인 상태일 때는 "굿 브레인" 또는 "파워 브레인"이라고 해주고, 반대 상황에서는 "다크 브레인", "지금 뇌가 힘들어 한다"라고 하면 된다. 그러면 아이들은 입력된 정보에 따라 뇌의 상태가 변화하고, 그것을 내가 스스로 선택할 수 있다는 것도 익히게 된다. 앞서 3장에서 나온 5가지 법칙을 가훈처럼 만들어서 자주 쓰면 효과는 더욱 클 것이다.

아이가 "이럴 땐 어떻게 해야 해요?"라고 질문을 하면 뭐라고 대답해야 할까? 특히 친구문제나 성적에 관한 고민 등 아이와 직접 관련된 문제일 때는 부모가 어떤 대답을 하느냐가 더욱 중요해진다. 많은 부모들이 자신의 지식과 경험 정보에 비추어 아이들에게 직접적인 도움을 주려고 한다. 하지만 부모가 알려주거나 정해준 것보다는 아이가 스스로 사고하고 문제 해결책을 찾도록 하는 것이 미래형 인재가 되기 위한 길이다. 그럴 때는 "뇌한테 물어봐."라고 해보자. 어떤 문제에 부딪혔을 때 뇌한테 물어보는 습관을 들이면, 내면에 집중할 수 있게 되고 스스로 문제를 통찰하고 해결하는 능력을 기를 수 있다.

일례로, 둘째 아이가 초등학교에 입학했을 때 일이다. 한 친구가 이유 없이 건드리고 툭툭 때리기도 한다며 내게 어떻게 하면 되는지를 물었다. 나는 선생님께 알릴까, 그 친구의 엄마에게 말을 해서 해결할까 고민하다가 "어떻게 하면 될까? 뇌한테 물어봐"라고 대답했다. 그러자 아이는 한참을 생각하더니 자기가 직접 그 친구한테 이야기를 하겠다고 했다. 다음 날 아이가 하교하자마자 친구한테 말을 했는지, 뭐라고 얘기했는지 물어보았다. 아이는 그 친구한테 "네가 나를 때리면 기분이 엄청 나빠. 약한 친구를 이유 없이 괴롭히는 건 안 돼. 너 자꾸 그러면 5학년 우리 형이 가만 안 둔대"라고 했단다. 그 뒤로 친구의 괴롭힘은 사라졌다. 자신이 생각한 방법으로 직접 문제를 해결한 것이다. 부모님이나 선생님이 개입하면 별 것 아닌 일이 커질 수도 있고 비슷한 문제가 발생했을 때 아이는 다시 어른들한테 의지하려고 할 것이다. 해결책을 자신의 뇌한테 물어보는 방법은 문제해결력 뿐만 아니라 스스로 사고하고 판단하게 함으로써 자립심과 자신감도 키워줄 수 있다.

아이가 실수를 하거나 잘못된 행동을 했을 경우에 "또 그런다. 넌 왜 항상 그 모양이야?" 라는 식으로 지적이나 비난을 하면 아이는 자신감과 의욕을 잃게 된다. 무엇보다 자신을 무가치하다고 느끼게 된다. 그럴 때는 "지금 뇌를 잘못 쓰고 있어."라고 해보자. 그리고 잘못된 행동 대신 뇌를 잘 쓰는 방법에 대해 구체적으로 알려준다. 주체가 "너"가 아닌 "뇌"가 되면 대부분의 아이들은 고쳐야 할 행동에 귀를 기울이게 된다.

아이와 대화할 때나 그 외에도 부모가 본의 아니게 아이에게 감정적으로 대했다면 아이가 잘 때 '사랑의 에너지 주기'를 해보자. 손바닥을 몸에서 3~5센티미터 정도 띄운 다음 사랑하는 마음을 가득 담아 가슴에서 발끝까지 천천히 기운으로 쓸어준다. 마음속으로 '사랑해, 미안해' 등과 같은 말을 하며 대여섯 번 정도 반복해주면 불편했던 마음이 편안해진다. 아이 역시 다음날 아침에 눈을 떴을 때 활기차게 하루를 시작할 수 있을 것이다. 부모와 아이의 감정 에너지를 긍정적으로 정화시켜 주기 때문이다. 눈에 보이지 않지만 사랑 에너지 주기의 효과는 상당하니 꼭 해보기를 권한다.

지금까지 꽤 많은 브레인 쉬프트 트레이닝 방법들을 배워 보았다. 직접 체험해야 제대로 된 효과를 볼 수 있는데 처음 접하는 사람은 책만 보고 따라 하는 것이 어려울 수도 있다. 그래서 부모가 먼저 해보라는 것이고 아이한테는 부모가 효과를 본 후에 가르쳐 주면 된다. 나는 이 브레인 쉬프트가 아이에게 또 다른 짐이 되지 않기를 바란다. 나의 제안은 무언가를 힘들게 새롭게 해야 하는 것이 아니라 일상에서 자연스럽게 마치 생활처럼 이루어져야 한다. 따라서 아이한테 훈련법을 적용하기 전에 먼저, 일상에서 뇌와 친해지게 하는 것이 중요하다. 그리고 앞서 살펴본 내용 중 뇌와 관련해서 새롭게 알게되거나 깨달은 것이 있으면 아이한테 이야기 해주고 생활에서 적용해 나가면 된다. 가장 중요한 것은 일상에서 아이가 자신의 뇌를 인식하도록 하는 것이다. 이것만 해도 반은 성공한 것이다. 어릴 때부터 뇌와 친하게 지낸 아이는 자아 성찰력과 통찰력, 공감력, 창조력 등이 뛰어난 미래형 인재인 일류두뇌로 성장하게 된다. 따로 시간과 비용을 투자하여 힘들게 할 필요가 없다. 지금, 아이와 함께 일상에서 브레인 쉬프트를 해보자.

창조력이 있는 사람은
끊임없이 무언가를 시도하고
주어진 문제에 대해
새로운 해법을 찾아낸다.

"인간다움, 나다움을 찾아가는 길"

어려서부터 무엇이든지 열심히 했던 나는 부모가 되어서도 좋은 부모가 되기 위한 노력을 참으로 열심히 했다. 임신했을 때는 각종 임신출산육아백과를 사서 공부를 하고 아이가 태어나자 이유식 책을 비롯하여 여러 전문가들이 쓴 육아서적을 사보고 각종 부모교육 강의를 찾아다니면서 들었다. 요즘처럼 인터넷만 연결하면 유명한 강사의 강의를 언제든지 볼 수 있던 시대가 아니었기에 발품을 팔아가며 다녔던 것이다. 노력은 배신하지 않는다고 덕분에 첫 아이부터 매우 수월하게 아이를 낳아 잘 키울 수 있었다. 뇌교육도 이때 『임산부를 위한 뇌호흡 태교』라는 책을 보고 처음으로 접하게 되었다.

하지만 둘째를 낳고 나서 그 모든 노력이 소용없을 정도로 힘든 시련이 닥쳤다. 쌍둥이를 29주 만에 조산했는데 막내를 두 달 만에 떠나보내야 했다. 그마저도 한 아이는 뇌 손상으로 인한 장애 판정을 받으면서 그때부터 아이를 키우는 것, 부모라는 역할이 나에게 가장 힘든 일이 되었다.

나는 뇌를 전문적으로 연구하는 뇌과학자나 의학자, 신경과학자가 아니다. 뇌교육대학원을 다녔고 십수년 간 강의, 상담을 통해 뇌 활용법을 알리고 있지만 뇌에 관한 지식으로 치자면 일반인과 별 차이가 없을 것이다. 그리고 부모교육에 정평이 난 전문가도 아니다. 나 역시 매일 밤 아이들이 잠들고 나면 '오늘 하루 좀 더 아이들을 사랑해줄걸' 하고 후회하는 대한민국의 평범한 엄마이다. 그럼에도 불구하고 『일류두뇌』라는 다소 거창한 제목의 책을 쓴 이유는 나처럼 평범한 사람도 뇌를 잘 '사용하는' 것이 가능하고 아이도 그렇게 키울 수 있다는 것을 알리고 싶어서이다.

나는 아직도 아이를 키우는 것이 가장 어렵다. 이 책은 그런 내가 좀 더 나은 부모가 되기 위한 발버둥과도 같다. 그리고 나와 같은 생각을 가진 부모들이 시행착오를 겪지 않기를 바라는 간절함으로 썼다. 기업체, 관광서 등을 대상으로 잘 나가는 뇌교육 강사였던 내가 아이를 낳고 키우면서 부모교육에 관심을 갖고 내 앞길로 정한 이유도 마찬가지다. 아이를 잘 키우려면 내가 먼저 변해야 한다는 것을 뼈저리게 느꼈기 때문이다.

많은 부모들이 자신이 이루지 못한 것을 아이가 대신 이뤄주기를, 아니 그 이상으로 잘 자라주기를 바란다. 그것도 아이를 위한다는 명목으로. 나 역시도 아이가 어렸을 때 내 욕심대로 자라주길 바란 적이 있는데 부모로서 하지 말아야 할 첫 번째 금지 항목이다. 이는 부모와 자식 모두를 병들게 하기 때문이다.

아이에게 무언가를 해주거나 시키려고 하지 말고 엄마가 먼저 변화를 시도해보자. 변화하는 방법을 모르겠거든 이 책에 나온 대로 엄마가 먼저 브레인 쉬프트를 해보는 거다. 아이는 있는 그대로 사랑해주기만 하면 된다. 내가 원하는 대로 아이를 바꾸려고 하면 안 된다. 나의 욕심이 개입하는 순간 아이의 뇌는 귀신같이 알아차린다. 아이의 뇌가 가장 좋아하는 것은 무조건적인 순수한 사랑인데 이는 엄마만이 줄 수가 있다.

아이에게 순수한 사랑을 주기 위해서는 우선 나 자신부터 사랑해야 한다. 많은 부모들이 자신을 희생해 가며 아이를 최우선으로 두고 원하는 것은 다 해주는데 매우 잘못된 방법이다. 부모는 결국 자신의 희생을 아이한테서 보상받으려 하고 아이는 그 부담감에 원하는 대로 하지 못한다. 아이를 진정으로 사랑하고 사랑을 주고 싶다면 이 순간부터 "나는 나를 사랑한다. 나는 내 삶을 사랑한다. 나는 내가 선택한 나의 남편, 내 가족을 사랑한다."라고 매일 자기선언 하기 바란다. 이것이 아이를 위해 이 책을 집어 들었을 당신에게 가장 필요한 브레인 쉬프트일지도 모르겠다.

어릴 때 누군가가 나에게 뇌를 잘 쓰는 방법, 다시 말해 뇌를 인식하고 뇌 감각을 깨우며 긍정적인 정보를 선택하고 부정적인 기억을 정화하여 뇌의 주인으로 사는 방법을 알려 주었다면 어땠을까? 하는 생각을 해본다. 꿈이 많고 열정이 컸으나 그 꿈과 열정을 맘껏 펼칠 수 없는 환경에서 자랐기에 어릴 때부터 큰 꿈은 포기하고 현실과 타협하는 훈련을 스스로 했던 것 같다. 내가 원하는 것이 분명히 있었음에도 불구하고 그저 열심히 공부해서 좋은 대학에 가라는 부모님과 선생님의 말씀에 충실히 따랐다. 안타까운 점은 급변하는 21세기에도 여전히 많은 아이들이 나와 같은 학창 시절을 보내고 있다는 사실이다. 이 책을 접한 부모의 아이들은 일류두뇌가 되어 행복하게 공부하고 진로를 고민하며 미래 경쟁력을 갖추고 스스로 자신의 인생을 디자인해 나가기를 간절히 바란다.

교육의 패러다임이 완전히 바뀌는 시대가 오고 있다. 어렵기만 한 4차 산업혁명, 인공지능은 우리도 모르는 새 점점 삶 속으로 파고 들어와 한국의 부모들이 가장 중요하게 생각하는 한 가지, 입시 교육의 뿌리를 흔들고 있다. 하지만 학벌과 지식이 소용없어지는 인공지능 시대가 코앞에 닥쳤는데도 여전히 많은 아이들이 공부에 파묻혀 좋은 대학에 가기 위해 발버둥치고 있다.

실로 무서운 속도로 성장하고 발전하는 인공지능은 앞으로 우리의 삶을 송두리째 바꿔 놓을 것이다. 전 세계에서 1인당 로봇의 숫자가 가장 많은 나라가 바로 우리나라이다. 이 말은 4차 산업혁명이 진행될수록 인공지능의 영향을 가장 많이 받는 나라가 될 것이라는 얘기이다. 긍정적인 영향만 받으면 좋겠지만 많은 전문가와 세계적인 석학들이 우려하고 있듯이 우리 아이들이 할 일을 기계가 대신할 것이다. 그때가 되면 이미 늦다.

더 늦기 전에 당장 부모가 아이에게 해줄 수 있는 교육에서 그 답을 찾아야 한다. 나는 그 답이 뇌에 있다고 확신하다. 뇌를 인식하고 뇌와 소통하여 인간다움, 나다움, 행복하고 가치 있는 삶에 대한 답을 찾아 나만의 경쟁력을 갖추어야 한다. 어른들이 정해놓은 답이 아니라 브레인 쉬프트를 통해 아이가 스스로 그 답을 찾아갈 수 있도록 해야 한다. 그 답을 찾는 과정에서 아이의 뇌 속에 잠재되어 있던 무한한 가능성들이 발현되고 인공지능이 대체할 수 없는 역량들이 개발될 것이다. 그리고 자신만의 분야에서 행복한 천재로 살아가게 될 것이다. 평범한 내 아이를 일류두뇌로 키우고 싶다면 지금 당장 브레인 쉬프트를 하자!

다소 쑥스러워서 감사인사는 생략하려고 했지만 그동안 너무나

고생한 가족들에게 마지막으로 한마디는 해야 할 것 같다. 아내가 책 쓴다고 집안 살림을 도맡아 해준 남편 사재철, 듬직한 큰아들 사우진, 사진 모델이 되어 준 사윤성, 독특한 성 만큼이나 내게 너무 특별한 '사쓰리[sa3]', 항상 고맙고 사랑해!

일류두뇌는 뇌를 잘 활용함으로써
자신의 가치를 발견하고 가치를 실현하는
뇌의 주인을 의미한다.